光文社文庫

# 獲物

強請屋稼業

南　英男



光　文　社

※本作はフィクションであり、作中の登場人物、事件、団体、商標等は実在のものとは関係ありません。

目次

プロローグ 5
第一章 悪党探偵 11
第二章 謎の失踪 61
第三章 淫らな罠 113
第四章 美しい獲物 181
第五章 兇悪な牙 239
第六章 陰謀の複合 293
第七章 地獄の謝肉祭《カーニバル》 333
エピローグ 376
著者あとがき 384

# プロローグ

女は全裸だった。

縛《しば》られ、夜具の上に転がされていた。緋色《ひいろ》の蒲団《ふとん》がなまめかしい。

床の間付きの和室だった。一輪挿《ざ》しには、白い花が活《い》けてある。侘助《わびすけ》だ。
二十四、五歳の女は仰向《あおむ》けだった。
やや体が片側に傾いている。両手首は、黒い縄で後ろ手に縛られていた。

息遣《いきづか》いが荒い。豊満な胸が大きく波打っている。いかにも苦しげだ。

黒いロープは背や腰の下を潜《くぐ》り、尻《しり》に喰《く》い込んでいた。縄に緩《ゆる》みはない。

はざまの肉に沈んだ縄は首まで伸び、二重に巻かれている。

ロープは二つの乳房を挟《はさ》みつけ、両方の脇腹《わきばら》に菱形《ひしがた》の編み目を形づくっていた。

菱形の大きさは寸分《すんぶん》も狂っていなかった。みごとな緊縛《きんばく》だった。さらに黒い縄は、折り曲げられた女の両膝《ひざ》を括《くく》っている。

秘めやかな部分を晒《さら》す恰好《かっこう》だった。黒々とした飾り毛は、二本のロープに薙《な》ぎ倒されている。煽情的《せんじょうてき》な眺めだった。

女は瞼《まぶた》を閉《と》じていた。

もはや怒りや悲しみの色は宿《やど》っていない。無表情に近かった。諦《あきら》めの境地に達しているのだろうか。口には、パンティーストッキングが嚙《か》まされている。自分の物と思われる。

女は色白で、肢体《したい》は肉感的だった。

顔立ちも整っている。派手な造りで、彫りが深い。白人とのハーフっぽい容貌《ようぼう》だ。くっきりとした二重瞼で、目は杏子《あんず》形だった。細い鼻も高い。

夜具のかたわらには、藍色《あいいろ》の作務衣《さむえ》を着た男が立っていた。

三十三、四歳だろう。身長は百七十センチ前後だった。短い髪をパーマで縮らせている。明らかに堅気《かたぎ》ではない。右手首には、ゴールドのブレスレットが光っていた。鎖《くさり》は太かった。

女が目を開け、くぐもった声で何か言った。

男は薄い唇を歪《ゆが》めたきりだった。畳に片膝をつき、女の下半身に手を伸ばす。

女が身を捩《よじ》った。逃《のが》れようと試《こころ》みたようだ。しかし、無駄だった。体が左右に揺れただけだ。

大きく押し拡《ひろ》げられた女の両膝は、宙で不安定に揺れた。

真紅のペディキュアが毒々しい。妖《あや》しくもある。

男は、クレバスを深く断《た》ち割っているロープの下に何本かの指を潜《くぐ》らせた。乱暴な手つきだった。

男の指が動く。二本の黒い縄が両側に分けられた。

男が好色そうな笑みを浮かべ、小鉢《こばち》と筆を取り上げた。

小鉢の中身は蜂蜜《はちみつ》だった。男は毛筆の穂先に蜂蜜をたっぷりと含ませ、女の秘部に丹念に塗りつけた。二つの乳首と乳暈《にゅううん》にも毛筆を滑らせる。

また、女が圧《お》し殺された声で何か訴えた。

だが、男は表情を動かさない。口も開かなかった。女が絶望的な顔つきで目をつぶった。

男は女の性感帯に蜂蜜を塗り終えると、懐《ふところ》から仔犬《こいぬ》を摑《つか》み出した。

小さかった。掌《てのひら》に載《の》せられそうだった。薄茶の体毛も生え揃《そろ》っていない。まだ生後数カ月だろう。

男が仔犬を夜具の上に投げ落とした。

無言だった。仔犬は女の周《まわ》りを半分ほど巡《めぐ》り、いきなり乳首に小さな舌を当てた。

女が驚き、円《つぶ》らな瞳を見開く。

幾度か、首を烈《はげ》しく振った。しかし、仔犬は離れない。女の乳首は、瞬《また》く間に硬く痼《しこ》った。胸の蜂蜜を舐《な》め尽くすと、仔犬は女の股間《こかん》にうずくまった。短い尻尾《しっぽ》を嬉《うれ》しげに振っている。

男が部屋の隅に移り、ビデオカメラを構えた。旧式の製品だった。割に大きい。

仔犬が女の股に顔を埋《うず》めた。すぐに舌の鳴る音が室内に拡《ひろ》がった。

男は撮影に熱中しはじめた。

女が息を詰まらせた。張りのある腰は、切なげに振られている。閉じた瞼の陰影が濃い。

意思とは裏腹に、官能が反応してしまったようだ。

やがて、仔犬が顔を上げた。

口の周《まわ》りの毛は、蜂蜜でべとついている。仔犬は尻尾を大きく振って、男に走り寄った。

蜂蜜を与えてくれたことに謝意を表したのではないか。

男は仔犬を無言で踏みつけ、ビデオカメラで小さな頭を強打した。

骨の砕ける音が響いた。仔犬は短く鳴いた。耳から赤い雫《しずく》が飛んだ。血だった。

仔犬は、くたりとなった。それきり動かない。息絶《いきた》えたのだろう。

男は残忍そうに笑った。真性のサディストのようだ。

男は作務衣の袂《たもと》から、半透明の小袋を抓《つま》み出した。三センチ四方だった。中には白い粉が入っていた。

男はポリエチレンの小さな袋を噛み千切《ちぎ》り、白い粉を女の性器に擦《こす》りつけた。突起した部分だけではなく、花弁の両面にもまんべんなく塗りつけた。亀裂が白くくすむ。

女が意味不明の言葉を発した。

男が足で、女を転がす。

女は這《は》う姿勢になった。肩で自分の体を支えている。なぜだか迷惑顔ではなかった。それどころか、嬉しげに見える。

男が手早く作務衣を脱いだ。総身彫《そうしんぼ》りの刺青《いれずみ》に彩《いろど》られた体は、引き締まっていた。黒々としたペニスは角笛《つのぶえ》のように雄々《おお》しく反《そ》り返っている。

男は、指に付着した粉を自分の分身になすりつけた。亀頭と張り出した部分だった。

女が何か訴えた。

男は短く迷った末、パンティーストッキングを外した。女の口から太い息が吐き出された。喘《あえ》ぎ声混《ま》じりだった。

男が、女のヒップに喰《く》い込んだロープを片側に寄せた。

女の性器が露《あらわ》になった。合わせ目は半《なか》ば綻《ほころ》んでいる。男は体を密着させ、一気に貫《つらぬ》いた。その瞬間、女の背中が弓なりに反った。淫《みだ》らな呻《うめ》き声も零《こぼ》れた。男が、にんまりする。

「小袋《パケ》を五つもくれれば、いつでも抱かせてやったのに。なんで恥ずかしい映像なんか撮《と》ったの？」

女が恨《うら》めしげに言った。

「今後の保険だよ」

「保険？」

「あんたにやってもらいたいことがあるんだ」

男が女の白桃のようなヒップを抱え、ダイナミックに腰を躍《おど》らせはじめた。

女は突かれるたびに、猥《みだ》りがわしい声をあげた。その腰は自ら振られていた。いわゆる迎え腰だ。

男は緩急《かんきゆう》のリズムを心得ていた。

女は急激に昂《たか》まった。どうやらマゾヒストらしい。男が右手で陰核《クリトリス》を刺激しながら、抽送《ちゆうそう》を繰り返す。女は全身を波打たせ、啜《すす》り泣くような声を発しつづけた。

二人は結合したまま、三十分近く離れなかった。白い粉は極上の覚醒剤だった。

# 第一章　悪党探偵

## 1

闇《やみ》が揺れた。
暗がりから、不意に人が現われた。男だった。三十二、三歳だろうか。
見城豪《けんじようすぐる》は足を止めた。
渋谷の百軒店《ひやつけんだな》の裏通りだ。人影は疎《まば》らだった。通りには、小さな飲み屋が並んでいる。
一九九四年三月上旬のある夜だ。
春だが、夜気《やき》は棘々《とげとげ》しかった。風が冷たい。吐く息は白かった。
馴染《なじ》みの酒場で、軽く飲んだ直後だ。
見城は二軒目の店に向かう途中だった。酔いは浅かった。

「あんた、見城だろ？」

男が確かめた。声は幾分、震えていた。

見城は目を凝《こ》らした。見覚えがあった。半年ほど前に、目の前にいる男の浮気現場を押さえていた。

見城は探偵事務所を経営している。

つい先日、三十五歳になったばかりだ。事務所を兼ねた自宅は、渋谷駅南口の近くにある賃貸マンションだ。間取りは1LDKだった。

企業信用調査や身許《みもと》調査も手がけているが、浮気調査の依頼が圧倒的に多かった。『東京リサーチ・サービス』という大層な社名を使っているが、調査員や事務員は雇っていない。要するに、一匹狼の私立探偵である。

見城は五年前まで赤坂署の刑事だった。

刑事課、防犯（現・生活安全）課と渡り歩き、防犯課勤務時代に不祥事を起こした。ある暴力団の組長夫人と親密になり、女の夫と揉《も》めたのだ。

見城は組長に大怪我を負わせた。

しかし、相手は体面を重んじて被害事実を認めなかった。おかげで、見城は起訴を免《まぬか》れた。とはいえ、職場には居づらくなってしまった。そんな経緯《いきさつ》があって、警部補で退官したのだ。

二人の男の間で揺れ惑《まど》っていた若い組長夫人は夫が退院した夜、自らの命を絶《た》ってしまった。そのショックは大きかった。喪失感はなかなか萎《しぼ》まなかった。

見城は、しばらく新しい仕事を探す気にもなれなかった。貯《たくわ》えはすぐに底をついてしまった。やむなく知人の世話で、大手調査会社に再就職した。そこで見城は二年ほど働き、三年前に独立したのだ。

「おれが誰だかわかってるよなっ」

男が喚《わめ》いた。

「妹尾《せのお》亮輔《りようすけ》さんだったかな。三十三歳で、アパレルメーカーに勤めてると記憶してるが……」

「その通りだ。あんたのせいで、おれの人生は狂ってしまった。どうしてくれるんだっ」

「奥さんに逃げられたようだな」

「それだけじゃない。義妹《いもうと》まで、おれから離れていったよ」

「自業自得だな。妻の妹になんか手を出すから、そういうことになるんだ」

見城は冷たく言い放った。

「おれは千景《ちかげ》に、義妹に誘惑されたんだ。千景は子供のときから、妻と張り合う気持ちが強かったんだよ。こっちだって、火遊びのつもりだったんだ」

「何が言いたいんだ？」

「あんたが、おれの家庭をぶっ壊したんだぞ。何も感じないのかよっ」

妹尾が怒鳴った。

「おれは事実を依頼人に報告しただけだ」

「義妹とは、いずれ別れるつもりだったんだよ。それなのに、あんたが余計なことを妻に報告したから、こんなことになったんだろうが！」

「そういうのを逆恨《さかうら》みって言うんじゃないのか。いい年齢《とし》こいて、甘ったれたことを言うな。みっともないぞ」

見城は詰《なじ》った。

相手の顔が険《けわ》しくなった。見城は少しも怯《ひる》まなかった。一見、優男《やさおとこ》だが、腕力には自信があった。実戦空手《フルコンタクト》三段、剣道二段だった。柔道の心得もある。

体格も悪くない。

身長百七十八センチ、体重七十六キロだった。筋肉質の体軀《たいく》で、贅肉《ぜいにく》は少しも付いていない。着痩《きや》せするタイプだった。

「謝れよ、おれに」

「ふざけたことを言うな」

「謝る気はないんだな。わかったよ」

妹尾が声を張り、上着のポケットを探《さぐ》った。目に異様な光が宿っている。摑《つか》み出したのは、フォールディング・ナイフだった。刃《やいば》が起こされる。刃渡りは十四、五センチだろう。

「扱い馴《な》れない物を振り回すと、怪我することになるぞ」

見城は忠告した。

それは無駄だった。妹尾が踏み出した。一気に間合いを詰めてくる。隙《すき》だらけだ。

見城は動かなかった。

妹尾が右腕を翻《ひるがえ》らせた。刃風《はかぜ》は重かった。だが、刃先は見城の胸から三十センチも離れていた。見城は口の端を歪《ゆが》めた。嘲笑《ちょうしょう》だった。

「くそっ」

妹尾がいきり立った。

ナイフを逆手《さかて》に持ち替えた。刃が上だった。柄に両手を掛け、腰のあたりまで引いた。本気で刺す気になったらしい。

見城は、やや足を開いた。

妹尾の目に殺気が漲《みなぎ》った。雄叫《おたけ》びめいた怒声を放ち、全身で突っかけてきた。

見城は急《せ》かなかった。

待った。充分に相手を引き寄せてから、素早く横に跳《と》ぶ。

ほとんど同時に、妹尾のこめかみを肘《ひじ》で弾《はじ》いた。振り猿臂《えんぴ》打ちだ。空手道では、こめかみを霞《かすみ》と呼んでいる。急所の一つだった。寸止め空手と違って、フルコンタクト系の空手はパワーを抜かない。まさに喧嘩《けんか》空手だった。

骨が軋《きし》んだ。妹尾が呻《うめ》く。腰が砕けかけていた。

見城は、相手の顔面に裏拳《うらけん》を叩《たた》っ込んだ。強《したた》かな手応《てごた》えがあった。妹尾が唸《うな》りながら、ゆっくりと頽《くずお》れた。それでも刃物は放さなかった。勢いよくナイフを水平に泳がせた。

見城は回し蹴《げ》りを見舞った。

空気が揺らいだ。妹尾が横倒しに転がった。フォールディング・ナイフが大きく舞う。

いつの間にか、数人の野次馬が遠巻きにたたずんでいた。飲食店から出てきた客たちだった。パトカーが駆けつけたら、面倒なことになる。

見城は焦茶《こげちゃ》のレザージャケットの襟《えり》を高く立て、大股で歩きはじめた。

百軒店を抜け、道玄坂に出る。じきに雑沓《ざっとう》に紛《まぎ》れた。

まだ八時半だった。飲み足りない気もしたが、見城はまっすぐ自宅マンションに帰ることにした。
六、七分で、桜丘町《さくらがおかちょう》の外れにある『渋谷レジデンス』に着いた。
九階建ての賃貸マンションだ。エレベーターで、八階に上がる。自分の部屋は八〇五号室だった。部屋は明るかった。帆足里沙《ほあしりさ》がスペアキーで入室したのだろう。

やはり、ドアはロックされていなかった。

社名のプレートに株式会社と記してあるが、営業上のはったりに過ぎない。実際は有限会社だ。玄関に入ると、里沙の黒いハイヒールが目に入った。

奥から里沙が現われた。

「お帰りなさい。依頼の電話はなかったわよ」

「そう。今夜は仕事だったんじゃなかったっけ？」

見城は問いかけた。

里沙はパーティー・コンパニオンである。二十四歳だ。

元は売れないテレビタレントだったらしい。その当時のことは、あまり話したがらなかった。何か思い出したくないことでもあるのだろう。この先も詮索《せんさく》はしないつもりだ。

「仕事、途中で脱《ぬ》けちゃったのよ」

「脂《あぶら》ぎったおっさんに尻《けつ》でも触られたのか？」

見城は先回りして、そう言った。

「そうなのよ。つい頭に血が昇っちゃってね」

「里沙らしいな。どんな野郎だったんだ？」

「国会議員よ、民自党の。宴会《バンケット》コンパニオンたちを娼婦か何かと思ってるようね。失礼しちゃうわ」

里沙が頬《ほお》を膨《ふく》らませた。

ふんわりとしたセミロングの髪が、レモン形の顔を柔らかく包んでいる。美人と呼んでも差し支えないだろう。奥二重の目は少しきつい印象を与えるが、充分に色っぽい。加えて、やや肉厚の唇がセクシーだ。

プロポーションは申し分なかった。百六十四センチで、脚はすんなりと長い。サンドベージュのスーツにくるまれた体は、妬《ねた》ましくなるほど均斉《きんせい》がとれていた。

二人が深い関係になって、かれこれ一年になる。

知り合ったのは南青山にあるピアノバーだった。ひとりで店でグラスを傾けていた里沙は、居合わせた数人の酔客にしつこく言い寄られていた。見城はとっさに彼女の恋人になりすまして、男たちを追っ払ってやった。

そこは見城の馴染《なじ》みの酒場だった。翌日の晩、里沙は礼を言いに現われた。それがきっかけで、つき合うようになったのである。

二人は、お互いに相手を束縛することはなかった。気が向いたときにベッドを共にする大人同士の関係だった。

見城は里沙と一緒にリビングに入った。

応接セットの横に、スチールのデスク、キャビネット、パソコンなどが並んでいる。

リビングは十五畳だ。キッチンは依頼人の目に触《ふ》れないよう、オフホワイトのアコーディオン・カーテンで仕切れるようになっていた。

見城は机に歩み寄り、固定電話の留守録音機能を解除した。レザージャケットを脱ぎ、ソファに腰かける。

奥の寝室は、小ざっぱりと片づけられていた。

里沙が掃除をしてくれたにちがいない。寝室は八畳間だった。場所柄、家賃は二十万円を超える。管理費と駐車料は別途《べつと》に支払っている。

調査の依頼は月平均四件で、月商は百万円前後だった。家賃や光熱費を差っ引くと、実収入は六十万円そこそこにしかならない。

それを補っているのが副収入だった。

甘いマスクの見城は、女たちに言い寄られることが少なくなかった。そんなことから、夫や恋人に浮気された女依頼人たちとの情事も請け負《お》っていた。

裏稼業は、いわば情事代行人だった。

その報酬は一晩十万円と安くない。ただし、その分だけ相手に必ず深い愉悦《ゆえつ》を与えている。

丸二年ほど副業をつづけているが、サービス面で文句を言われたことは一度もない。

見城は無類《むるい》の女好きだったが、それなりに好みもあった。どうしても食指の動かない相手とは寝ない主義だった。

裏稼業の収入は、ばかにならない。月に五十万円前後になった。同じ相手が二度指名してくることも珍しくなかった。リピーターはありがたい。

さらに見城は、非合法な手段で臨時収入も得ていた。

本業の調査で、政治家、実業家、弁護士、医師などの悪事が透《す》けてくることがあった。権力や財力で弱者を嬲《なぶ》っている連中は、容赦なく脅してきた。

強請《ゆす》り取った金は、すでに七千万円近い。見城は悪党だが、まともな市民を脅すようなことは決してしなかった。強請る相手は狡猾《こうかつ》な悪人に限られていた。といっても、義賊を気取っているわけではなかった。狡《ずる》い生き方をしている有力者たちを懲《こ》らしめたいだけだ。

「夕食は？」

里沙が訊《き》いた。

「酒の肴《さかな》を少し喰《く》ったんだ。里沙は?」

「わたしも、あまりお腹は空いてないの」

「なら、ちょっと飲もう。なんか中途半端な飲み方をしちゃったんだよ」

「そうなの。いま、用意するわ」

「悪いな」

見城は煙草に火を点《つ》けた。ロングピースだった。

里沙がダイニングキッチンに向かう。

一服し終えて間《ま》もなく、酒とグラスが運ばれてきた。里沙は正面のソファに坐《すわ》り、二人分の水割りをこしらえた。ノッカンドウだった。シングルモルトのスコッチ・ウイスキーだ。

二人は軽くグラスを触れ合わせた。

「ね、日本には調査会社がどのくらいあるの?」

里沙がウイスキーの水割りをひと口啜《すす》って、唐突に質問した。

「正確な数は、おれにもわからないんだ。いま現在、別に公的な資格が必要なわけじゃないからな」

「そうね」

「ある調査マニアが全国の職業別電話帳を取り寄せて、探偵社や調査会社を集計したら、約三千五百社あったらしいよ。東京には五百数十社あるそうだ」

見城は答えて、水割りを半分近く呷《あお》った。

「そんなに多いの」

「もっとも半数近くが休眠会社か、幽霊探偵社らしいよ」

「ふうん」

『帝国データバンク』や『東京商工リサーチ』といった企業信用調査の専門会社の大手は大勢の社員を抱えて、それぞれ百億円を超える年商があるようだが、大半の調査会社や探偵社は中小や零細なんだよ。おれみたいに、たったひとりで商売してる奴も結構多いんだ」

「それじゃ、実際に調査の仕事がビジネスになってるのは千社ぐらいなのかしら？」

里沙が問いかけてきた。

「せいぜい、そんなもんだろうな」

「ひと口に調査会社と言っても、ピンからキリまであるみたいね」

「そうなんだよ」

見城はうなずき、アーモンドを口の中に放り込んだ。

経済調査会社は数百人のスタッフを抱える大手ばかりで、依頼主も一流企業や中堅企業が多い。彼らは、主に依頼企業の新規取引先の経営状態を調査している。

それとは別に、新規や中途の社員採用時に応募者の身許調べを専門に扱っている調査会社もある。

弁護士の依頼で、裏付け調査だけを引き受ける会社も存在する。経営コンサルタントを兼ね、企業内トラブルや労組対策に知恵を貸す調査員もいる。

そうした硬派の調査機関は、全体の四割にも満たない。

残りの約六割は固定客を持たない業者だ。業界用語で、彼らは〝一本釣り探偵社〟と呼ばれている。見城も、そのひとりだった。

依頼の八割方が男女の素行調査だ。信用のある調査会社は結婚調査などもこなしている。スポーツ紙や電話帳に派手な広告を載《の》せているのは、このタイプの業者である。

そうでもしなければ、飛び込み客を釣れないからだ。数十万円の広告料を注《つ》ぎ込んでも、それほど簡単には依頼人は増えない。

老舗《しにせ》クラスですら、月に二、三件の依頼しかないこともあるようだ。

そのため、必然的に調査費用は割高になってしまう。弁護士などと異《こと》なり、私立探偵や調査員の報酬には法的な規制がない。つまり、好きなだけ請求してもいいわけだ。

とはいえ、相場というものがある。

浮気調査は交通費などの諸経費は別途《べっと》計算で、調査費用そのものは三十万円前後が妥当な額だろう。見城も相場程度の報酬しか貰《もら》っていない。

徹夜の尾行や張り込みをする場合は、それに見合った付帯料《ふたいりょう》がつく。また調査を急がされるときにも、割増し料金を請求するのが当たり前だ。

通常の素行調査は、たいがい一週間で目処《めど》がつく。それ以上の日数を要求されたら、依頼人は少し警戒すべきだろう。

それほど手間のかからない所在調査や結婚調査は二十万円程度だ。家出人捜しは調査に要した日数で、十五万円から六十万円と大きく差が出てくる。

相場を無視すると、たちまち他の同業者に客をさらわれてしまう。このところ、長引く不況で業界も低迷気味だ。

「競争が激しくて大変そうだけど、いろんな人間ドラマを垣間《かいま》見れるんじゃない？」

里沙が言った。

「まあね」

「浮気調査以外で、何か面白いことがあった？」

「取り込み詐欺《さぎ》に引っかかった前科五犯の武闘派やくざがいたよ。消費者金融から銭《ぜに》を借りまくって、教え子の坊やと蒸発した美人高校教師もいたっけな」

見城は脚を組んだ。里沙が目を輝かせ、身を乗り出してきた。

「それから？」

「ニューハーフに本気で惚《ほ》れた地方公務員が結婚を申し込んだら、相手が姿をくらましたなんてこともあったよ」

「人生いろいろね」

「そうだな」

「なんか面白そう！　わたし、見城さんの助手にしてもらおうかな」

「やめとけって。こんな稼業をやってたら、すれっからしになるぞ」

見城は反対して、グラスを空《あ》けた。氷が涼やかに鳴った。

里沙が二杯目の水割りを作り、自分のグラスにも少しウイスキーを注ぎ足した。

「でも、なんとなくスリリングな感じよね」

「日本の私立探偵は、ハードボイルド小説の主人公みたいにカッコいいことをしてるわけじゃないんだ。多少のスリルはあるが、冴《さ》えない仕事だよ」

「アメリカの私立探偵は拳銃を持ってるんでしょ？」

「たいがいね。アメリカの多くの州が許可証さえあれば、拳銃の所持を認めてるからな。だから、日本の留学生がハロウィンの晩に押し込み強盗と間違えられて民間人は射殺されたりしたんだよ」

「それはそれとして、拳銃を一度持ってみたいと思わない？」

「いや、別に」

見城は首を振った。

里沙は、見城がかつて刑事だったことを知らない。ことさら経歴を隠す気はなかったが、見城は昔のことをあまり他人《ひと》には喋《しゃべ》らない性質《たち》だった。

二人は雑談を交わしながら、グラスを重ねた。里沙は二杯目の水割りを飲み干すと、おもむろに立ち上がった。

「先にシャワーを浴びてるわね」

「後《あと》から行くよ」

見城は四杯目のグラスを口に運んだ。

里沙が浴室に消えて間もなく、机の上で固定電話が鳴った。見城はソファから離れ、受話器を掴み上げた。

電話をかけてきたのは多島奈穂《たじまなほ》だった。

数カ月前に事務所を訪れた飛び込み客だ。奈穂は二十六歳の人妻である。息を呑むほど美しい。卵形の顔は完璧《かんぺき》なまでに整っている。

美しいだけではなく、妖艶《ようえん》さも漂わせていた。頭の回転も速い。

「また主人のことで、力になっていただきたいんです」

奈穂が、しっとりとした声で言った。

つい数カ月前まで奈穂の夫の多島佳孝《よしたか》は社内不倫をしていた。浮気相手は二十三歳のＯＬだった。多島は三十八歳の若さながら、東都電気技術開発部の次長だ。

東都電気は東証《とうしょう》一部上場《じょうじょう》の電機メーカーで、社員数は六千人近い。電機大手七社に次ぐ準大手だ。本社は大手町にある。多島はエリートエンジニアらしく、いかにも利発そうな面差《おもざ》しをしている。上背もあった。服装の趣味も悪くない。

「ご主人、江守幸枝《えもりゆきえ》とよりを戻してしまったんですか？」

「いいえ、そうじゃないんです。江守さんとは、きれいに別れてくれたはずです。ですけど、今度は別の女性と駆け落ちしてしまったみたいなんですよ」

「相手の女は誰なんです？」

見城は早口で問いかけた。

「確かな証拠があるわけではないのですけど、会社の同僚の方の話によりますと、霜鳥美玲《しもとりみれい》という女性のようです」

「その女は東都電気の社員なのかな？」

「いいえ、銀座の高級クラブのホステスだそうです。二十五歳で、とっても綺麗《きれい》な方らしいの」

「駆け落ちしたのはいつなんです？」

「一週間前です」

「ご主人の書き置きは？」

「いいえ、ありませんでした」

奈穂の声が沈んだ。

「困ったご主人だな。警察に捜索願は？」

「まだ出していません。家の恥を晒《さら》すようなことはしないでほしいと義父《ちち》に言われたものですから。わたし、多島と離婚することに決めたんです」

「そうですか」

見城は、そうとしか答えられなかった。

「江守さんとのことがあったばかりなのに、今度は駆け落ちでしょ？　ほとほと愛想《あいそ》が尽きました」

「妻としては、傷つきますよね」

「ええ。離婚届に主人の署名と捺印《なついん》が必要ですので、多島の居所を突きとめていただきたいんですよ。いま、お忙しいのかしら？」

奈穂が訊《たず》ねた。

「ちょうど手が空いたところです」

「それはよかったわ。ご迷惑じゃなかったら、これから家に来ていただけません？」

「これからですか⁉」

見城は驚いて、左手首のコルムに視線を落とした。九時四十分過ぎだった。

「やはり、この時間じゃ、ご迷惑でしょうね」

「こちらは別に構いませんが、あなたしかお宅にいないんでしょ？」

「ええ。でも、いっこうに差し支えありません」

「そういうことでしたら、すぐに自由が丘のお宅にうかがいましょう」

「お待ちしています。詳しい話は、お目にかかったときに……」

電話が切られた。

見城は受話器を置くと、浴室に急いだ。磨《す》りガラス越しに里沙の裸身が透《す》けて見える。

欲望を煽《あお》られたが、里沙はいつでも抱くことができる。

美しい人妻の頼みを無下《むげ》に断る気にはなれなかった。見城は軽くノックしてから、浴室のドアを開けた。湯気が顔面を包み、ゆっくりと拡散する。

「あら、まだ脱いでないの？」

里沙が言った。砲弾型の乳房はピンクに色づいていた。

「急に仕事の依頼が入ったんだ。これから、依頼人の家に行かなきゃならないんだよ」

「そう。遅くなるの？」

「二、三時間で戻れるだろう。金になりそうな依頼なんだ。そのうち、何か買ってやるよ。とにかく、行ってくる」

見城はドアを閉めた。

2

車の量は少なかった。

目黒通りだ。少し前に自由通りを突っ切ったばかりだった。

見城は減速し、車を左に寄せた。

オフブラックのローバー八二七ＳＬｉである。右ハンドルの四速オートマチックだ。

まだ新車に近い。まともに買えば、四百万円以上はする英国車だ。自分で購入した車ではない。五カ月あまり前に、変態気味の若い歯科医から脅し取ったのだ。

その歯医者は結婚を餌《えさ》にして、女子大生やＯＬを次々に弄《もてあそ》んでいた。

交際中の女たちが怪しみはじめると、麻酔をかけて永久歯をそっくり抜いてしまうという変質者だった。中には、乳房や内腿《うちもも》にタトゥ・マシンでペニスの刺青《いれずみ》を彫られてしまった女もいた。

見城は毒牙《どくが》にかかったOLのひとりに頼まれ、歯科医の悪質な犯罪を暴《あば》いたのだ。被害者は十七人だった。

見城は義憤を覚えた。

歯医者をさんざん痛めつけ、ローバーをせしめた。それだけではない。被害者の女たちには五百万円ずつ示談金を払わせた。

見城は刑事時代に法の無力さを思い知らされていた。

また、一部の犯罪者は本気で更生する気がないことも体験でわかっていた。そんなわけで、悪党どもを法で裁いてもらう気はなかった。見城は、いつも自分の流儀で悪人たちを懲《こ》らしめてきた。

といっても、青臭い正義感に衝《つ》き動かされたわけではない。威張《いば》り腐った連中に屈辱感を与えることに生理的な快感を覚えるからだ。下剋上《げこくじょう》の歓びは捨てがたい。さらに強請《ゆす》る楽しみもあった。金はいくらあっても、邪魔にはならない。

見城はローバーを左折させた。

邸宅街に入る。自由が丘三丁目だ。

右に四、五百メートル行けば、区境《くざかい》にぶつかる。道の向こう側は世田谷区等々力《とどろき》六丁目だった。

多島宅は区境の少し手前にある。

三百坪近い敷地の奥まった場所に、白い二階建ての洋館が建っている。土地と家屋の所有者は多島の父親だった。

その父親は、熱海のケア付き老人マンションで隠居暮らしをしている。多島の母親は数年前に病死していた。ひとりっ子の多島は妻と二人だけで親の家に住んでいた。夫婦は、まだ子供には恵まれていない。

自動車電話《カーフォン》が鳴った。見城はステアリングを操《あやつ》りながら、素早くコンソールボックスに手を伸ばした。普及しはじめた携帯電話を持っていたが、充電が必要だ。それが面倒臭い。盗聴される恐れもあった。そうした理由で、なるべくカーフォンを利用するようにしている。

「見城です」

「探偵の旦那、どうしてる?」

発信者は百面鬼竜一《どうめきりゅういち》だった。

「一応、生きてるよ」

「そいつは結構なことだ。忙しいのか？」

「まああだね」

見城は答えた。

会話が途切れた。百面鬼は新宿署の刑事で、三十九歳だった。警部補ながら、まだ刑事課強行犯係《きょうこうはん》の平刑事である。出世できない理由は、信じられないほどの無法者だからだろう。

百面鬼は寺の跡継《あとつ》ぎ息子でありながら、いっこうに俗っ気が抜けない。並外れた好色漢で、金銭欲も強かった。

防犯（現・生活安全）課勤務時代に暴力団や違法風俗店の経営者たちの弱みを押さえ、金や女をたっぷり貢《みつ》がせていた。押収した銃刀や麻薬は、すべて地方の暴力団にこっそりと売り捌《さば》いてしまう。

警察官たちの犯罪を摘発している警察庁の首席監察官や警視庁警務部人事一課監察にマークされてきたが、百面鬼は未《いま》だに職場を追われていない。多分、この先も追放されることはないだろう。抜け目のない百面鬼は、本庁の警察官僚《キャリア》や所轄署の署長クラスの弱みを幾つも握っていた。

法の番人である警察にも、不正ははびこっている。外部の圧力に屈して、政財界人の犯罪を握り潰《つぶ》してしまう上層部は決して珍しくなかった。女性関係のスキャンダルとも無縁ではない。そういう事情があるから、悪徳刑事の百面鬼を懲戒免職に追い込めないのだ。

「百《どう》さんがこんな時間に電話をしてくるのは珍しいな。さては女を口説《くど》き損なったね？」

見城は先に短い沈黙を破った。

「当《ビン》たり《ゴ》だよ。くそっ」

「例によって、被疑者《マルヒ》の女房《バシタ》か愛人《レコ》に手を出そうとしたんじゃないの？」

「まあな。ちょっと小悪魔っぽい女で、いい腰つきしてやがったんだ」

百面鬼が未練たらしく言った。

「好きだね」

「そっちだって、ジゴロみてえなことをしてるくせに」

「おれは、男運の悪い女たちに生きる張りを与えてるんだ。一種の人助けだよ」

見城は言い返した。

「けっ！　気取りやがって」

「で、女とはどこまで？」

「キスしただけだよ。ホテルの部屋で喪服《もふく》を着せようとしたら、頑強に拒《こば》みやがったんだ。締まらねえ話さ」

百面鬼がぼやいた。

見城は吹き出しそうになった。剃髪頭《スキンヘッド》の極悪刑事には、妙な性癖があった。セックスパートナーに喪服を着せなければ、雄々しく昂《たか》まらないらしい。いつも彼は喪服の裾《すそ》を撥《は》ね上げ、情事の相手を背後から貫いているようだ。

そういう変態じみた営みに呆《あき》れたのか、百面鬼の妻は新婚数カ月で実家に逃げ帰ってしまった。十年ほど前の話だ。

それ以来、百面鬼は練馬の生家で年老いた両親と暮らしている。五つ違いの弟は、地方裁判所の判事だ。兄とは対照的に堅物《かたぶつ》だった。

百面鬼は病気がちの住職に代わって、四年前から檀家《だんか》回りをしている。読経《どきよう》しながら、若い未亡人に粘っこい目を向けているのではないか。

鼻抓《はなつま》み者の百面鬼は、署内で孤立しているようだ。

刑事はコンビで聞き込みや張り込みをするものだが、誰も彼とは組みたがらないらしい。百面鬼は常に独歩行《どつぽこう》だった。あくの強い性格のせいか、友人らしい友人もいない。

しかし、なぜか見城には気を許している。見城自身も、百面鬼とは妙に波長が合う。ともに女好きだからだろうか。

百面鬼と親しくなったのは、およそ八年前だ。

どちらも射撃術に長《た》けていたことから、オリンピック出場選手の候補に選ばれたのである。

もっとも二人とも、最終予選には残れなかった。

予選落ちした者たちが集まって、残念会を開いた。その酒席で二人は急速に打ち解《と》けた。それで、親しくつき合うようになったわけだ。

「見城ちゃん、どっかに男を蕩《とろ》かすような女がいねえか。このままじゃ、高校生の坊主みたいに夢精しそうだぜ」

「女は狩るもんだって言ってたのは、どこの誰だっけ？」

見城は雑《ま》ぜ返した。

「このごろ、ツキがねえんだよ。そっちと違って、おれは面《つら》がいいかっていいからな。声をかけると、逃げる女もいやがる」

「その頭じゃ、ヤー公と間違われるさ。百《どう》さん、髪を伸ばしなよ」

「そりゃ、できねえ。うちの宗派は有髪《うはつ》じゃ、まずいんだ。弟の奴が寺を継いでくれりゃいいんだが、あのばか、クリスチャンになりやがったからな。親父に勘当されるのは当然だよ」

「そういうことなら、髪は伸ばせないね」

「女はともかく、恐喝《カツアゲ》のいい材料《ネタ》ねえか？ ここんところ、懐が淋《さび》しくてな。この不景気でも、ゲームソフトなんかこさえてる会社やディスカウントショップの経営者たちは笑いが止まらないんじゃねえか」

「そうみたいだな」

「その方面で、脛《すね》に疵《きず》持つ野郎もいるんじゃねえの？」

百面鬼が探《さぐ》りを入れてきた。

「残念ながら、そういう関係者とはまるっきり接点がないんだ」

「そうなのか。何かおいしい話があったら、おれにも一枚嚙《か》ませろや。ちゃんと礼をするからさ」

「獲物が見つかったら、連絡するよ」

見城は通話を切り上げた。いつしか多島宅のある通りに入っていた。

間もなく見城は、長い石塀の際《きわ》に車を停めた。十時九分過ぎだった。車を降り、多島宅の門に走り寄る。

インターフォンを鳴らすと、待つほどもなく奈穂の声がスピーカーから響いてきた。

「無理を言って、ごめんなさいね。門の扉、開いています。どうぞお入りになって」

「お邪魔します」

見城はレリーフのあしらわれた鉄扉《てつぴ》を押し、邸内に足を踏み入れた。

前庭はかなり広い。七、八十坪はありそうだ。庭園灯の光は、ほどよい明るさだった。

庭木の手入れも行き届いている。ガレージには、灰色のクラウンが納めてあった。煉瓦《れんが》敷きの長いアプローチをたどり、ポーチの石段を昇る。木製の重厚なドアを開けかけると、奈穂が姿を見せた。相変わらず美しかった。

グリーングレイの品のいいニットスーツをまとっている。絹のブラウスの胸元が眩《まぶ》しい。奈穂は血管が透けるほど肌が白かった。

見城は玄関ホール脇の応接間に通された。

三十畳ほどのスペースだった。総革張りのソファセットは国産品ではないだろう。色は象《ぞう》牙《げ》色だった。コーヒーテーブルは飴《あめ》色だ。

「ちょっと飲んでましたの」

奈穂が卓上に目をやって、匂うような微笑をたたえた。

テーブルの上には、ブランデーのボトルとバルーン型のグラスが置いてあった。未使用のグラスとラップを掛けたオードブル皿も見える。

二人はテーブルを挟んで向かい合った。

奈穂が新しいグラスにレミー・マルタンを優美に注ぎ、オードブル皿のラップを剥《は》がした。ローストビーフ、スモークドサーモン、小海老のマリネ、鴨《かも》のパテ、ブルーチーズ、アボカドサラダなどが形よく盛りつけられている。

「どうかお構いなく」

見城は言って、ロングピースに火を点けた。

「少しつき合っていただきたいわ。ひとりで飲んでいると、気が滅入《めい》るばかりで……」

「それなら、いただくことにしましょう」

「わたし、少し強引でしたわね。見城さんにも、ご都合がおありなのに」

奈穂がブランデーグラスを掌《てのひら》で小さく揺らし、かすかに口許《くちもと》を緩《ゆる》めた。

笑うと、逆に少し淋しげな表情になる。その愁《うれ》い顔は男の何かを掻き立てた。保護本能をくすぐられるのかもしれない。

「あなたのような美しい依頼人と会えるなら、真夜中でも馳《は》せ参じますよ」

「嬉《うれ》しいことをおっしゃってくださるのね。夫に裏切られた哀れな女を労《いたわ》ってくださっているんでしょ？」

「そんなふうに僻《ひが》んだりするのは、よくないな。あなたには似合わない台詞《せりふ》ですよ」

見城はブランデーを口に含んだ。芳醇《ほうじゅん》な香りが口いっぱいに拡《ひろ》がる。

「あなたのおっしゃった通りね。素直じゃないから、多島に疎《うと》まれたのでしょう」

「早速ですが、ご主人の失踪《しっそう》時のことを話してもらえますか」

「はい」

奈穂が幾分、緊張した面持ちになった。

「ご主人がいなくなったのは一週間前ということでしたから、二月二十七日から行方がわからないんですね？」

「はい、そうです。その日、多島は体調がすぐれないからと午前中に早退《はやび》けしたらしいんですよ。その後、霜鳥美玲という女性とどこかで落ち合って成田空港に向かったようです」

「成田空港？」

見城は訊《き》き返し、煙草の火を消した。

「ええ」

「そのことは、どうしてわかったんです？」

「多島と同期入社の方が、たまたま空港のロビーで主人とその女性を見たらしいんですよ」

奈穂がそう言い、しなやかな白い指で髪を軽く押さえた。

女っぽい仕種《しぐさ》だった。パーリーピンクのマニキュアがたおやかさを演出していた。

見城はレザージャケットの内ポケットから、手帳を取り出した。

「その同期の方のお名前は？」

「小椋雅也《おぐらまさや》さんです。営業部二課に所属しています」

「その方は、海外出張か何かで成田に出かけたのかな」

「商談でシンガポールに出かけたんだそうです。小椋さんの話によると、多島はタイ国際航空のカウンターのあたりにいたんですって。夫が女連れだったので、小椋さんは声をかけそびれてしまったらしいの」

「ご主人は国外に駆け落ちしたんだろうか」

「多分、そうなんだと思います。多島は二月二十五日にバンコク行きの航空券をオープンで二枚買っていたんです」

「なぜ、それを知ってるんです？」

「わたし、旅行代理店にあちこち電話をしたんです。それで、わかったんですよ。三日前のことです」

「どこの旅行代理店で、そのことを教えてもらったんです？」

「東日本ツーリストの東京駅支店です」

奈穂が答え、グラスを傾けた。白い喉元が艶《つや》っぽかった。どぎまぎしそうだった。

見城は必要なことをメモし、さらに質問した。

「連れの女のことは？」

「それは小椋さんが教えてくださったの。霜鳥美玲という方は、銀座の『シェナンド』というクラブの売れっ子ホステスらしいんです」

「小椋氏がそのことを知ってるのは、東都電気でよく使ってる店だからなんでしょうか」

「ええ、そう言っていました。もっとも、小椋さんは数回しか行ったことがないとおっしゃっていましたけど。会社の役員クラスの方たちは、ちょくちょく利用されているようです」

「そう。ご主人は、どうだったんでしょう？」

「多島はまだ次長ですので、そう頻繁《ひんぱん》には飲みに行っていなかったと思います」

「誰か上役のお伴で何度か通ってるうちに、霜鳥美玲という女と親しくなったのかもしれないな」

「多分、そうなんでしょうね。きっと多島はわたしでは満たされないものを感じていたので、次々に別の女性に心惹《ひ》かれたにちがいありません。わたしなりに、一所懸命に務《つと》めたつもりなのですけどね」

奈穂がうつむき、形のいい下唇を嚙んだ。

「さんざん気持ちを踏みにじられたんだから、たっぷり慰謝料をぶんどってやるんですね」

「お金なんか、どうでもいいんです。一日も早く離婚できればと思ってるの」

「できるだけ早くご主人の居所を突きとめましょう」

「よろしくお願いします。もう夫の顔も見たくない気持ちですけど、離婚届に署名と捺印をしてもらわないことには……」

「そうですよね。ところで、ご主人は年齢の割には出世が早いようですね」

「ええ、まあ」

「前回の調査のときから、少し気になってたんですよ。東都電気の重役に身内でもいるのかな？」

見城は訊いた。

「いいえ、そういうことはありません。ただ、多島は少しばかり会社に貢献したんですよ。ですので、異例の抜擢《ばってき》ということになったのでしょう」

「どんな貢献をしたんです？」

「去年の春、夫はパソコンの超小型演算処理装置《MPU》の技術改良に成功して、東都電気の情報機器部門の売上を伸ばしたんですよ」

奈穂が説明した。

「MPUというと、マイクロ・プロセッサーのことですね」

「ええ。パソコンにお精《くわ》しいんですか？」

「どちらかと言うと、疎《うと》いほうです。しかし、MPUのことは全国紙で記事になってるんで、なんとなく憶《おぼ》えちゃったんですよ」

「そうなんですか。話を戻しますけど、多島は二年後には部長になれるかもしれないなんて張り切っていたんです」

「前途洋々たる人間が、どうしてクラブの女と駆け落ちする気になったんだろうか」

見城は首を傾《かし》げ、ロングピースをくわえた。

「わたしも、その点が腑《ふ》に落ちないの」

「何か思い当たることはあります？」

「もしかしたら、多島は技術開発競争に疲れ果ててしまったのかもしれません。電機メーカーは各社とも弱電部門が不振ですので、パソコンの販売拡張を目論《もくろ》んでるんです」

「そうみたいですね」

「だけど、どんなに画期的な技術も半年後には他社の新たな製品に凌《しの》がれてしまうらしいの」

「精《くわ》しいことはわかりませんが、パソコンの本体にしろ、ソフトにしろ、技術革新がめざましいようですからね」

「ええ。開発合戦が凄《すさ》まじいらしいんですよ」

「日進月歩の技術革新に振り回されてるうちに、ふと虚《むな》しくなったんでしょうか」

「そうなのかもしれませんね」

奈穂が呟《つぶや》くように言った。見城はロングピースの灰を落とし、すぐに問いかけた。

「ご主人が、家で弱音《よわね》を吐かれたことは？」

「いいえ、一遍もありません。多島は負けず嫌いな性格ですから、常に自信満々でした。それに夫には、秘密主義めいた面が少しあるの。だから、わたしのほうも深く入り込めなかったんですよ」

「夫婦といっても、所詮《しょせん》は他人同士だからな」

「そうだとしても、わたしは妻として失格ですね。夫の仕事の悩みや浮気のことも読み取れなかったんですもの」

奈穂が哀《かな》しげに言い、ブランデーを飲み干した。

見城は煙草の火を揉み消し、自分もグラスを空けた。奈穂が二つのバルーングラスに琥珀《こはく》色の液体を注《そそ》ぐ。品のある所作《しょさ》だった。

「オードブルも召し上がって」

「ええ、いただきます」

見城はフォークで、スモークドサーモンを掬《すく》い上げた。奈穂がアボカドサラダを口に運ぶ。上品な食べ方だった。それでも、動く唇が妙になまめかしい。

「結婚されたのは二年前でしたっけ？」

「はい、そうです。多島とは、ちょうどひと回り年齢《とし》が違うんですよ。ですので、あまり共通の話題がないんです。思い起こしてみると、味気ない結婚生活だったわ」

「恋愛結婚でしたよね？」

見城は確かめた。

「ええ、一応」

「どちらが熱くなったんです？」

「それは、こちらでした。でも、わたしには男性を見る目がなかったのでしょうね。こんな結果になってしまったわけですもの」

奈穂が、また愁い顔になった。

見城は一瞬、奈穂を抱き寄せたい衝動を覚えた。色気のある美人には、見境なく惚《ほ》れるタイプだった。いい女を口説くのは男の務めとも考えている。

「見城さんはまだ独身なんでしょう？」

奈穂が、だしぬけに問いかけてきた。表情は明るんでいた。

「そうです。それが何か？」

「今夜だけ、わたしの恋人になっていただけませんか？」

「際《きわ》どい冗談だな」

見城は内心の狼狽《ろうばい》を隠し、奈穂の顔を見据《みす》えた。黒曜石《こくようせき》を想わせる瞳には、蠱惑《こわく》的な光がたゆたっている。

「本気なんです。わたし、夫にささやかな復讐《ふくしゅう》をしたいの」

「復讐？」

「ええ。夫のベッドで、わたしを抱いていただきたいんです」

奈穂が早口で言った。真顔だった。

見城は、とっさに返事ができなかった。何か夢でも見ているような気持ちだった。

「もちろん、謝礼は差し上げます。あなたのサイドビジネスのこと、知ってるの。見城さんは、男性に裏切られた女性たちをベッドで慰めてらっしゃるんでしょ？」

「その話、誰から聞いたんです？」

「それは言えません。その方に、ご迷惑をかけたくないですもの。それより、わたしのお願いを聞き入れていただけます？」

奈穂が潤《うる》んだような目を向けてきた。瞳には、紗《しゃ》のようなものがかかっていた。ぞくりとするほど色っぽい。

見城は短く迷ってから、くだけた口調で言った。

「ちょっと待ってください。金だけで尻尾《しっぽ》を振る人間と思われちゃ、ちょいと困るな」

「わたし、女として、そんなに魅力がないでしょうか？」

「いや、逆ですよ。最初に会った日から、ずっと惹《ひ》かれてた。だから、のっけに金の話はしてもらいたくなかったんだ」

「いまの言葉、信じてもいいのかしら？」

奈穂が嫣然《えんぜん》と笑った。全身から、熟《う》れた色香が漂ってきた。

「もちろん、嘘じゃありません」

「わがままを聞いてくれて、ありがとう。寝室は二階なの。ご案内します」

二人は相前後して立ち上がった。

3

唇を貪《むさぼ》り合う。

ルージュの味が甘い。香水の匂いも馨《かぐわ》しかった。

見城は舌を絡《から》めた。奈穂が情熱的に応《こた》える。柔らかな舌だった。二人は立ったまま、抱き合っていた。セミダブルのベッドのかたわらだ。

見城は舌を乱舞させながら、奈穂の体の線を確かめはじめた。

布地を通して、肌の温《ぬく》もりが伝わってくる。奈穂は、思いのほか肉づきがよかった。どうやら着痩せするタイプらしい。尻も腿も、むっちりとしている。乳房はよく弾んだ。ラバーボールのように弾力性があった。

奈穂は爪先立ち、見城の首に両腕を巻きつけていた。

見城はニットスーツのボタンに手を掛けた。ボタンを二つ外したとき、奈穂がわずかに顔を離した。

「シャワーを使わせて……」

「そのままでいいよ」

「お願い、汗を流したいの」

「わかった」

見城は奈穂の肩を軽く叩いた。

奈穂が目顔《めがお》で詫《わ》び、部屋の奥に向かった。シャワールーム付きの寝室だった。

優に二十畳の広さはある。ナイトテーブルを挟んで、二台のベッドが並んでいた。右側がセミダブルだった。

シングルベッドの横には、マホガニー製のドレッサーが置かれている。その左手にクローゼットがあった。扉はルーバータイプだった。

室内は明るかった。奈穂がシャワールームに消えた。

見城は、焦茶のレザージャケットと黒いタートルネック・セーターを手早く脱いだ。Tシャツ姿のままで、シングルベッドに腰かける。

紫煙をくゆらせてから、全裸になった。早くも下腹部は熱を孕《はら》んでいた。

見城のサイズは成人男子の平均だった。決して巨根ではない。それでも、これまでに数多くの女たちに悦《よろこ》びを与えてきた。

多くの男たちは性にまつわる俗説に惑わされている。長大なペニスが女たちの快感を引き出しているわけではない。性感帯を的確に探り当て、そこに丹念な愛撫《あいぶ》を加えれば、健康な女性たちは必ず悦楽の海に溺れる。それは女体遍歴で実証済みだった。

「セックスはペニスのサイズではなく、テクニックなんだよな」

見城は声に出して呟き、シャワールームに向かった。

ドアはロックされていなかった。湯の弾ける音で、奈穂は見城に気づかない。

見城はドア・ノブを大きく引いた。

籠《こも》っていた乳白色の湯気が、縺《もつ》れ合うように揺れた。奈穂が驚きの声を洩《も》らし、身を竦《すく》める。最初に隠したのは、たわわに実った乳房だった。椀型《わんがた》に近い。

やや遅れて、もう片方の手で股間の翳《かげ》りを覆《おお》った。和毛《にこげ》は、ほぼ逆三角形に繁《しげ》っている。

「ごめん！　びっくりさせるつもりはなかったんだ」

見城は弁解しながら、シャワールームに入った。妙にためらったりしたら、相手の羞恥《しゅうち》心が強まってしまう。

バスタブはなかった。洗い場は一坪ほどの広さだった。艶《つや》消しの黒タイル張りだ。

「いま、出ようと思ってたところなの」

奈穂が伏し目がちに言った。白い頬が上気している。

シャワーを浴びたせいばかりではないだろう。男擦《ず》れしていないにちがいない。

「まだボディーソープの泡がくっついてるな」

「え？　そんなはずは……」

「ちょっと貸してごらん」

見城は奈穂の手から、シャワーヘッドを奪い取った。

奈穂が困惑顔になった。見城は気にしなかった。男の図々しさが、女性の恥じらいを薄らがせる。情事の心理学だ。

見城は、奈穂の肩に湯飛沫《しぶき》を当てはじめた。掌で、奈穂の滑《なめ》らかな肌を撫でる。

「なんだか恥ずかしいわ」

奈穂が軽く瞼《まぶた》を閉じた。

見城は、胸から片手を引き剝《は》がした。弾みで、二つの隆起がゆさゆさと揺れた。グレープフルーツほどの大きさだった。

片方の乳房の裾野から、渦巻き状にシャワーを注いでいく。薄紅色の乳暈《にゅううん》が盛り上がり、鴇《とき》色の乳首が膨れ上がった。見城はもう一方の手で、反対側の乳房を優しく押し包んだ。指の間に痼《しこ》った乳首を挟みつけ、隆起全体をソフトに揉む。

奈穂の息が弾みはじめた。喘《あえ》ぎ声も零《こぼ》した。欲情をそそる声だった。

見城はシャワーの湯を奈穂の上半身に当てながら、密《ひそ》かに性感帯を探った。奈穂は乳房のほかに、項《うなじ》、鎖骨のくぼみ、両脇腹などに鋭い反応を示した。

「下の手、どけてくれないか」

「でも……」

奈穂が恥じらった。

見城は半《なか》ば強引に股間の手を払いのけた。その瞬間、奈穂が短い声をあげた。光沢のある飾り毛は湯滴をつけていた。そのきらめきが美しい。

見城はシャワーヘッドを逆手《さかて》に持った。

すっきりとした下腹や内腿を撫でながら、下から湯の矢を秘めやかな場所に注ぐ。奈穂が内腿を小さく震わせた。きわめて敏感な体だった。

見城はコックを全開にした。

奈穂の呻き声が高くなった。張りのある腰も小刻みに震えた。奈穂の脚は、いくらかO脚気味になっていた。

見城は、合わせ目を指でまさぐった。

小陰唇は肥厚《ひこう》し、半ば笑《え》み割れている。火照《ほて》りが伝わってきた。見城は襞《ひだ》を探った。熱く潤《うる》んでいた。敏感な突起は真珠のような手触りだ。ころころとよく動く。

見城は肉の芽を抓《つま》み、押し転がし、揺さぶりたてた。

奈穂が切れ切れに短い声をあげた。芯《しん》の部分を揉みほぐすように愛撫する。

数十秒後、奈穂は全身でしがみついてきた。シャワーヘッドが挟まれる形になった。

見城は奈穂を抱きとめながら、指を動かしつづけた。

奈穂は喘ぎ、時に長く呻いた。いまにも極《きわ》みに達しそうな様子だ。

「そのくらいにして。ずっとそんなことをされたら、立っていられなくなっちゃう」

奈穂が甘やかな声で訴え、両手で見城の手首を強く押さえた。

「ここで昇りつめてもいいんだよ」

「いや！　恥ずかしいわ」

「それじゃ、ベッドで待っててくれないか」

見城は言った。

奈穂が無言でうなずき、シャワールームを出た。ピンクのバスタオルで体を拭《ぬぐ》い、白いバスローブを羽織《はお》った。似合っていた。

奈穂は真新しい水色のバスタオルを洗面台の脇に置き、静かにドアの向こうに消えた。

見城も数分後にシャワールームを出た。

バスタオルで体をざっと拭《ふ》き、生まれたままの姿でベッドに急ぐ。昂《たか》まりは同じ硬度を保っていた。

奈穂はセミダブルのベッドに横たわっていた。

仰向《あおむ》けだった。ベッドカバーは剝がされ、奈穂はペイズリー模様の羽毛蒲団で裸身を覆っている。

室内は仄暗《ほのぐら》い。天井の室内灯は消され、ベッドサイドの小さな照明だけが灯《とも》っていた。部屋の中は暖かい。ガス温風ヒーターが作動していた。

見城はベッドの左側に回り込んだ。

羽毛蒲団をはいで、そのまま宙に放つ。奈穂が小さな声を洩らした。

一糸もまとっていなかった。艶《つや》やかな黒い繁みが、肌の白さを際立《きわだ》たせている。刺激的な眺めだった。生唾《なまつば》が湧《わ》きそうだ。

見城は穏《おだ》やかに胸を重ねた。

みっしりと肉の詰まった奈穂の乳房が弾んで、平たく潰《つぶ》れた。痼《しこ》った二つの蕾《つぼみ》が、見城の胸板を突いてくる。いい感触だ。

「見城さん、何もかも忘れさせて」

奈穂が上擦《うわず》った声で囁《ささや》き、自ら唇を求めてきた。その両腕は、見城の首にしっかと回されていた。

二人は唇を合わせたまま、互いの肌を愛撫しはじめた。

奈穂は片手の五指で見城の頭髪を梳《す》き、もう一方の手で肩や背中を撫で回していた。情感の籠《こも》った手つきだった。

見城は頃合を計《はか》って、唇を奈穂の首筋に移した。軽く肌を吸い上げ、舌をさまよわせる。熱い息も吹きかけた。甘咬《あまが》みもした。

奈穂の呼吸が乱れはじめた。

顎《あご》が徐々にのけ反っていく。喘ぎ声を必死に抑えようとしている。その慎み深さが、かえって欲情をそそった。

見城は奈穂の脇腹を螺旋《らせん》状に撫でながら、耳の後ろに舌を這《は》わせた。

そこが感じる女性は少なくない。案《あん》の定《じょう》、奈穂も切なげに呻いた。声は長く尾を曳《ひ》いた。

見城は白い項《うなじ》をくまなく唾液で濡らし、喉元をついばんだ。むろん、舌も滑走させた。

鎖骨のくぼみを舌の先で掃《は》くと、奈穂は魚のように全身をくねらせた。単にくすぐったいだけではないはずだ。

見城は口唇愛撫を短めに切り上げ、乳首を吸いつけた。酸漿《ほおずき》のように張り詰めていた。舐め、押し転がし、弾く。もう片方の乳頭を指の腹でソフトに擦《こす》った。奈穂が切れ目なく呻く。

見城は乳首を交互に刺激しながら、下腹や腰を撫でた。腿や脹《ふく》ら脛《はぎ》も愛撫した。付け根にも指を這わせたが、肝心の部分には意図《いと》的に触れなかった。焦《じ》らしのテクニックだった。焦らされると、ほとんどの女性は急激に昂まる。もどかしさが大胆な言動もとらせるものだ。

見城は奈穂を横向きにさせて、腋の下から踝《くるぶし》まで舐めた。

さらにベッドパートナーを俯《うつぶ》せにさせ、肩や背に舌と唇を当てる。手も使った。指先で、ひたすら円やS字を描きつづける。

奈穂はジャズのスキャットのような声をあげながら、背中を妖しくくねらせた。形のいい尻も振った。咬みたくなるようなヒップだった。実際、見城は軽く歯を立てた。言うまでもなく、甘咬みだ。

見城は奈穂の腰のあたりまで下がり、尻の肉を押し割った。

赤い輝きを放つ亀裂が露《あらわ》になった。はざま全体に何度も息を吹きつける。そのつど、奈穂がヒップをもぞもぞとさせた。見城は、わざと指も舌も使わなかった。

「恥ずかしいから、仰向けにならせて」

奈穂が哀願した。

見城は聞こえなかった振りをして、腿の裏や膕《ひかがみ》に舌を走らせた。膝頭の真裏の膕は、意外に知られていない性感帯だ。

舌を刷毛《はけ》にして、入念になぞる。奈穂は泣くような声を洩らした。見城は足の裏を舐め、指の股にも舌を進めた。これだけ焦らせば、それなりの効果はあっただろう。

ようやく見城は奈穂の体を引っくり返した。

添い寝をする恰好《かっこう》で、乳首に唇を被《かぶ》せる。吸いつけながら、右手で恥毛を梳《す》きはじめた。ヘアを掻き起こし、薙《な》ぎ倒す。

やがて見城はフリル状の肉片を大きく捌《さば》いた。

奈穂が甘美な声をあげ、腰を迫《せ》り上げた。

次の愛撫を促《うなが》したにちがいない。見城はギタリストになった。アルペジオ奏法の要領で、感じやすい突起と小陰唇《しょういんしん》を打ち震わせる。

奈穂が呻きながら、見城の昂まりに指を添えた。

ほっそりとした指は巧《たく》みに動いた。少しも無駄《ロス》はなかった。夫とは長いこと肌を合わせていなかったらしい。

見城は確信を深め、奈穂の股の間に身を入れた。奈穂の細い足首を両手で摑み、踵《かかと》を内腿に押しつける。膝がM字形に立った。奈穂は、あられもない恰好になった。

見城は膝立ちの姿勢で、張りのあるヒップを掬《すく》い上げた。

顔を寄せる。そこには、ボディーソープの匂いが籠っていた。見城は飾り毛に頬擦《ず》りしてから、舌を閃《ひらめ》かせはじめた。ほどなく奈穂の胸の波動が大きくなった。

見城は舌に変化をつけた。

奈穂が啜《すす》り泣くような声をあげ、極みに達した。ほとんど同時に、内腿に漣《さざなみ》のような震えが走った。胴震いもした。見城は、力を漲《みなぎ》らせた塊《かたまり》を埋めた。わずかに押し返してくるような動きがあった。

奈穂が短く呻いた。

見城は、奈穂の両脚を肩に担《かつ》ぎ上げた。腓《こむら》の火照りが快い。生温かい襞《ひだ》の群れが蠢《うごめ》きながら、ペニスにまとわりついてくる。

「こんなの初めてよ。たまらないわ」

奈穂が息絶え絶えに言い、首をひと振りした。

豊かな髪が波打った。口は半開きだった。白い歯列《しれつ》の奥で、桜色の舌がくねくねと舞っている。なんとも妖しい。

見城は奈穂の体を大きく折り、二つの乳房を鷲摑《わしづか》みにした。

指の動きによって、さまざまに形を変える。見城は揉みながら、腰を躍動させはじめた。
六、七度浅く突き、そのあと一気に奥まで分け入る。奈穂の眉根《まゆね》が寄りはじめた。
突くたびに、結合部分から淫靡《いんび》な湿った音が立ち昇ってきた。刺激的なサウンドだった。

見城は同じリズムパターンを繰り返した。

奈穂が高く低く呻きつづけた。眉根や上瞼の陰影が濃い。頂点に迫ったようだ。それでいて、奈穂はどこかもどかしそうだった。

見城は体位《ラーゲ》を正常位に変えた。

密着感が強まった。律動《りつどう》を速《はや》める。奈穂の動きも大きくなった。大胆な迎え腰だった。

見城は奈穂と一緒に果てることにした。

しかし、奈穂は待てなかった。数分後、不意に裸身を硬直させた。エクスタシーの前兆だ。

見城はラストスパートをかけた。ややあって、勢いよく爆《は》ぜた。射精感は鋭かった。すぐに快い圧迫感を覚えた。

二人はたっぷり余韻《よいん》を味わってから、結合を解いた。

見城はティッシュペーパーの束を奈穂の股間に宛《あて》がってから、自分の体を拭った。情事代行人の嗜《たしな》みだった。

「最高だったわ」

奈穂が、仰向けになった見城の肩に頰を寄せてきた。

「少しは気が済んだかな」

「ええ、たっぷり夫に仕返しできた感じよ。ありがとう」

「こういう復讐の手伝いなら、いつでも大歓迎だよ」

見城は奈穂を優しく抱き寄せた。

# 第二章　謎の失踪

## 1

頭が重かった。

全身の筋肉は強張《こわば》っていた。節々《ふしぶし》も痛い。

昨夜《ゆうべ》は、二人の女を抱くことになってしまった。そのせいだろう。

見城は脚を組んだ。

東都電気本社ビルの一階ロビーである。見城は、受付近くの応接用ソファに坐っていた。

キャメルカラーの上着に、濃い灰色のスラックスというコーディネートだった。ノーネクタイだ。上着の下には、オリーブグリーンのウールシャツを着ていた。

午後四時近かった。

間もなく七階から、小椋雅也が降りてくるだろう。多島佳孝と同期の男だ。

ここに来る前に、見城は東日本ツーリスト東京駅支店に寄ってきた。

多島が先月の二十五日にバンコク行きの航空券を二枚求めたことは間違いなかった。旅先のホテルの予約はしていない。帰りの手配も何もされていなかった。

見城は首を回して、筋肉をほぐした。

奈穂と肌を重ねてから、多島宅を辞したのは午前一時近い時刻だった。

自宅マンションに戻ると、里沙はベッドの中で翻訳小説を読んでいた。話題のベストセラー本だった。

見城は、里沙がてっきり寝ているものと思っていた。だが、起きて待っていてくれた。悪い気はしなかったが、何か借りをつくってしまったような思いに捉《とら》われた。

多少の後ろめたさもあって、見城は里沙を組み敷いた。

里沙の体は識《し》り抜いている。極《きわ》みに押し上げるのに、それほど時間はかからなかった。

見城は放たなかった。それが不満だったらしく、里沙はなかなか眠りにつこうとしなかった。成り行きから、見城はふたたび里沙と交わる羽目になった。里沙を二度絶頂に導き、自分も果てた。

足音が近づいてきた。

見城は回想を断《た》ち切って、顔を上げた。チタンフレームの眼鏡をかけた三十代後半の男が会釈《えしゃく》しながら、遠慮がちに話しかけてきた。

「失礼ですが、見城さんでしょうか？」

「そうです。あなたは小椋さんですね」

見城は立ち上がって、名刺を差し出した。

名刺交換が済むと、二人は向かい合った。小椋は四角張った顔立ちだった。目が細く、鼻も丸っこい。中肉中背だ。

「多島の奥さんから、昼過ぎに電話がありました。あなたに協力してあげてほしいと頼まれましたよ」

小椋が先に口を開いた。

「そうですか。よろしくお願いします。早速ですが、先月の二十七日に成田空港で、多島氏と霜鳥美玲を見かけたそうですね」

「ええ。多島たち二人は、タイ航空のカウンターの近くにいました。多島がクラブの女と一緒だったんで、なんとなく声をかけづらくってね。それに、わたしのほうの搭乗時刻も迫ってたもんですから、結局、話しかけなかったんですよ」

「二人はどんな様子でした？」

見城は煙草に火を点《つ》けた。

「どっちも浮かれた感じでしたね。それで、駆け落ちしたんじゃないかと思ったわけですよ」

「なるほど。二人の服装は憶《おぼ》えてます？」

「多島はライトグレイの背広でした。美玲のほうは、白っぽいシャネルのスーツでめかし込んでましたね」

「その美玲という名ですが、源氏名《げんじな》なのかな。それとも、本名なんだろうか」

「霜鳥美玲は本名ですよ。彼女は源氏名を使うのは卑怯《ひきょう》な気がすると言って、ずっと本名を使ってたんです」

「芯のありそうな女性だな。もっとも美玲という名は源氏名っぽいが……」

「そうですね」

小椋が相槌《あいづち》を打って、上着のポケットからセブンスターと簡易ライターを取り出した。パッケージから一本だけ器用に振り出し、口にくわえた。

「荷物はどうでした？」

「多島の足許《あしもと》に青っぽいサムソナイト製のスーツケースがあったような気がしますが、断言はできません。霜鳥美玲のほうは、セリーヌのトラベルバッグを手にしてました」

「そうですか。ところで、小椋さんは多島氏の過去の浮気のこともご存じなのかな？」

「江守幸枝とのことなら、知っています。多島の不倫のことを調査したのは、あなたなんですか？」

「いいえ、わたしじゃありません。知り合いの同業者ですよ」

見城はごまかし、スタンド型の灰皿に短くなった煙草を投げ捨てた。

「多島は、もう江守幸枝とは完全に切れてますよ。不倫が発覚すると、彼女はすぐにこの会社をやめてしまったんです。いまは、物流会社に勤めてるようです」

「そうですか」

「多島は罪なことをしたもんです。江守さんは一途《いちず》な娘《こ》だったんですよ。一時はかなり思い詰めて、自殺まで考えたようです」

「多島氏のほうは、どんな気持ちで若い女性とつき合ってたんですかね」

「単なる遊びじゃなかったとは思いますが、年齢差が大きすぎますからねえ」

小椋が曖昧《あいまい》に答え、喫《す》いさしの煙草の火を消した。

「多島氏は奥さんのことで、あなたに何か言ってませんでした？」

「江守さんのことがバレてから、奥さんが夜の生活を拒むようになったなんて、一度だけこぼしたことがありました」

「そうなら、多島ご夫妻の仲はだいぶ冷え込んでたんでしょうね。それが駆け落ちの引き金になったとも……」

「ええ、考えられるんじゃないですか。多分、彼は衝動的に霜鳥美玲と旅に出たくなったんでしょう」

「そうだったとしても、少し分別がなさすぎると思いませんか。夫婦仲がしっくりいってなかったとしても、多島氏は出世街道を突っ走ってたわけでしょ？」

見城は問いかけた。

「多島が同期の出世頭であることは確かです。駆け落ちをするほど分別のない男じゃないんですが、魔が差したんでしょう」

「エリートエンジニアだったようだから、会社でも期待されてたんじゃないんですか？」

「それは大いにね。多島は去年の春に超小型演算処理装置《MPU》の改良に成功し、ごく最近も大きな貢献を……」

小椋が言いさして、急に口を噤《つぐ》んだ。

「どの程度の貢献をされたんです？」

「詳しいことは勘弁してください。企業秘密に関わることですので」

「あなたに迷惑はかけませんよ」

見城は喰い下がった。小椋が思案顔になった。

「絶対に口外はしません」

「ええ、そうしてください。多島は先月、ノート型パソコンの画期的な記憶装置《フラッシュメモリー》の開発に成功したんですよ」

「そりゃ、凄い！」

「去年の秋に、アメリカのインテル社が次世代向けのカード型記憶装置を売り出したのをご存じでしょう？」

「ええ、知っています。再書き込み可能な読み出し専用メモリーを備えた新製品ですよね？」

見城は小椋の顔を正視した。

「ええ、そうです。多島は、あのフラッシュメモリーをさらに使いやすくして、コストダウンに成功したんですよ」

「それは、たいしたもんだ。なんて商品名になるんです？」

「正式なネーミングは、まだ決定してません。しかし、爆発的な人気を呼ぶことは間違いないでしょう」

小椋が誇らしげに言った。

コンピューター業界は大型汎用機《はんようき》の販売不振ということもあって、国内外のメーカーはどこもパソコンの高性能化《アップ・サイジング》を図っている。需要が高まっているパソコン市場は、六百六十三億円を超えているようだ。

そのうちの約四割の市場占有率《シェア》をIBM、アップルコンピュータ、コンパック、NEC、デルの上位五社がここ数年押さえている。

かつてヨーロッパや日本の市場を完全に席巻していた〝アメリカの巨象〟と呼ばれたIBMのシェアは、だいぶ落ちてしまった。たとえ、どんなに巨大な企業でも技術を独占するわけにはいかないということか。言い換えれば、それだけ技術革新がめざましいということだろう。

「今後は、ますますパソコンのシェア合戦が熾烈《しれつ》になるんだろうな」

「ええ。すでに激烈な販売合戦が始まっていますよ。一昨年《おととし》の秋ぐらいから、外資系メーカーがIBMのパソコンと互換性を持つ低価格のパソコンを売り出して、日本市場に攻勢をかけています」

「そうみたいですね」

見城は短い返事をした。

従来、日本のパソコンはメーカーによって、仕様が異《こと》なっていた。したがって、それぞれソフトは自社製品と数種の互換性の利《き》く他社機にしか使えなかったわけだ。

ところが、十数年前にマイクロソフト社が開発した基本ソフト《OS》『Ｗｉｎｄｏｗｓ』の出現によって、各メーカーは他社機との互換性に力を注ぐようになった。

ＩＢＭ互換機を例に取ると、これまで日本アイ・ビー・エムやコンパックなど外資系メーカーはもちろん、日立製作所、東芝、三菱電機なども手がけてきたが、独自の路線を突っ走ってきた富士通までＩＢＭ互換機の発売に踏み切った。

パソコンの国内売上高一位のＮＥＣも当然、自社機種の互換機メーカーを味方につけるようになった。その筆頭がセイコーエプソンだ。

もっとも同社は、ＮＥＣとはライバル関係にあるＩＢＭの互換機の国内販売も手がけはじめている。そうしたことからも、ほぼ国内外メーカーの垣根は取っ払われたと言えるだろう。逆に言えば、どのメーカーも自社製品だけでユーザーを取り込むことは難しくなったわけだ。

「今後は、ＩＢＭ互換グループとＮＥＣ互換グループの勢力争いが一段と烈《はげ》しくなると思います。両陣営ともコンピューターの標準化を旗印にして、各機種の完全互換をめざしてるんですよ」

小椋が言った。見城はすぐに口を開いた。

「ユーザーにはありがたい話だな」

「ええ、そうだと思います。しかし、メーカー側には少し問題があるんですよ。各社の独自性を出しにくくなりますし、下手をしたら、巨大な一企業の下働きに甘んじなければならなくなりますから」

小椋が言った。

「なるほど」

「ですんで、わが社はどちらのグループにも与《くみ》することなく、わが道を行こうという経営方針を選んだんです」

「多島氏は、そういう会社の方針をどう受けとめてたんでしょう？」

「彼もわたしも、社の方針には賛成の立場です。やはり、各メーカーの独自性は必要ですよ。そうした意欲や気迫がなければ、いつまでも完璧な〝人工知能〟を備えたコンピューターは誕生しないんじゃないのかな。人間がやれることをすべてコンピューターに代行させることができたら、素晴らしいじゃないですか」

「そうなったら、なんだか味気ない世の中になる気もするな」

見城は、思ったことを口にした。

小椋が鼻白んだ表情になった。一拍置いてから、見城は言葉を発した。

「少し話を戻させてください。多島氏は仕事のことで、何か不満めいたことを洩《も》らしたことはありませんでした？」

「もしかしたら、あのことで多島はやる気を失ったんだろうか」

小椋が自問した。

「何があったんです？」

「多島は五年以内に、わが社のパソコン部門の年商をＮＥＣや富士通クラスに近づけたいと野望を燃やしてたんですよ」

「それで？」

「多島は技術開発研究費の年予算を来年度から、三倍にしてくれと会社側に要求したんです。むろん重役に直談判《じかだんぱん》したわけではなく、直属の堀宏治《ほりこうじ》技術開発部長を通じて役員会に提案してもらったのですが」

「しかし、その要求は受け入れられなかった？」

見城は後の言葉を引き取った。

「そうなんですよ。うちの家電部門は在庫を大量に抱え込んで、青息吐息《あおいきといき》の状態なんです。お偉方は多島の功績を認めてはいると思いますが、研究費を三倍に増やすだけの余裕はとてもないと言われたようです」

「多島氏は攻撃型の発想をするタイプのようだな」

「ええ、あいつはいろんな面でアグレッシブですよ。不況が長引いてるからこそ、パソコン部門の強化を図って、生き残りに賭《か》けるべきだと言いつづけていました。わたしも彼の意見に賛成なんですが、時期が悪かったですよね」

小椋が言ってから、慌《あわ》てて口に手を当てた。

「時期が悪いというのは、どういう意味なんでしょう？」

「たいしたことじゃないんですよ。どの企業にも、よくある話です」

「というと、社内で派閥の対立があるとか？」

見城は探りを入れた。

「その話は勘弁してくれませんか。内輪揉めを社外の人にぺらぺら喋るわけにはいきませんので。あっ、いけない！」

小椋が自分の額を叩いた。

「やっぱり、派閥抗争で社内が揉めてるんですね？」

「わたしからは何も話せません」

「わかりました。多島夫人の話だと、東都電気の偉いさんたちは銀座の『シェナンド』によく顔を出してるとか？」

見城は話題を変えた。

「ええ、まあ。わたし自身は二、三回しか行ったことがありませんけどね」

「店はどのへんにあるんです？」

「八丁目です。並木通りに面した飲食店ビルの中にありますよ」

「多島氏は、よく通ってたんですか？」

「次長だから、わたしよりは行っていたと思います。ですが、常連というほどじゃありませんでした」

小椋が答えた。奈穂の話と一致している。

「霜鳥美玲はどんなホステスなんです？」

「華《はな》やかで、コケティッシュな女性です。客あしらいもうまいですね。どんな客も快くもてなしてくれるんですよ。だから、あの店でナンバーワンを張れるんでしょう」

「高級クラブの売れっ子ホステスなら、かなり稼ぎもいいはずです。そんな女性がそれほどの馴染み客でもない多島氏と駆け落ちするというのも、ちょっと妙ですね。何か裏があるのかもしれないな」

「裏って？」

「それは調べてみないと、なんとも……」

見城は言葉を濁した。小椋が腕時計に目をやった。

「すみません。これから、ちょっと会議があるんですよ」

「そうでしたか。お忙しいところをありがとうございました。そうだ、社内報を見せてもらえないでしょうか？」

「社内報ですか!?」

「電機メーカーのことを少し勉強したいんですよ。古い号でも、かまいません」

見城は頼み込んだ。

小椋が腰を浮かせ、受付に歩み寄った。見城はロングピースに火を点けた。小椋が受付嬢と遣《や》り取りする声が流れてきた。社内報は受付にもあるようだ。

ほどなく小椋が戻ってきた。薄っぺらな社内報を数冊、手にしていた。

「古い社内報ですが、差し上げますよ」

「それでは、遠慮なく頂戴《ちょうだい》します」

見城は三冊の社内報を受け取って、言い重ねた。

「堀部長にもお目にかかりたいのですが、取り次いでいただけます？」

「部長の都合を訊いてみましょう」

小椋が、ふたたび受付カウンターに歩《ほ》を進めた。

受付嬢がクリーム色の内線電話の受話器を取り上げた。数十秒後、彼女は受話器を小椋に渡した。

小椋が短い会話を交わし、足早に戻ってきた。

「堀は、すぐ参るそうです」

「そうですか。お手数をかけました」

見城は立ち上がって、小椋を犒《ねぎら》った。

小椋が目礼し、エレベーターホールに足を向けた。見城は受付カウンターの近くにたたずんだ。

技術開発部長の堀宏治がやってきたのは数分後だった。
五十二、三歳だ。仕立てのよさそうな背広で、恰幅《かっぷく》のいい体を包んでいる。頭に白いものが混じっていた。
自己紹介し合うと、堀が小声で言った。

「近くの喫茶店に行きましょうか」

「ええ、いいですよ」

二人は肩を並べて外に出た。

案内されたのは、数棟離れたオフィスビルの地階にあるティールームだった。定時の退社時刻に少しばかり間《ま》があるからか、客の姿は少なかった。ホイットニー・ヒューストンのヒットナンバーが低く流れていた。

二人は奥のテーブル席についた。どちらもコーヒーを注文した。ブレンドコーヒーだった。

「多島氏から何か連絡は？」

見城は切り出した。

「別にありません。多島は、いったいどういうつもりなんだろうか。一週間も無断欠勤するなんて無責任すぎる！」

「堀さんは、どこまでご存じなんでしょう？　多島氏が先月の二十七日に、成田空港にいたことは？」

「そのことは奥さんから聞きました。多島は、銀座のクラブの女と一緒だったそうです。駆け落ちなんでしょうか」

「そうも考えられますが、まだ断定的なことは申し上げられません」

「そうでしょうね」

堀が口を結んだ。

ウェイトレスがコーヒーを運んできたからだ。見城は水で喉を潤した。ウェイトレスが遠のくと、堀が顔をしかめた。

「ことによったら、多島を背任罪か、横領罪で告訴することになるかもしれません」

「まだ確証を得たわけではありませんが、彼が会社の機密書類を無断で持ち出した疑いがあるんですよ。そうだとしたら、れっきとした背任罪です」

「なんですって⁉」

「どういった種類の書類だったんでしょう？」

見城は早口で訊《たず》ねた。

「具体的なことは申し上げられませんが、わが社には極めて重要な書類です」

「技術開発に関する機密書類なんではありませんか？」

「その質問にも、お答えできないな」

堀がコーヒーに砂糖とミルクを落とした。

「多島氏は最近、記憶装置《フラッシュメモリー》の改良に成功したそうですね」

「なぜ、あなたがそれを知っているんです⁉　そうか、小椋が洩らしてしまったんだな」

「いいえ、小椋さんから聞いたんではありません」

とっさに見城は小椋を庇《かば》った。

「それでは、誰から聞いたんです？　そのことは社内の一部の人間しか知らないはずなんです。うちの会社の者が話したんでしょ？」

「ジャーナリストじゃありませんけど、われわれもニュースソースを明かすわけにはいかないんですよ」

「そうだろうが……」

堀が憮然《ぶぜん》とした表情で、コーヒーカップを口に運んだ。

気まずい空気が二人の間に横たわった。見城もコーヒーを飲んだ。ブラックのままだった。

多島は、新開発の記憶装置の製造工程のワーキングノートをライバル企業に売る気になったのだろうか。国内で闇取引をするのは何かと危険が多い。それで、海外で取引する気になったとも考えられる。

多島は駆け落ちを装っただけなのか。

それとも、本気で美玲に惚れてしまったのだろうか。多島は大金を手に入れたら、美玲とどこかでひっそりと暮らすつもりなのか。

「とにかく、多島は無責任ですよ」

堀がカップを乱暴に受け皿に戻し、苦り切った表情で言った。どうやら切れ者の部下に、あまりいい感情は持っていないようだ。

「多島氏はマイクロ・プロセッサーの技術改良に貢献して、三十代の若さで次長のポストを手に入れたんだとか？」

「彼の功績は認めます。しかし、多島ひとりの手柄ではありません。開発スタッフの知恵の結晶なんですよ」

「多島氏は、スタンドプレイをしたがるタイプなんですか？」

見城は煙草をくわえた。

「どちらかと言えば、そうですね」

「それじゃ、扱いにくい部下だったんだろうな」

「ええ、ある面ではね。なにしろ彼は自信家で、他人の意見に素直に耳を傾けるタイプじゃありませんので。しかし、優秀は優秀でしたよ」

「ライバル会社から引き抜かれそうになったことは？」

「わたしの知る限りでは、そういうことは一度もなかったな」

堀が答えて、音をたててコーヒーを啜《すす》った。

「多島氏が新開発製品の設計図や使用部品などの機密をライバルメーカーに売り渡すなんてことは考えられませんか？」

「いくらなんでも、そこまではやらないでしょう。彼は割に愛社精神が強いほうですし、金に困ってもいませんでしたから。機密書類を持ち出したとしたら、おそらく厭《いや》がらせのつもりなんでしょう」

「厭がらせ？」

「ええ。多島はあることを会社に要求したのですが、受け入れてもらえなかったんですよ。それが面白くなかったんではないだろうか」

「それだけだとしたら、ちょっと大人げない気がしますね。多島氏は自分の力を思う存分に発揮できる職場に移る気になったのかもしれませんよ」

見城は煙草の火を揉み消した。

「そういうことはないと思うがな」

「多島氏にはだいぶ実績があるようだから、引く手あまたなんじゃないですか？」

「各社とも優《すぐ》れた人材を欲しがっていますが、業界にはそれなりの不文律《ふぶんりつ》があるんですよ。仁義といいますかね。あまり汚ない引き抜きをやったら、謗《そし》られることになります」

「国内のメーカーはそうかもしれませんが、外資系企業はもっとドライな考え方をするんでは？」

「そういう面は否《いな》めないが……」

堀が語尾を呑んで、水の入ったコップを持ち上げた。

「それはそうと、社内で派閥争いがあるようですね。そのあたりのことを少し教えていただきたいんですよ」

「誰がそんなデマを言ったんですっ。そんなのは中傷です。うちは全社員が一枚岩なんです」

「そうなんですか。どうも失礼なことを言ってしまったな。どうかお赦《ゆる》しください」

見城は謝った。

「わたしが知っていることは何もかも話しました。これから、人と会う約束があるんですよ」

「そうでしたか。それでは、どうぞお先に」

「ここのコーヒー代ぐらい払いますよ」

堀が中腰になって、卓上の伝票を抓《つま》みかけた。

見城は手を大きく振って、伝票を手前に引き寄せた。堀が手刀《てがたな》を切るような真似をして、せかせかと出入口に向かった。

夜になったら、『シェナンド』に行ってみることにした。何か情報を得られるだろう。

見城はシートに深く凭《もた》れ、丸めた社内報の頁《ページ》を繰《く》りはじめた。

## 2

いい雰囲気だった。

インテリアは豪華だが、けばけばしくはない。店内も広かった。銀座の高級クラブ『シェナンド』だ。

見城は黒服の若い男に案内され、中ほどのボックス席に坐った。

深々としたソファだった。渋い色合のモケット張りで、ゆったりとした造りだ。肘掛《ひじか》けクッションは、驚くほどに大きい。肘を掛けると、何やら大物になったような気分になる。

ボックスシートは八席あった。奥まった席で一流企業の役員らしい二人組が、四人のホステスと談笑していた。

ホステスは美人揃《ぞろ》いだった。ドレスも華やかだ。

和服姿のママらしい三十五、六歳の女と四人のホステスが、カウンター席で控え目に客を待っていた。

バーテンダーは初老の男だった。銀髪で、知的な容貌《ようぼう》だ。だが、どことなく翳《かげ》りがある。何か重い過去を背負っているのかもしれない。

まだ八時を回ったばかりだった。黒服の細身の男が片膝をついた。

「お飲みものは何になさいますか？」

「シーバス・リーガルをロックで頼むよ」

「かしこまりました。女性のご指名はございますか？」

「美玲さんの顔を拝みにきたんだ」

見城は空とぼけて、小声で言った。

「申し訳ありません。あいにく今夜はお休みをいただいておりまして……」

「それなら、美玲さんと仲のいい娘《こ》を誰か呼んでくれないか」

「承知いたしました。少々、お待ちください」

黒服の男が恭《うやうや》しく頭《こうべ》を垂れ、カウンターの方に歩いていった。

見城はロングピースに火を点けた。

ふた口ほど喫ったとき、二十五、六歳のホステスが近づいてきた。プロポーションは抜群だった。目鼻立ちは不自然なほど整っている。おそらく幾度か、整形手術を受けたのだろう。

女は、サテン地の光沢のある青っぽいドレスを着ていた。

襟《えり》が大きく抉《えぐ》れている。バストは豊かだった。ブラジャーはIカップだろうか。見城は目で笑いかけた。

「いらっしゃいませ。万梨子《まりこ》です」

女が和紙の小型名刺を差し出し、正面に腰を沈めた。

そのとき、香水が甘く匂った。ジェ・オゼだった。シャネルやニナ・リッチに飽きた女たちが好む香水だ。

見城は貰った名刺を軽く押しいただき、上着の内ポケットに収めた。

「お客さまは初めてですよね」

「そうなんだ」

「お名刺、いただけませんか？」

「悪いな、切らしちゃってるんだ。名前は見城だよ。城を見るって字を書くんだ」

「あら、素敵なお名前ですね。お顔に合ってらっしゃるわ」

万梨子がほほえんだ。明らかに、営業用の笑顔だった。

こんなラフな恰好では、どう見ても上客には映らないだろう。ちやほやされるわけはない。

見城は、短くなった煙草を灰皿に捨てた。

「美玲ちゃんとはお知り合いなんですか？」

「いや、会ったことはないんだ。先輩が飛びきりの美女だなんて騒いでたんで、ちょっと好奇心に駆られたんだよ」

「先輩って、どなたのことなんでしょう？」

万梨子が探りを入れてきた。

「東都電気の多島さんだよ」

「ああ、多島さんですか。大学のご後輩かしら？」

「大学は別なんだ。高校の先輩なんだよ」

見城は、でまかせを言った。仕事で嘘《うそ》をつくことには、すっかり馴《な》れてしまった。口ごもったりすることはめったにない。

少し待つと、酒とオードブルが運ばれてきた。

見城は万梨子に飲みものを勧めた。万梨子はアレクサンダーを頼んだ。カクテルだ。

黒服の男が遠ざかった。足音はペルシャ絨毯《じゅうたん》に吸い取られ、まるで聞こえなかった。

見城はロックグラスを摑《つか》み上げてから、言葉を発した。

「美玲って彼女は病気で休んでるの？」

「ううん、ただの旅疲れみたいですよ。美玲ちゃん、四、五日、タイに行ってたんです」

万梨子が答えた。見城は美玲が帰国していることに驚いたが、努《つと》めて自然に会話を進めた。

「パトロンと旅行してたのかな？」

「いいえ、女の友達とサムイ島に行ってきたって言ってましたね」

「怪しいもんだな」

「そうでしょうか」

万梨子は賢い返事をした。

サムイ島は、タイ湾に浮かぶリゾートアイランドだ。欧米の観光客ばかりではなく、数年前から日本の若い女性たちにも人気があった。

「現地のビーチボーイとベッドで張り切りすぎて、腰でも痛めたのかな?」

「さあ、どうなんでしょうね」

「美玲さんは、いつタイから戻ったの?」

見城は問いかけた。

万梨子が一瞬、訝《いぶか》しそうな顔をした。見城は慌てて付け加えた。

「別に深い意味はないんだ」

「一昨日《おととい》の午後に戻ったはずです。一昨日の夕方、わたし、彼女のマンションに電話をしたんですよ」

「そう」

「ずいぶん彼女に関心がおありなんですね。なんだか妬《や》けちゃうわ」

「きみもチャーミングだよ」

「もう遅いです!」

万梨子が甘く睨んで、バージニア・スリムライトを赤い唇に挟んだ。ライターは赤漆《あかうるし》塗りのデュポンだった。

火を点《つ》け終えたとき、アレクサンダーが届けられた。カクテルグラスは値が張りそうな物だった。バカラかもしれない。

多島も日本に戻っているのだろうか。見城はグラスを小さく回して、スコッチ・ウイスキーを半分ほど飲んだ。

喉がほんの一瞬だけ熱く灼《や》けた。しかし、バーボンほど強烈な灼け方ではなかった。

「いただきます」

万梨子がカクテルグラスを持ち上げた。

「多島先輩の話によると、東都電気の役員たちがこの店をちょくちょく使ってるらしいね」

「ええ。一年ほど前は、役員の方がほとんど来てくださってました」

「ひょっとしたら、ママが重役の誰かと親密なのかな」

見城は冗談めかして鎌をかけた。

「それは、ご想像にお任せします」

「どうやら見当外れじゃないらしいな。最近は、役員たちの足が遠のいてるの？」

「そうなんですよ。いまも来てくださっているのは、箱崎《はこざき》常務や菱垣《ひしがき》総務部長ですね。たまに副社長の井口《いぐち》さんもいらっしゃいますけど」

万梨子がそう言い、神経質に煙草の灰を指先で叩き落とした。灰の量は少なかった。三人の役員たちの名は、社内報で知っていた。

「多島先輩は、この店には何度ぐらい？」

「お見えになったのは五、六回でしょうか。いつも田宮《たみや》専務か、三浦《みうら》営業部長のどちらかとご一緒でした」

「そんな偉い連中のお伴じゃ、多島先輩も美玲さんに言い寄るチャンスはなかったんだろうな」

「多島さんは、いつもおとなしく飲んでらっしゃったわ」

「そう。先輩の直属の上司の堀部長とは、面識があるんだよ。堀さんは最近、どうなんだい？」

見城は、さりげなく訊いた。

「半年ぐらい前までは、よくお見えになりました。あの方、ちょっと酒癖がよくないので、ママが注意したことがあるんですよ。それっきり、お見えになっていません」

「ふうん」

「うーん、おいしい！」

万梨子がカクテルに口をつけ、目尻を下げた。

「多島先輩と同期入社の小椋さんなんかも顔を出してるらしいね？」

「小椋さんは二、三度見えたきりですよ」

「そう」

「なんだか東都電気のことを調べてらっしゃるみたいね」

「別に怪しい者じゃないんだ。少し東都電気の株を買うつもりなんだよ」

「最近、ずっと株価はよくないでしょ？　こんな不景気のときに危険なんじゃありません？」

「こういう時期だから、買いに回るべきだと力説してる株式評論家もいるんだ。逆張《ぎやくば》りで少し儲《もう》けたいんだよ。先輩の会社はパソコン部門の売上が伸びてるようだしさ」

見城はもっともらしく言った。

「業績は悪くないようですけど、東都電気も何かと大変みたいですよ」

「大変って、何が？」

「多島さんから聞いてません？　鴻池一輝《こうのいけかずてる》社長が末期癌《がん》で、余命いくばくもないらしいんですよ。それから稲盛寿通《いなもりとしみち》会長もアルツハイマー型認知症で入院中だそうだから、実質的なトップは不在状態なんですって」

「その話は知らなかったな。次期の社長は決まってるんだろうか」

「それは、まだのようですよ。だから、派閥争いなんかもあるんじゃないんですか。わたしはよくわかりませんけど」

万梨子が黙り込み、煙草の火を消した。夕方、小椋が言い渋っていたのはそのことだったのだろう。

見城はグラスを空けた。

万梨子が上体を捩《ねじ》って、黒服の男にお代わりのサインを送った。ちょうどそのとき、社内報の写真で見たことのある二人の男が店に入ってきた。箱崎進《すすむ》常務と菱垣正秋《まさあき》総務部長だった。

箱崎は五十六、七歳に見えた。どことなく脂ぎった感じだ。背はあまり高くない。オールバックの髪は整髪料でぎとついている。

総務部長の菱垣は細身で、いくらか猫背だった。五十三、四歳だろうか。馬面《うまづら》だった。

二人は出入口に近い端のテーブルについた。

ママとカウンターにいた三人のホステスが新しい客に侍《はべ》った。テーブルに運ばれたボトルはルイ十三世だった。デパートで買えば、十万円以上する最高級ブランデーだ。

「いま入ってらした方々は、多島さんの会社の偉い人たちですよ」

万梨子が囁き声で言った。

「そう」

「ご紹介しましょうか？」

「こういう場所で無粋だろうから、遠慮しておくよ。それより、手相で男運を占ってやろうか？」

見城は前屈《まえかが》みになって、万梨子の手を取った。万梨子が身を乗り出してきた。

「わたし、どれ、どれ。ここ数年、男運が悪いんですよ」

「この夏ごろに運命的な出会いがあるね」

「本当に？」

「ああ。その男はリッチで、ルックスも悪くない。ベッドテクニックも相当なもんだな」

「嘘！　そんなことまでわかるわけないでしょ」

「はっはっは。ところで、霜鳥美玲の住まいを教えてくれないか。実は警察の者なんだ」

見城は意味もなく笑いながら、低い声で言った。万梨子が驚き、手を引っ込めようとした。

「表情を変えないでくれ。美玲が、ある事件に関わってる疑いがあるんだよ」

「本当ですか!?」

「ああ。だから、こっそり彼女のアドレスを教えてもらいたいんだ」

「言ってることが少し変だわ。刑事さんなら、事件関係者の住所ぐらいわかってるはずでしょ？」

万梨子が疑わしそうな顔つきになった。

「美玲が被疑者ってわけじゃないんだ。彼女の男友達が主犯格なんだよ。ひょっとしたら、その男が美玲の部屋に潜んでるかもしれないんだ」

「警察手帳を見せてください」

「店の外で見せてやる。ここで出すわけにはいかないんだよ」

見城は苦しい言い訳をした。万梨子は考える表情になった。

「そんな硬い表情をしてたら、ほかの客に怪しまれるな。スマイル、スマイル！」

見城は、おどけた口調で言った。万梨子がぎこちない笑みを浮かべる。

「協力してもらえるね？」

「え、ええ」

「誰にも気づかれないように美玲の住所をメモしてきてくれないか」

見城は手を放し、上体を背凭《もた》れに戻した。万梨子が腰を上げ、化粧室の隣にある更衣室に消えた。

二杯目のロックを傾けはじめる。万梨子が戻ってきたのは数分後だった。

見城はテーブルの下で、二つ折りにされたメモを受け取った。そのまま上着のポケットに入れる。

それから十分ほど経《た》ってから、見城はチェックを頼んだ。勘定は思いのほか安かった。三万円弱だった。

万梨子が一階まで見送りにきた。

見城は飲食店ビルのエントランスロビーで、万梨子に模造警察手帳を見せた。ポリスグッズの店で買った物だ。本物そっくりに造られている。一般市民なら、たやすく騙《だま》せる。事実、見城はこれまで大勢の男女を欺《あざむ》いてきた。

また、彼は常に十数種の偽名刺を持っていた。

まともに会社名を出すと、相手に胡散《うさん》臭そうに見られ、調査が捗《はかど》らないことが少なくなかった。そんなことから、偽名刺を巧みに使い分けていた。

「本物の刑事さんだったんですね」

「協力に感謝するよ。こっちのことは誰にも喋らないでくれないか」

「わかっています」

「縁があったら、また会おう」

見城は片手を挙げ、大股で歩きだした。

ローバーは近くの有料駐車場に預けてあった。その駐車場に向かいながら、メモを見る。

霜鳥美玲は港区三田のマンションに住んでいた。

見城は足を速めた。

3

エレベーターが停止した。

七階だった。『三田スカイコーポ』だ。

十一階建てのマンションだった。玄関はオートロック・システムにはなっていなかった。

管理人室はあったが、誰もいない。

見城はエレベーターホールに降りた。人の姿は見当たらなかった。七〇七号室は、ホールの左手にあった。美玲の部屋だ。

見城はドアフォンを鳴らした。

ややあって、女の声で応答があった。当の美玲だろう。

「警察の者です。霜鳥美玲さんでしょうか？」

見城は、ここでも現職の刑事になりすました。

「そうです、何か？」

「東都電気の多島佳孝さんのことで、ちょっと話をうかがいたいんですよ」

「いま、ドアを開けます」

相手の声が途切れた。

見城は少しドアから離れた。スチールのドアが開けられた。

美玲は艶《あで》やかな女だった。派手な顔立ちで、彫りが深い。白人とのハーフに見えたほどだった。髪は、栗色がかったウェービーヘアだ。

枯葉色のゆったりとしたオフタートルのセーターを着ている。下は白のスパッツだった。

脚には自信があるらしい。

「玉川署の者です」

見城は模造警察手帳を短く呈示《ていじ》し、玄関の三和土《たたき》に入った。

「ご用件は？」

「あなた、先月の二十七日に多島氏と一緒に成田空港からタイに発《た》ちましたね？」

「えっ」

美玲が狼狽した。大きな瞳が伏せられた。睫毛《まつげ》が小さく震えている。

「多島氏の奥さんが、うちの署にご主人の捜索願を出されたんですよ」

「…………」

「どうなんです？」

「ええ、タイには行きました。でも、多島さん、バンコクで蒸発しちゃったんですよ」

「消えたって⁉」

見城は驚いた振りをした。

「そうなの。わたしをホテルに置きざりにして、どこかに行っちゃったんです」

「それは、いつのこと？」

「バンコクに着いた翌々日です。わたし、ずっとホテルで待っていたんですけど、なんの連絡もありませんでした。だから、一昨日、仕方なく日本に帰ってきたんですよ」

「もう少し話を詳しくうかがいたいな」

「いいですよ。どうぞ上がってください」

美玲がスリッパラックに腕を伸ばした。

見城は狐色のアンクルブーツを脱いだ。居間に通された。十五、六畳の広さだった。間取りは2ＬＤＫらしい。居間の左側に和室やダイニングキッチンがあり、右側には洋室があった。

その部屋のドアは半開きだった。ダブルベッドが見える。

居間のほぼ中央に、黒いロータイプのリビングセットが置かれていた。

アクセントラグは、白と黒を大胆にあしらった奇抜なデザインだった。チョコレート色のフローリングには、黒い大型テレビが直《じか》に据えられている。ガラス製の花器には、ドライフラワーが挿《さ》してあった。

二人はガラストップのテーブルを挟んで、ソファに腰かけた。

「銀座のお店に行かれたんですか？」

「いや、行ってない」

見城はとぼけた。

「よかったわ。わたし、ママや女の子たちにプライベートなことは知られたくないんです」

「ここで用が済めば、わざわざ勤め先までは押しかけないよ」

「よろしくお願いしますね」

美玲が媚《こ》びるような目で言った。

「わかった」

「それはそうと、わたしが多島さんとタイに行ったこと、どうしてわかっちゃったんですか？」

「警察は何でもわかるんだよ。だから、正直に答えたほうがいいな」

見城は言ってから、密《ひそ》かに苦笑した。現職刑事のころ、被疑者たちにさんざん言った台詞《せりふ》だった。

「なんでも話します。だから、家宅捜索なんかしないでくださいね」

「半分冗談だが、何か危《ヤバ》いものでも隠してるのかな？」

「違いますよ。ランジェリーなんかを見られたくないだけです」

美玲はそう答えたが、目が落ち着かなかった。性具や裏ビデオの類《たぐい》を隠し持っているのかもしれない。

「安心してくれないか。警察だって、むやみに他人の家の中を引っ掻き回したりはしない。家宅捜索をするときは、ちゃんとした令状が必要なんだよ」

「そうなんですか。わたし、そういうことには疎いもんだから」

「多島氏とは、いつからの仲だったの？」

見城は本題に入った。

「まだ数カ月なんです、深い関係になって」

「そんな浅い仲の男女が、海外旅行に出かける気になるとは思えないんだが……」

「あら、つき合いの長さなんか関係ないわ。フィーリングが合えば、海外旅行ぐらいしますよ」

「多島氏に誘われたのか、タイに行こうって？」

「ええ、そう」

「旅の目的は？」

「わたしのほうは、ただの遊びよ。旅行に誘われたとき、なんか気分がくしゃくしゃしてたんです」

「なんで？」

「お店のお客さんの売掛金《カケ》が思うように回収できなくて、苛《いら》ついてたんですよ。だから、多島さんの誘いに二つ返事で乗っちゃったの」

「駆け落ちする気だったんじゃないのか？」

「まさか!?」

美玲が笑い飛ばした。

「多島氏は無断で会社を休んでるんだよ」

「えっ、そうなんですか。彼、そんなことは一言も言わなかったけどな」

「旅行中、多島氏の様子はどうだった？」

見城は上着の内ポケットから、煙草と百円ライターを摑み出した。

「いつもと変わらなかったわ」

「宿泊先は？」

「オリエンタルホテルです、バンコクの」

「そこは、チャオプラヤー河の畔《ほとり》に建ってるホテルだね」

「ええ、そう。刑事さん、タイに行ったことあるんですか？」

美玲が確かめた。

「ああ。五年前にインド旅行をした帰りに、二、三日滞在したんだ。こっちが泊まったのは、ラチャダムリ通りから奥に引っ込んだ安ホテルだったけどね」

「そうなの。オリエンタルホテルは一応、タイでは最高級のホテルらしいんですよ。十九階の部屋だったから、眺めはよかったわね」

「部屋は？」

「一九九五号室でした」

「多島氏は宿泊三日目のいつごろ、蒸発したの？」

見城は煙草に火を点けた。

「午後三時ごろだったわ。わたしがシャワーを浴びてるとき、多島さん、ちょっと出かけてくるって……」

「それっきり戻らなかったんだね？」

「ええ。事故に遭《あ》ったのかもしれないと思って、ずっと連絡を待ってたんだけど」

「荷物は?」

「衣類なんかが入ったスーツケースはそのままだったけど、黒のアタッシェケースは持って出ていったの。お金とかパスポートなんかは、その中に入ってたはずです」

「アタッシェケースの中に書類なんかは入ってなかった?」

「わかりません。彼、いつもアタッシェケースに錠を掛けてたから」

美玲が脚を組んだ。

「多島氏が誰かに電話をかけたことは?」

「わたしのいるときは一度もかけてません。それから、外からホテルの部屋に電話がかかってきたこともないわね」

「二人で出かけた場所を教えてくれないか」

「ホテルに最初に泊まった翌日、市内見物をしたの。旧王宮《グランドパレス》に出かけました」

「そう」

見城は煙を吐き出しながら、短い返事をした。

グランドパレスは、バンコク市街地の西の外れにある名所だ。白亜の城壁に囲まれたチャクリ宮殿をはじめ、エメラルド寺院、アマリンホールといった寺や仏塔が建ち並んでいる。ポピュラーな観光コースだった。

見城も訪ねていた。ぎらつく陽光に輝く極彩色の建物の残像は、いまも頭のどこかにこびりついている。

「その次の日は〝暁の寺《ワット・アルン》〟を見物して、河の畔にあるレストランでタイ料理を食べたの。でも、トム・ヤム・クンなんてスープは辛くて半分も飲めなかったわ」

「暑い国だから、辛い料理が多いんだよ」

「そうですってね。辛いこともそうだけど、家鴨《あひる》の水搔《みずか》きをそのまま料理したのがあったの。あれには、びっくりしちゃった。だけど、鶏肉と細切りの 筍《たけのこ》 がたっぷり入ったカオ・ラートナー・ガイとかいう餡《あん》掛《か》け丼はとってもおいしかったわ」

美玲が言った。

「喰いものの話は、どうでもいいんだ。ほかに出かけた所は？」

「後は、タイ大丸でショッピングをしたぐらいね」

「そう。多島氏は会社や家庭のことで、何か愚痴《ぐち》をこぼしてなかった？」

見城は喫いさしの煙草の火を消した。

「愚痴っていうか、なんか人間不信に陥ってるみたいなことをちょっと洩らしたことがありました。具体的なことは何も言いませんでしたけどね。社内の誰かに裏切られたのかしら？」

「その話以外に印象に残ってることが何かないかな？」

「酔っぱらったとき、おれはジョーカーを握ってるからとか何とか独り言を言ってました。ちょっと失礼します」

美玲が立ち上がって、リビングボードに歩み寄った。

煙草のパッケージを手にして、すぐに引き返してきた。くわえたのはセーラム・ライトだった。若い女性に最も人気の高い銘柄だ。

「ジョーカーか。つまり、切札を持ってるってことなんだろうな」

「そうなんでしょうね」

「ほかに何か気づいたことは？」

見城は畳みかけた。

「二日目の晩、夜中に魘《うな》されて跳《は》ね起きたの。会社のエレベーターの中で、いきなり顔のない男に刺身庖丁で胸を刺された夢を見たらしいんですよ。すごく寝汗を掻いてたわ」

「多島氏は社内のトラブルに巻き込まれてるのかもしれないな」

「わたしには、さんざんな旅行でした。多島さんがホテルに預けた保証金だけでは宿泊費が足りなかったし、帰りの航空券も自分で買わなきゃならなかったの」

美玲が頬を膨らませ、煙草をクリスタルの灰皿に捻りつけた。火は一度では消えなかった。

どうやら大雑把《おおざっぱ》な性格らしい。

「多島氏には何かメッセージを残してきたのかな？」

「部屋にあったレターペーパーに先に帰ると日本語でメモして、フロントに預けてきただけです」

「多島氏の衣類なんかは？」

「スーツケースごと、ホテルの保管庫に入ってると思います。今朝《けさ》、オリエンタルホテルに電話をしてみたんだけど、彼から何も連絡は入ってないという話だったから」

「そう」

見城は小さくうなずいた。

そのとき、居間の電話が軽やかな着信音を刻みはじめた。美玲が腕を伸ばし、チャコールグレイの受話器を摑み上げた。コードレスフォンだった。

「あっ、あなただったの」

「………」

当然のことながら、通話相手の声は見城には聴こえない。話の遣《や》り取りから察すると、電話の主は男性のようだ。

「えっ、そんな近くまで来てるの⁉」

「…………」

「いいけど、いま来客中なのよ。え？　そんなことするわけないじゃないの。すぐに疑うんだから」

「…………」

「悪いけど、そのへんをひと回りしてきて。それじゃ、後でね」

美玲が電話を切った。

「パトロンが来るようだな」

「ううん、ただの友達ですよ。近くまで来たから、ちょっと寄らせてくれって」

「そういうことなら、失礼しよう」

見城は立ち上がって、玄関ホールに向かった。

美玲に見送られ、部屋を出る。見城はエレベーターには乗らなかった。

ホールの向こう側にある非常口の近くに身を潜める。美玲の部屋を訪れる人物を確かめる気になったのだ。

十五分ほど待つと、エレベーターのかすかな唸りが響いてきた。

見城はホールに視線を注いだ。降り立ったのは五十七、八歳の男だった。

茶系の背広の上に、白っぽいコートを羽織っている。半白の髪は豊かだった。身長は百六

十五、六センチだろう。
どこかで見たことのある顔だった。

しかし、見城はとっさには思い出せなかった。男はケーキの箱を提《さ》げていた。有名な洋菓子店の名が印刷されている。手土産だろう。

男が長い歩廊《ほろう》を進んだ。

立ち止まったのは美玲の部屋の前だった。いったんキーホルダーを取り出したが、手早くポケットに戻した。男はネクタイの結び目に手をやってから、ドアフォンを押した。

部屋の主と短い言葉を交わして、部屋の中に消えた。

男は馴れ馴れしい喋り方をした。部屋のスペアキーも持っている様子だった。美玲のパトロンと考えてもいいだろう。

見城は足音を殺しながら、七〇七号室まで小走りに走った。

ドアに耳を押し当てる。かすかな人声が聞こえるが、話の内容まではわからなかった。

あの男をどこで見たのだろうか。

見城は記憶の糸を手繰《たぐ》りながら、エレベーターホールに戻った。

エレベーターが一階に着いたとき、不意に男の写真を東都電気の社内報で見かけたことを思い出した。見城はマンションを飛び出し、路上に駐《と》めてある自分の車に駆け寄った。

ローバーに乗り込み、グローブボックスから丸めた三冊の社内報を引っ張り出した。

見城はルームランプを点け、社内報の頁《ページ》を繰った。

男の顔写真は、三冊目の社内報に掲《かか》げられていた。座談会の記事に添えてあった。

専務の田宮直之《なおゆき》だった。美玲が田宮の世話になっていることは、ほぼ間違いないだろう。

失踪《しっそう》中の多島佳孝は上役の愛人を寝盗《と》ったことになる。なぜ、そのような大胆なことをしたのか。

そのことが発覚しそうになったから、多島は美玲と発作的にタイに逃げる気になったのだろうか。仮にそうだったとしたら、美玲も平然とはしていられないだろう。しかし、彼女は男をごく自然に請《しょう》じ入れた。多島が姿を晦《くら》まさなければならなかった理由は、女性問題ではなさそうだ。どうやら彼は、別の理由でタイに行く気になったらしい。

美玲の話によると、多島は人間不信に陥っていた様子だったという。次期の社長選びを巡る派閥争いに巻き込まれ、信頼していた上役に背《そむ》かれてしまったのか。

それで宮仕えに、ほとほと厭気《いやけ》がさしたのではないだろうか。そして、行きがけの駄賃に開発したばかりの新型記憶装置の製造工程に関する書類をこっそり盗み出したのかもしれない。価値のあるワーキングノートなら、ライバルメーカーに高く売ることができる。

多島はタイ国内のどこかで密かに機密書類の買い手と落ち合い、闇取引をするつもりだったのではないか。

美玲を旅行に誘ったのは、単なる浮気旅行か駆け落ちに見せかけたかったからだろう。あるいは会社の追っ手が迫ったとき、美玲を楯《たて》にするつもりだったのか。

しかし、多島が会社の機密書類を勝手に持ち出したという確証があるわけではない。技術開発部長の堀宏治が自分のポストを多島に奪われる危機感から、事実無根の虚言を吐いたとも考えられなくはなかった。そのことを確かめておく必要があった。

見城は社内報をグローブボックスに戻し、自動車電話《カーフォン》を手に取った。

多島の自宅に電話をすると、すぐに奈穂が電話口に出た。

「おれだよ。昨夜《ゆうべ》は愉《たの》しかった。礼を言うよ」

「わたしの台詞《せりふ》を取らないで。お礼を言わなければならないのは、わたしのほうだわ」

奈穂が、くだけた口調で言った。肌を重ねたことで、二人はぐっと打ち解けていた。

見城は調査の中間報告をした。口を結ぶと、奈穂が呟くように言った。

「なんだか信じられないような話ばかりだわ」

「堀の話、きみはどう思う？」

「事実のような気もするし、作り話のようにも思えるわね。明日にでも東都電気に出かけて、堀部長の話の真偽を確かめてみます。技術開発部の研究スタッフには何人も知り合いがいるの」

「それじゃ、その件はきみに頼もう。稲盛会長や鴻池社長の病気のことは、ご主人から聞かされてた？」

見城は訊いた。

「ええ、そのことは知ってたわ。稲盛会長は認知症がひどくなって、自分の名前すらわからないそうよ。鴻池社長も抗癌剤の副作用で体が衰弱しきってるらしいわ。夏までは保《も》たないだろうって……」

「そう」

「稲盛会長は東都電気の創業者の長男で、会社の株を三十パーセント近く持ってるらしいから、名誉会長に祭り上げられることになるだろうって、いつか多島が言ってたわ」

「鴻池社長の持ち株は？」

「取締役は自社株を買わされることになってるらしいけど、サラリーマン社長だから、持ち株はそれほど多くないと思うわ」

「東都電気の有力株主は？」

「京和銀行、明信電工、三矢証券なんかよ。稲盛会長夫人と大株主たちが次期社長の人選を話し合ってるらしいという噂《うわさ》があるってことは夫から聞いた覚えがあるわ。だけど、社内で派閥争いが起こってるなんて話は一度も聞いたことはないわね」

奈穂が答えた。

「どんな組織や団体にも派閥抗争はつきものだよ。同族会社だって、必ずしも足並が揃ってるわけじゃないからな」

「ええ、そうでしょうね。きっと東都電気にも派閥争いがあるんだわ」

「そのあたりのことで、何か喋ってくれそうな同僚はいないだろうか」

見城は問いかけた。

「もう一度、小椋さんに会ってみたら？　小椋さんは仕事熱心だけど、出世欲はあまりないみたいなの。だから、どの派閥にも属してないんじゃないかしら？」

「彼は出世が遅いほうなのかな？」

「多島と同期入社の中では遅いほうだと思うわ。確か、まだ係長だったから。でも、人間的には、とてもいい男性《ひと》よ。異性としては、ちょっと頼りない感じだけどね」

「案外、ベッドテクニックは凄いかもしれないぜ」

「そんな話をしないで。昨夜のあなたのことを思い出して、おかしな気分になっちゃうから。今夜も会いたいわ。着手金、お渡ししなくちゃならないし」

奈穂が甘く誘いかけてきた。

「おれだって、同じ気持ちだよ。しかし、ベッドの中にばかりいたんじゃ、なかなかご主人を見つけ出せない。早く離婚届を出したいんだろう？」

「ええ、それはもちろん！」

「近いうちに一度、バンコクに行ってみるよ」

見城は告げた。

「わたしも行ったほうがいいかしら？」

「きみと一緒のほうが愉しいが、ひとりのほうがよさそうだな」

「どうして？」

「危険なことが待ち受けてるかもしれないからね」

「何が危険なの？」

「もし、きみの旦那が機密書類を持ち出してたり、誰か上役の弱みを握ってるとしたら、追われることになるだろう。場合によっては、失踪人を捜してるおれにも魔手が……」

「どうしましょう⁉　多島のことで、あなたを危ないことに巻き込ませたくないわ」

奈穂は不安そうだった。

「おれのことは心配ないよ。こういう商売だから、割に荒っぽいことには馴れてるんだ」

「それでも、やっぱり心配だわ」

「とにかく、バンコクに行ってみる」

見城は通話を切り上げ、ローバーのエンジンを始動させた。

# 第三章　淫らな罠

## 1

背中に何かが突き刺さった。

他人の視線だった。針のように鋭かった。見城は反射的に振り返った。

バンコクの郊外にあるドン・ムアン空港の税関を通過した直後だった。十数メートル後ろに、頭髪にパーマをかけた日本人の男がいた。

堅気には見えない。筋者《すじもの》特有のふてぶてしさと凄みがうかがえる。三十代の前半だろうか。

視線がまともに交錯《こうさく》すると、柄の悪い男は慌てて目を逸《そ》らした。

見覚えのある顔だった。男は、見城が乗ってきたタイ国際航空６４１便の機内にいた。そのジェット旅客機は成田からの直行便だった。

午前十一時に成田を離陸し、バンコクには現地時間の午後三時半に到着した。

実際のフライトは約六時間半だが、二時間の時差があった。その分だけ、時間が逆戻りしたわけだ。

見城は赤茶の革のトラベルバッグを左手に持ち替え、国際線玄関に向かった。ターミナルビルの二階だった。一階は国内線ロビーになっている。

気になる視線は背中に刺さったままだ。

やくざ風の男は、どうやら自分を成田からマークしていたようだ。思い起こしてみると、成田空港の南ウイングのロビーで男を見かけたような気がする。

機内に乗り込んでからも、時々、誰かに見られているように感じた。

見城は機内の中ほどの右側の通路際に坐っていた。男は、三列ほど後ろの席にいたのではなかったか。

荷物入れを開けたときやトイレに立ったとき、男は睨《ね》めつけるような目を向けてきた。そのときは少し不快に感じただけだったが、たまたま同じ機に乗り合わせた者の目つきにしては異常だった。尾行者かどうか確かめてみることにした。

見城はトラベルバッグを抱え、いきなりロビーを走りだした。

国際線ロビーには、ドイツやオーストラリアからの観光客があふれていた。そうした男女にぶつかりそうになるたびに、見城は罵声《ばせい》を浴びせられた。それでも人波を縫《ぬ》いながら、駆けつづけた。

見城は疾駆《しっく》しながら、素早く振り向いた。

暴力団の組員らしい男が懸命に追ってくる。やはり、尾行者に間違いなさそうだ。

見城はターミナルビルを走り出た。同時に、熱を孕《はら》んだ外気に包まれた。蒸し暑かった。湿気が多いせいだろう。

すぐにも、身につけているウールジャケットを脱ぎたかった。だが、いまは時間がない。

ポーチは横に長かったが、幅は狭かった。

出迎えの男女でごった返している。体臭と汗の臭いで、むせそうだ。タイ人ばかりではなかった。欧米人や日本人の姿も目立つ。

見城はターミナルビルの端まで走り、物陰に隠れた。

上着の内ポケットから、超小型カメラを取り出す。ショートホープの箱ほどの大きさだった。隠し撮り用の特殊カメラだ。ドイツ製だった。

少し経つと、例の男が駆けてきた。

見城は顔を半分だけ突き出し、五、六度シャッターを切った。

男はタイの気候を熟知しているのか、夏用のクリーム色の背広を着ていた。下はジャングルプリントの派手な開襟シャツだった。

男がたたずんだ。肩を大きく弾ませ、あたりを見回している。

見城は超小型カメラを内ポケットに突っ込み、男に声をかけた。

「おい、ここだよ」

「うっ」

男が口の中で呻《うめ》き、わざとらしく腕時計を覗《のぞ》いた。

パテック・フィリップだった。成金や暴力団関係者たちが好む高級時計だ。右手首には、ゴールドのブレスレットを光らせている。

「なぜ、おれを尾《つ》けてるんだっ」

見城は、男につかつかと歩み寄った。

「別に尾行なんかしてねえよ。タイに来たのは初めてなんで、おれ、ちょっと不安だったんだ」

「不安？」

「ああ。おれ、英語もタイ語も喋《しゃべ》れねえんだよ。日本人の誰かにくっついてれば、バンコクの市街地に行けると思ったわけさ」

「子供じゃあるまいし、そんな言い逃れは通用しないぞ。誰に頼まれて、おれを尾《つ》けてるんだっ」

「なに言ってんだよ、おたく！　いま言ったろうがっ。おれは、ただ不安だったから……」

「いいから、パスポートを出せ！」

「ふざけたことを言うんじゃねえ。てめえ、何様のつもりなんだっ。おれは堅気《ネス》じゃねえんだぞ」

男が肩をそびやかし、野太《のぶと》い声で凄んだ。

「やっぱり、ヤー公だったか。真っ当な市民はそんな隠語は使わないもんだ」

「だから、なんだってんだよっ」

「ずいぶん威勢がいいな」

見城は言いざま、トラベルバッグを下から斜めに掬《すく》い上げた。空気が縺《もつ》れた。

相手の顎が鳴った。重く鈍い音だった。

男がのけ反《ぞ》り、横倒しに転がった。開襟シャツがはだけ、刺青《いれずみ》が覗いている。

「早くパスポートを見せろ！」

見城は前に踏みだした。相手の出方によっては、蹴りを入れるつもりだった。

「ひでえじゃねえか」

「さっきの勢いはどうしたんだ？　ヤー公のくせに、素手《ステ》の喧嘩《ゴロ》もできねえのかっ」

「何もそうカリカリすることじゃねえだろうがっ」

「とにかく立つんだ」

「くそったれが！」

男が毒づいて、のろくさと立ち上がった。

見城は目顔で、パスポートを出せと急《せ》きたてた。そのとき、男が急に大声で救いを求めた。

ヘルプ・ミーだけ英語で、後は日本語だった。

近くにいた人々の視線が一斉に飛んできた。

見城は男に手を出せなくなった。パーマをかけた男が薄ら笑いを浮かべ、不意に身を翻《ひるがえ》した。

見城は追わなかった。誰かに警官か税関職員を呼ばれたら、面倒なことになる。

男の後ろ姿が人混みに紛《まぎ》れて見えなくなった。見城は群れはじめた野次馬を掻き分けて、タクシー乗り場に向かった。

白タクの運転手が近寄ってきて、たどたどしい日本語で話しかけてきた。

「わたしの車、とても安いよ。タクシーよりも得ね」

「ノーサンキューだ」

見城は手を大きく振って、足を速めた。

白タクの運転手がタイ語で何か罵《ののし》った。見城は取り合わなかった。白タクには懲《こ》りていた。五年前にバンコク市街地でうっかり白タクに乗ってしまい、法外な料金を取られたことがあったのだ。

タクシー乗り場には長い列ができていた。

三十分は待たされそうだ。うんざりしたが、列に加わるほかなかった。

見城はトラベルバッグを足許《あしもと》に置き、上着を脱いだ。トラベルバッグには替えの麻ジャケットが入っているが、羽織る気にはなれなかった。

スタンドカラーの長袖《ながそで》シャツの袖口も捲《まく》り上げたが、まだ暑い。陽《ひ》はだいぶ傾いていたが、南国の残照は強烈だった。じっとしていても、汗が噴き出してくる。

銀座の『シェナンド』を訪れてから、三日が流れていた。

その翌日の夕方、見城は小椋雅也を酒場に誘い出した。酔いが深まると、小椋は次期社長を巡る社内抗争があることを認めた。

井口清人《きよと》副社長が懐刀《ふところがたな》の箱崎進常務や菱垣正秋総務部長を参謀にして、主流派を束ねているらしかった。反主流派のボスは田宮直之専務だった。田宮は三浦登《のぼる》営業部長や堀宏治技術開発部長を味方に引き入れ、自分の派閥を固めているという話だ。

行方《ゆくえ》のわからない多島佳孝は田宮と出身大学が同じということもあって、数カ月前まで専務派に属していたらしい。しかし、なぜだか彼は急に田宮と距離を保《たも》つようになったという。その理由については、小椋はまるで見当がつかないと語った。小椋自身は、中立の立場を貫いているらしかった。

その次の日の夜、多島奈穂が見城の自宅マンションにやってきた。

着手金の百万円を届けに来たのだ。数時間前に奈穂は東都電気の本社を訪ね、技術開発部の研究スタッフたちと会ってきたらしかった。

その結果、多島が無断で新開発の記憶装置の機密資料や試作品の一部を持ち出していることが明らかになった。会社は顧問弁護士を通じて、近く多島を正式に告訴する気でいるそうだ。

その晩、奈穂は見城の部屋に泊まった。

美しい依頼人は惜しげもなく裸身を晒《さら》し、乱れに乱れた。見城は肩口を嚙《か》まれ、背に爪を立てられた。奈穂は幾度も昇りつめた。

見城は烈《はげ》しく応《こた》えた。里沙から電話がかかってきたのは、二度目の交わりの最中《さなか》だった。

見城は体を繋いだまま、ホームテレフォンの子機を摑《つか》み上げた。

里沙は部屋に来たがっている様子だった。

見城は仕事を口実に遠回しに断った。息が少し乱れていた。里沙は情事中であることを見抜いたかもしれない。しかし、厭味《いやみ》めいたことは何も言わなかった。里沙は、そういう女だった。しかし、いい気持ちはしないだろう。さすがに後ろめたかった。

その翌日、見城は田宮専務と霜鳥美玲の仲を調べた。

『シェナンド』の若い黒服の男に小遣《こづか》いを摑ませ、二人の関係を喋らせたのだ。田宮と美玲の仲は、一年以上も前からつづいているらしかった。田宮が美玲に言い含めて、多島を国外に連れ出した可能性もあった。

見城は美玲を締め上げて、そのことを探ってみる気になった。しかし、彼女と接触するチャンスはなかった。

見城は煙草を吹かしはじめた。

いつしか自分の前に立つ人々の数が少なくなっていた。あと六、七人で、タクシーに乗れそうだ。ロングピースの火を踏み消したとき、自分の番がきた。

見城はタクシーに乗り込んだ。車内は涼しかった。汗が少しずつ引いていく。

運転手は二十代後半の浅黒い男だった。目が大きく、睫毛が長い。マレー系のタイ人だろう。

「オリエンタルホテルまで頼む」

見城はブロークン・イングリッシュで行き先を伝えた。

運転手が丁寧《ていねい》な英語で返事をし、穏やかに車を発進させた。八、九年前に製造された日本車だった。タクシーは空港ビルを離れると、バンコク市内に通じる高速道路に入った。ミタパープ・ロードだ。

「このあたりの風景は、あまり変わってないな。五年前にタイに来たことがあるんだ」

「それじゃ、お客さんから料金をぼるわけにはいきませんね」

運転手が軽口を返してきた。

「きみはマレー系のように見えるが……」

「そうです。ぼくらは少数派ですから、あまりいい仕事には就《つ》けません。タクシードライバーになるのも、けっこう大変なんですよ」

「だろうね。この国は王室、高級軍人、華僑《かきょう》なんかが経済を牛耳《ぎゅうじ》ってるようだからな」

「ええ、それに外国企業がね」

「そうだな」

見城は相槌《あいづち》を打って口を閉じた。まともな会話をすれば、胸が重苦しくなりそうだった。

タイに進出している日本企業の数は多い。日本政府はタイへの政府開発援助《ODA》活動に熱心だったが、巨額な無償援助金や借款《しゃっかん》の大部分は大手商社や建設会社など巨大企業を通じて、日本に吸い上げられている。

日本政府や進出企業に感謝しているタイ人は、多額のリベートを得ている王族、政府高官、軍人たちだけだ。一般の国民は、なんの恩恵にも浴していない。

見城は上体を捻って、リア・ウインドー越しに後続車を眺めた。

追尾《ついび》してくる不審な車は見当たらない。ハイウェイの両側には、くすんだ色の町工場や倉庫が連《つら》なっている。

スクラップ工場や自動車修理工場も少なくなかった。その間に、バラック建てのみすぼらしい民家が見えた。視線を遠くに放つと、椰子《やし》の林が点々と散っている。夕陽に照らされたバナナの葉が小さくきらめいていた。

数十分走ると、風景は一変した。

高層ホテルとオフィスビルが目につくようになった。それでいて、ビル群の足許にはトタン屋根のスラム街が拡《ひろ》がっている。なんともアンバランスな構図だった。

バンコク市の人口は現在、約五百万人だ。

そのうちの百数十万人がスラム街に住んでいると言われている。多くの家は掘っ建て小屋で、家具と呼べる物はない。床の上に粗末な炊事道具や水瓶《みずがめ》が置いてあるきりだ。

そのくせ、どの家にもテレビはある。それだけが貧しい庶民のささやかな娯楽なのだろう。

日本は長引く不況に喘《あえ》いでいるが、韓国、台湾、シンガポールといったアジア各国の経済は活況を呈している。だが、タイの貧富の差はいっこうに縮まっていないようだ。

やがて、タクシーは高速道路を降りた。

すでにバンコクの市街地だった。外国企業の大看板を掲げたビルや大小の商業ビルが、道路沿いに建ち並んでいる。

民間マンションの数はきわめて少ない。特権階級向けの超高級マンションがあることはあるが、もっと緑に恵まれた地区に建っていた。

タクシーは市街地の大通りを巧《たく》みに進み、チャオプラヤー河に近づきつつあった。

その大河は通称メナム河と呼ばれ、バンコク市民に親しまれている。市の西側を蛇行しながら、南北に流れていた。河の向こう側はもう郊外だ。

車はバンコク市のビジネス街を抜け、さらに西へ走った。幹線道路は夕方のラッシュアワーを迎えていた。タクシーは低速でしか進めない。もどかしかった。

オリエンタルホテルに到着したのは六時少し前だった。

近代的な造りの高層ホテルは、チャオプラヤー河のすぐ際《きわ》にそびえている。市の中心部にあるエラワンホテルとともに、バンコクの超高級ホテルとして名高い。

見城はタクシーを降りると、フロントに直行した。

フロントには四人の従業員がいた。いずれもタイ人男性だった。

「いらっしゃいませ。ご予約のお客さままですね？」

四十年配のフロントマンが流暢《りゅうちょう》な英語で話しかけてきた。色は浅黒かったが、顔は柔和《にゅうわ》だった。いくらか目が垂れている。

「客じゃないんだ。ちょっと伺いたいことがあるんですよ」

「失礼ですが、どなたさまでしょう？」

「日本から来た私立探偵《ディテクティブ》です」

見城は気恥ずかしさを覚えながら、そう自己紹介した。調査会社の説明に手間取りそうだったからだ。姓を名乗る。

「それで、どのようなことをお調べになりたいのでしょう？」

「先月の二十七日に、多島佳孝という日本人がここに投宿しましたね？」

「はい。多島さまのことは、よく憶《おぼ》えています。確か美玲さまとおっしゃる奥さまと当ホテルに宿泊されました」

「二人は予約してあったのかな」

「いいえ、ご夫妻は飛び込みでお越しになりました。うまい具合に空き室がございましたので、一九九五号室にご案内した次第です」

フロントマンがにこやかに答えた。多島と美玲は夫婦に化けたらしい。

「多島は三日目の午後にホテルを出たきり、戻らなかったそうですね？」

「さようです。それで二、三日後に、奥さまがおひとりでチェックアウトされました」

「そうなんだってね」

見城は短く応じた。美玲の話に嘘はないようだった。

「その後、多島さまからは何も連絡がございません。しかし、おそらくタイのどこかにいるのでしょう」

「なぜ、そう思うんです？」

「奥さまがチェックアウトされる前に、わたし、ドン・ムアン空港の税関で働いている従弟《いとこ》に姿を消した多島さまが出国されたかどうか問い合わせてみたのです」

フロントマンが言った。

「出国してなかったんですね？」

「ええ。船で帰国されない限り、日本のお客さまはドン・ムアン空港から帰路につかれます。もっとも密出国する気なら、カンボジアに出る手もあるようですがね。しかし、ただの旅行者が密出国の手引きをしている連中と接触するのは無理だと思います」

「そうだろうな。その従弟の方に、もう一度問い合わせていただけませんか」

見城は頼んだ。

フロントマンは快諾《かいだく》し、すぐ空港の税関に電話をかけた。見城は数分待たされた。フロントマンが受話器をフックに戻す。

「どうでした？」

見城は問いかけた。

「きょう現在まで、多島さまはどの国際便にも搭乗されていないとのことでした」

「そうですか。それじゃ、多島はまだタイ国内にいるんだろう」

「ええ、多分」

「多島は、このホテルに滞在中、どこかに部屋から国際電話をかけませんでしたか？」

「少々、お待ちください。いま、調べてみます」

フロントマンが奥に引っ込み、コンピューターの端末を操作しはじめた。

見城は体を反転させ、広いロビーをぼんやりと眺め渡した。

あちこちのソファで、宿泊客らしい男女が寛《くつろ》いでいる。白人客が約半数で、ほかは東洋人だ。香港や台湾からの観光客のほかに、日本人旅行者の姿もあった。タイ人のビジネスマン風の男たちもいた。

「お待たせいたしました」

フロントマンの声で、見城は前に向き直った。

「部屋の外線電話は、一度も使われていませんでした」

「そう」

「ただですね、多島さまは一階ロビーのテレフォンブースに二度ほどお入りになりました。ここから、そのお姿をお見かけしたのです」

「どこに電話をかけたかまではわからないだろうな」

「ええ、そこまではちょっと……」

「多島が何かに怯《おび》えてるようには見えませんでした？」

見城は訊いた。

「いいえ、そんなふうには見えませんでした」

「そうですか。このホテルで誰かを待ってるようには？」

「そういった様子もうかがえませんでした」

「そう。一九九五号室を見せてもらうわけにはいかないかな」

「あいにくドイツ人のご夫婦が、お泊まりになっています。多島さまの置きっ放しのスーツケースなら、保管してありますが……」

「それじゃ、それを見せてほしいな」

「承知いたしました」

フロントマンがそう言い、カウンターの外に出てきた。

案内されたのは備品室のような小部屋だった。スチール棚が整然と並び、各段には旅行鞄《かばん》やゴルフバッグなどが収納されている。

どれも泊まり客の忘れ物らしかった。

フロントマンが棚から、多島の荷物を下ろした。キャスター付きのスーツケースだった。ロックはされていなかった。サムソナイト製だ。

見城は中身を仔細《しさい》に検《しら》べた。

衣類や洗面用具の類《たぐい》ばかりで、機密書類めいたものは何も見つからなかった。パスポートはもちろん、身分を証明するような物も一切残されていない。

「多島は黒いアタッシェケースを持ってたと思うんだがな」

「確かにお持ちになっておられました。最後に外出されたときに携えていたように思います」

「そう」

「三カ月が過ぎましたら、こちらで処分させていただくことになっているのです。そうさせてもらってもよろしいでしょうか?」

フロントマンは確かめるような口調だった。

「別に問題はないと思うな。ところで、予約のキャンセルがあったら、一晩泊めてもらいたいんだ」

「申し訳ありません。今夜はキャンセルが一件もありませんので、満室になってしまいました」

「そうなのか。この近くに、いいホテルはないだろうか？」

「メナム沿いに少し上流に向かいますと、エクセレントホテルがございます。二年前にオープンしたホテルですが、料金の割には料理も悪くありません。あそこなら、まだ空き室があると思います」

「それじゃ、そこに行ってみます。お忙しいところを申し訳なかったね」

見城は礼を述べ、フロントから離れた。

ホテルを出て、河の畔《ほとり》まで大股で歩く。チャオプラヤー河は暮色の底で、悠揚《ゆうよう》と流れていた。対岸はだいぶ遠い。薄墨色に染まった河面《かわも》を小型貨物船やモーターボートが滑っていた。

はるか先には、渡し舟のジャンクが浮かんでいる。ジャンクには帆が掛けてあった。

遠目には板付き蒲鉾《かまぼこ》のように見える。長閑《のどか》な眺めだった。

河岸に沿って、シーフード・レストランが飛び飛びに並んでいる。

どの店も賑《にぎ》わっていた。香辛料と魚醬《ナムプラー》の匂いが漂ってくる。

地元の人々が国産ウイスキーの『メコン』を傾けながら、タイ料理をつついていた。観光客らしい白人たちの姿も混じっていた。

教えられたエクセレントホテルは、五、六百メートル先にあった。

ヨーロッパ風の造りの洒落《しやれ》たホテルだった。十階建てだが、小ぢんまりとした感じだ。

見城は回転扉を押して、フロントに急いだ。

部屋は空いていた。六階のシングルルームに通された。

思いのほか広かった。ベッドも大きめだった。コンパクトなソファセットとライティング・ビューローまで備え付けてあった。

見城はトラベルバッグを投げ出すと、窓辺に寄った。

ドレープとレースのカーテンを横に払う。すぐ眼下に、チャオプラヤー河が横たわっていた。見城はロングピースを吹かせながら、暗い河面を見つめた。

多島はバンコク市内のどこかにいるのではないか。そんな気がする。元刑事の勘だった。

バンコク市内には、三万人近い日本人が住んでいる。商社や各企業の駐在員たちとその家族だ。駐在員たちがよく集まる歓楽街が市の中心部にある。俗に〝日本人横丁〟と呼ばれているタニヤ通りだ。

わずか数百メートルの通りに、日本人向けのレストラン、居酒屋、カラオケパブ、ナイトクラブなどがひしめいている。売春バーも多い。

タニヤ通りに行けば、多島の消息がわかるかもしれない。汗を流したら、出かけることにした。

見城は煙草の火をナイトテーブルの灰皿で揉み消し、バスルームに向かった。

## 2

軒灯《けんとう》の文字は漢字だらけだった。

片仮名の店名も、ちらほら見える。タイ語や英語で記された看板は、数えるほどしかない。奇妙な感じだ。

見城はタニヤ通りの路上に立っていた。

午後十一時近かった。通りかかる酔った男たちは、日本人ばかりだ。自分が歌舞伎町の裏通りにいるような錯覚に陥る。

見城は汗塗れだった。半袖の黒いポロシャツは汗を吸って、肌にへばりついている。不快だった。生成《きな》りの麻のスラックスも湿っている。

見城は数時間前から路上で日本人を呼びとめ、多島佳孝の顔写真を見せつづけてきた。もう百人は声をかけただろう。しかし、多島の顔に見覚えのある者はひとりもいなかった。

見城は路上に立つ前に、むろん飲食店を次々に覗いてみた。

だが、多島はどこにもいなかった。冷やかし客と思われ、どの店でもうっとうしがられた。

三十何軒目かに覗いたマッサージ・パーラーでは不審がられ、店の奥に引きずり込まれそうになった。土産物屋の中国系タイ人店主には青竜刀《せいりゅうとう》を振り回された。そんなことがあって、やむなく道端に立つ気になったのだ。

前方から、商社マンらしい二人連れがやってきた。

どちらも三十代の半ばだった。見城は腕に抱えている山吹色の麻ジャケットの内ポケットを探りながら、二人の男に近づいた。

男たちが身構えながら、相前後して立ち止まった。

「怪しい者じゃないんだ。この男を捜してるんだが、見かけたことないかな?」

見城は、多島の顔写真を片方の男に渡した。

その写真は前回の調査で、彼自身が撮ったものだった。縁なしの眼鏡をかけた男が写真を街灯の光に翳《かざ》し、無言で首を振った。

連れの男が写真を覗き込み、大声で言った。

「この方なら、知ってますよ。一昨日の晩、『デュエット』ってカラオケパブで見かけました」

「その店はどこにあるの？」

「もう一本向こう側の通りにあります」

「パッポン通りだね？」

「そうです。『デュエット』に行けば、何かわかるんじゃないのかな。写真の男、日本で何か悪さしたんですか？」

「別にそういうわけじゃないんだ。どうもありがとう」

見城は写真を返してもらうと、足早に歩きはじめた。

パッポン通りは、タニヤ通りと並行している歓楽街だ。日本人向けのレストランもあるが、白人観光客や船員相手の売春バーが圧倒的に多い。

数分で、パッポン通りに出た。

深夜とは思えないほどの賑わいだった。タイ人の物売りやポン引きが外国人の姿を見かけると、素早く擦《す》り寄ってくる。

見城も、たちまち数人の男にまとわりつかれた。

いかがわしい誘いを撥《は》ねつけ、シーロム通りの方向に進む。道の両側には、売春バーが数軒置きに並んでいる。一様に間口《まぐち》が狭いが、奥行きはあった。どの店も、ドアは大きく開け放たれている。

半裸の女たちが強烈なロックビートに合わせて、妖《あや》しく腰をくねらせていた。

ほぼ全員がトップレスだった。Tバックの下着や尻の部分を円形に刳《く》り貫《ぬ》いたパンティーだけの女も幾人かいた。彼女たちは、いずれもホステスを兼ねた売春婦だった。

その大半は昼間、外資系の電子部品工場や衣料工場で働いている。しかし、給料は安い。それを補うため、体を売っているわけだ。彼女たちの大部分が貧しい農家の出身だった。

「社長、うちは美人ばかりね。エイズ、心配ない。いつも検査してる。バーツでもドルでもオーケーね。安くするよ」

ポン引きたちが、代わる代わる日本語で声をかけてくる。

見城は黙殺して歩きつづけた。

『デュエット』は、シーロム通りの少し手前にあった。ありふれたパブだった。店のドアを押すと、日本語の歌が聴こえた。『昴《すばる》』だった。

四十六、七歳の男がマイクを握って、思い入れたっぷりに歌っている。だが、いくらか音程が外れていた。

客席は半分ほど埋まっていた。どの顔も明らかに日本人だ。三人のホステスは若いタイ人だった。

　三人とも肌の色は、並のタイ娘よりは白かった。タイの北部で生まれたのだろう。タイでは目鼻立ちが整っているだけでは、美人とは呼ばれない。肌の白さは美人の絶対条件だった。

「いらっしゃいませ」

　ママらしい女が澱《よど》みのない日本語で言った。
　二十八、九歳だった。鼻筋は通っていないが、円《つぶ》らな瞳は魅力的だ。捲《めく》れ上がり気味の上唇が男の欲情をそそる。
　見城は喉が渇いていた。

　ステージから最も離れたボックス席に坐った。店には、日本のビールがおおむね取り揃えてあった。見城は、愛飲している銘柄を選んだ。ママらしい女がビールと突き出しを運んできて、向かい合う位置に坐った。タイ・シルクの青っぽいドレスをまとっていた。

「メイです。よろしくね」

　女が愛嬌《あいきよう》たっぷりに笑い、酌《しやく》をしてくれた。少しアクセントの違う日本語を話す。

「ママさん？」

「ええ、そうです。お客さん、どこの会社の駐在員さんですか？」

「おれは日本から人を捜しに来たんだよ」

見城は最初の一杯を一気に呷《あお》り、多島の顔写真を取り出した。メイがビールを注ぎながら、写真に目を落とす。

「この男、ここに来たことがあるだろう？」

「はい、田中さんね。二、三回、来ました。歌がとっても上手でしたね。『マイウェイ』なんかフランク・シナトラばりでしたよ」

メイが言った。

「田中と名乗ってたのか」

「それ、嘘の名前なの？」

「うん、まあ。写真の男は、どこに泊まってると言ってた？」

「わたしはわかりません。でも、斉藤《さいとう》さんなら、知ってるかもしれないわ。ちょっと待っててね」

ママがマイクを離しかけている中年男に声をかけ、大きく手招きした。斉藤と呼ばれた男が会釈《えしやく》しながら、ゆっくりと歩み寄ってくる。

「斉藤さん、田中さんと仲よく喋ってたでしょ？　こちらの方、田中さんを捜してるんだって。話を聞いてあげて」

メイがそう言い、立ち上がった。

見城は中腰になって、『昴』を歌った男に目礼した。

斉藤が名乗って、シートに腰かけた。大手商社の駐在員だった。見城はビールを追加注文し、ママに新しいグラスを持ってきてもらった。斉藤にビールを勧め、事情を話した。

ママは席に近づこうとしなかった。タイ人ながら、日本人的な気配りを心得ているようだった。

「本当は多島さんとおっしゃるのか」

「ええ、そうなんです。多島氏がどこに泊まってるか、ご存じないでしょうか？」

「市内のホテルに宿泊してると言っただけで、それ以上のことは教えてくれなかったんですよ」

斉藤が済まなそうに言い、ビールを半分ほど喉に流し込んだ。

「そうですか。多島氏はバンコクにはどんな目的で来たと言ってました？」

「商談があると言ってましたよ。しかし、先方さんとうまく連絡が取れないとかで、少し苛《いら》立《だ》ってるようでしたね」

「商談の内容について、何か洩らしてませんでした？」

「具体的なことは何もおっしゃってなかったな。ただ、少しばかり様子がおかしかったですね」

「どんなふうにおかしかったんですか？」

見城は問いかけ、煙草に火を点けた。

低いステージでは、三十代前半の男がサザンオールスターズのナンバーを歌いはじめていた。割に新しい曲だった。

「急に塞《ふさ》ぎ込んだり、出入口の方をしきりに気にしたりね。まるで誰かに追われてるような感じだったな」

「東都電気の社員だってことは、あなたに喋ったんですね？」

「ええ、それは。名刺はいただけませんでしたけど、技術開発部の研究スタッフだって言ってましたよ」

「新製品について、何か喋りませんでしたか？」

「自分が超小型演算処理装置《MPU》の技術改良に大いに貢献したと自慢してましたが、そのほかのことは何も話しませんでした」

斉藤が残りのビールを飲み干した。見城は、すぐにコップを満たした。

「いや、もう気を遣《つか》わないでください。お役に立ちそうな話はできそうもありませんから」

「多島は会社のことで、何か不満を洩らしてなかったでしょうか？」

「貢献度の割には、給料が安いんだなんて冗談口調で言ってたな。研究費の予算が少なすぎると不満を洩らしてましたよ。それから、妙なことをわたしに訊いたな」

斉藤が急に声をひそめた。

「妙なこと？」

「ええ。仮に自分の上役が不正を働いてたことがわかったら、内部告発するかどうかなんてことを真剣な表情で問いかけてきたんですよ」

「内部告発ですか!?」

「そうです。返事をはぐらかせない雰囲気だったので、わたしは『恩義のある上役だったら、目をつぶっちゃうかもしれないな』と答えておきました」

「多島氏の反応はどうでした？」

見城は煙草の火を消しながら、小声で訊いた。

「『そうですか』と言っただけでしたが、ちょっとわたしを軽蔑《けいべつ》したような顔つきをしたんですよ。それで何となく気まずくなったので、昔、流行《はや》ったイーグルスの『ホテル・カリフォルニア』を一緒に歌ったりしたんです。彼はルックスもよかったけど、味のあるいい声してたな」

斉藤がしみじみと言った。

多島は、誰か上役の不正を嗅《か》ぎつけたのではないのか。そのことと急に専務派から遠ざかったという件は、無関係ではないのかもしれない。奈穂の夫は、いったい誰を内部告発したかったのだろうか。

見城は手酌でビールを注ぎながら、密かに考えていた。

「一昨日の晩、多島さんはひとりでここを出たんですが、その後、ある場所で彼を見かけましたよ」

斉藤が、ためらいがちに言った。

「どこで見かけたんです？」

「タニヤ通りの『将軍』って売春バーです。ご存じですか？」

「いいえ、知りません」

「『味楽《みらく》』って和食レストランの隣にある店です。『将軍』の前の経営者は福建省《ふっけんしょう》出身の華僑《かきょう》だったんですが、半年ほど前にタイ人のオーナーに替わったんですよ」

「そうなんですか」

「それ以来、料金がべらぼうに高くなってしまってね。われわれバンコク暮らしの長い男たちは、あの店を敬遠してるんですよ。よっぽど多島さんにそのことを教えてやろうと思ったんですが、野暮な気もしたので、つい声をかけそびれてしまったんです」

「その店に行けば、何かわかりそうだな」

見城は呟いた。

「ええ、多分ね。でも、ちょっと危険な店ですよ。バンコクには組織化された暴力団は存在しないんですが、無法者が大勢いるんです。いまの『将軍』のオーナーも、そういうアウトローみたいだな」

「気をつけましょう」

「女を買う気がないんだったら、叩き出されるかもしれないな。ただ、客引きの男たちは誰も金に弱いから、彼らとうまく交渉すれば、事がすんなり運ぶでしょう」

「そういうことなら、客引きに少し鼻薬をきかせるかな」

「そうしたほうがいいと思います」

斉藤が真顔で助言した。

見城は卓上の写真を上着の内ポケットに収め、商社マンにビールを勧めた。二本のビールが空になると、斉藤が言った。

「返礼というわけでもありませんが、わたしの席でスコッチの水割りでもどうです？」

「せっかくですが、先を急ぎますんで」

見城は勘定を払い、すぐに店を出た。

表は騒々しかった。ゲルマン系の男たちが売春バーを冷やかしながら、陽気な声をあげていた。男たちは千鳥足だった。

見城は急ぎ足でタニヤ通りに引き返した。

『将軍』は造作《ぞうさ》なく見つかった。アーチ型の入口は、けばけばしい装飾電球で彩《いろど》られていた。店内から、マドンナの『ライク・ア・ヴァージン』が流れてくる。腸《はらわた》に響くような大音響だった。

入口に若い男が立っていた。

客引きのタイ人だ。白っぽい半袖シャツに、黒いだぶだぶのスラックスという身なりだった。眼光が鋭い。

見城は日本語で男に話しかけた。

「この店に、男を天国に連れてってくれる女の子がいるらしいね。友達から、そう聞いたんだ」

「うちの女の子たち、みんな、裸の天使ね。テクニシャン、テクニシャン！　ゴールド・フィンガー、ディープ・スロートね」

男がおかしな日本語で答え、好色そうに笑った。肌が陽灼《ひや》けしているせいか、歯の白さが目を惹《ひ》いた。

「どうせなら、友達が誉めてた女の子と娯《たの》しみたいな」

「女の名前なに？」

「それを忘れてしまったんだ。一昨日の晩、この男の相手をした娘《こ》なんだが……」

見城はそう言って、客引きに多島の顔写真を見せた。

「わたし、わからない。でも、写真があれば、わかる」

「なんとか協力してくれよ」

「チップ、くれるか？」

男が囁いた。小狡《こずる》そうな目が、にわかに輝きを帯びた。

見城は小さくうなずき、男のシャツの胸ポケットに折り畳んだ五百バーツ札を突っ込んだ。現レートで円に換算すれば、二千円ちょっとだ。しかし、タイ人には大金だろう。

「あなた、いい人ね。お目当ての女の子、きっと見つかる。こっち、こっち！」

男は満面に笑みを浮かべ、見城の手を取った。

店内には、人いきれと煙草の煙が充満していた。薄暗かった。

エプロンステージの上で、タイ人ダンサーのペアがセクシュアルな踊りを披露していた。

女は金色のバタフライをつけているだけだった。乳房がとてつもなく大きい。男は銀色の小さなビキニ型ブリーフを穿《は》いていた。二人は目まぐるしくステップを踏み、腰を強く密着させる。さまざまな体位《ラーゲ》を摸《も》したダンスだった。

「あなた、ここで待つ。オーケーか？」

客引きの男は見城を中ほどのテーブル席に坐らせると、多島の写真を持って店内を忙《せわ》しく巡りはじめた。

ホステスは十数人いた。客の席についているのは六、七人だった。

残りの女たちは色とりどりのベビードール風の透ける衣裳をまとって、ステージの下で踊っていた。ホステスたちは、レースのパンティーを穿いているだけだった。恥毛が透けて見える。

客は好みの女を選び、近くのホテルにしけ込むシステムになっているようだ。

男たちはセット料金に組み込まれているビールの小壜《こびん》を空けると、着替えを済ませた相手と次々にそそくさと外に出ていった。

セクシュアルな踊りが終わったとき、客引きの男がホステスを伴って戻ってきた。
二十三、四歳だろうか。愛らしい顔立ちだが、それほどグラマラスではなかった。
「この娘《こ》、写真の男とホテル行った」

「そうか。サンキュー！」

見城は写真を返してもらった。男がにやつきながら、小走りに店を出ていった。

「わたしの名前、ジェティカ・ドクソイです」

女が日本語で言って、ソファに腰かけた。すぐに棒マッチを擦り、炎を高く翳《かざ》した。

通路に控えているボーイがカウンターに向かった。セットの飲みものとオードブルを取りに行ったのだろう。

「写真の男から、きみのことを聞いたんだ。ベッドで素晴らしかったと言ってたよ」

「あなたも、わたしとデートしてくれる？」

「もちろんさ。そのつもりで、ここに来たんだ。早くホテルに行こう」

見城はジェティカの手を握った。

「まだ駄目！　お客さん、ビール飲んでから、ホテルに行く。わかります？」

「わかるよ。デート代は？」

「飲みものがきたら、あなた、ここで千バーツ払う。ホテルに着いたら、また千バーツ必要です。ホテル代も、あなたが払う。オーケー？」

「ああ、そうするよ。それで、きみと朝まで一緒にいられるんだな？」

「明日の朝十一時まで、わたし、あなたと同じベッドね。わたし、昼間の会社、もう勤めてない」

「なぜ、昼間の仕事をやめちゃったのかな？」

「給料、とっても安い。ばからしいね。夜の仕事、気持ちいい。それで、お金儲かる。ハッピーね」

ジェティカは眉間《みけん》に皺《しわ》を寄せて笑った。急に老けた顔になった。実際には、二十代の後半なのかもしれない。

セットの飲みものが運ばれてきた。

ボーイは、あどけなさを留《とど》めた十七、八歳の少年だった。それでいて、どこかに図太さを秘めていた。見城はビールを数分で空け、とりあえずジェティカに千バーツを渡した。

「これ、お店のお金ね。これがないと、わたしたち、ホテルに行けない。わたし、普通の服に着替えてくる」

ジェティカは勢いよく立ち上がり、ステージの脇の通路に消えた。

見城は煙草をくわえた。テーブル席の男たちは、誰もいなくなっていた。

客のつかなかったホステスたちは、気だるげに手脚を機械的に動かしていた。ダンスと呼べる動きではなかった。

五、六分経つと、ジェティカが戻ってきた。

レモンイエローのタンクトップに、白のコットンパンツだった。銀色のハイヒール・サンダルが、ちぐはぐだ。

見城はジェティカと一緒に店を出た。

さきほどの客引きがタイ語で何か口走り、腰を卑猥《ひわい》に前後に動かした。ジェティカが、けらけらと笑った。

ホテルは店のすぐ裏手にあった。

煤《すす》けた建物だった。料金は後払いらしかった。

二人は五階の一室に入った。ダブルベッドがあるきりで、おそろしく殺風景な部屋だった。テレビもソファもなかった。寝具は色褪《いろあ》せていた。

「わたし、シャワー浴びる」

ジェティカはベッドの横で、なんのためらいもなく全裸になった。

肌はクッキーブラウンだった。胸は薄いほうだ。腰は丸みを帯びていたが、腿《もも》が細すぎる。尻の肉づきもよくなかった。飾り毛は猛々《たけだけ》しいほどに繁っている。縮れ方も強い。

ジェティカを抱きたいとは思っていなかった。しかし、遊び代を払って情報を集めるだけでは娼婦《プロ》のプライドを傷つけることになるだろう。それは避けたい。

多島のことは一戦交えてから、ゆっくりと探り出すか。

見城はポロシャツと麻のスラックスを脱ぎ、トランクス一枚でベッドに大の字になった。

室内は涼しかった。だが、旧型のエア・コンディショナーの唸りが耳障《ざわ》りだ。

ジェティカは六、七分で、シャワールームから戻ってきた。

バスタオルも巻いていない。小麦色の体には、ところどころ湯滴が残っていた。

見城の性器は、まだ猛《たけ》っていなかった。

ジェティカが手でそれを確かめ、困惑顔になった。

「すぐにエレクトするよ」

見城は言って、体を横にずらそうとした。それをジェティカが手で制し、ベッドの上に立った。その両足は、見城の脇腹の近くに置かれた。

「女のここを見れば、みんな、すぐに元気になるね」

ジェティカは濃い繁みを片手で掻き上げ、捩《よじ》れた暗紫色の花びらを押し開いた。奥の襞《ひだ》は、きれいなピンクだった。花弁とは色合が対照的だった。見城は淫《みだ》らな気分になった。体が反応しはじめる。頭の芯も熱くなった。

「ほらね」

ジェティカが得意げに言い、見城の胸の上で逆さまに四つん這《ば》いになった。小ぶりな乳房で見城の下腹を擦りながら、彼女は見城の乳首を舌の先で嬲《なぶ》りはじめた。

女ほど敏感ではないが、男の乳首も性感帯の一つだ。吸われれば、それなりに感じる。

ジェティカは巧みに舌でくすぐった。くすぐったさの底に、快さも入り混じりはじめた。

見城は、われ知らずに小さく呻いた。

ジェティカが少しずつ顔を下げ、見城のトランクスを剥《は》いだ。器用な手つきだった。一気に足首まで引きずり下ろした。

見城はペニスを含まれた。

ジェティカは、さすがにプロだった。舌の使い方が抜群にうまい。

見城は煽《あお》られ、昂《たか》まりきった。ジェティカが騎乗位で体を繋《つな》いだ。入口のあたりは少々、緩《ゆる》めだった。

しかし、その奥は窮屈な感じだ。潤みが少ないせいばかりではなかった。生まれつきの構造なのだろう。

ジェティカは単に腰をくねらせるだけではなかった。Z《ゼット》という字を描くように鋭角的に腰を振り、大小の円運動を繰り返した。

見城は捩《ねじ》られ、捏《こね》くり回された。

「ちょっと面白いことしてあげる」

ジェティカが弾む声で言い、時計回りに旋回しはじめた。

結合したままだった。両手で体を支えながら、ジェティカは器用に四、五周した。その動きは、どこかコサックダンスに似ていた。

「うまいな」

「十五のときから、この仕事してるから」

「今度は、おれが少しサービスしてやろう」

見城はジェティカを抱き取って、穏やかにのしかかった。

分身は抜け落ちなかった。見城はジェティカを抱き起こし、対面座位に移った。

そのとき、ジェティカが妙な笑い方をした。気になる笑みだった。見城は訝《いぶか》しく思い、ジェティカの顔を見つめた。

その直後だった。背後で人の気配がした。

見城は振り向ききらないうちに、首筋にひんやりとする物を押し当てられた。

刃物の感触だった。一瞬、心臓がすぼまった。反撃できる姿勢ではなかった。

「あなた、ばかね」

ジェティカがせせら笑って、大きく腰を引いた。

ペニスが抜けた。肥大した状態だった。ジェティカが見城の昂《たか》まりを爪で弾き、ベッドを降りた。すぐに身繕《みづくろ》いに取りかかった。

どうやら彼女が、背後の襲撃者を手引きしたらしい。

罠《わな》にまんまと引っかかってしまった。見城は自嘲した。

「おまえ、何を調べてる？」

後ろで、男の太い声がした。日本語だった。いくらかイントネーションがおかしかった。

見城は大きく振り向いた。

背後の男は、二十七、八歳だった。タイ人だろう。どことなく獰猛《どうもう》な印象を与える。目つきが鷹《たか》のように鋭く、頬骨が高い。

細身だが、筋肉は発達していた。何かスポーツで体を鍛え上げたようだ。

「とりあえず、トランクスを穿かせてくれ」

見城はベッドの下からトランクスを抓《つま》み上げ、素早く股間を覆った。分身は、だいぶ力を失っていた。

ジェティカが見城の札入れから、五百バーツ紙幣を四枚抜き取った。

「おい、話が違うだろっ」

「余分に取った千バーツは、ホテル代とチップね」

「とんでもねえ天使だな」

見城は悪態をついた。

ジェティカが四枚の札をひらひらさせながら、部屋から出ていった。

見城はベッドを降りた。暴漢は、レックチャーという特殊な刃物を握っていた。刃は三角《さんかく》錘《すい》で、刃先は錐《きり》に酷似している。刃渡りは四十センチ近い。

見城は刑事時代、同じ凶器を隠し持っていたタイ人不法滞在者を赤坂で緊急逮捕したことがあった。その男の話によると、タイの殺し屋たちが好んで使っている刃物らしかった。

拳銃では標的を撃《う》ち損なうことがある。ことに自動拳銃はブロウバックの作動不良を起こしやすい。

その点、刃物は隠しやすいこともあって、成功率が高いはずだ。

タイの殺し屋たちはレックチャーをすっぽりと新聞紙に包み、狙った人間に接近するらしい。レックチャーは肉ばかりではなく、骨まで楽に突き通してしまうそうだ。新聞紙は、凶器を隠す役目と返り血を防ぐ役割を果たしているのだろう。

「そいつは、タイ語でレックチャーって言うんだろ？」

見城は男に声を投げた。

「ああ、そうだ。これで心臓をひと突きしたら、あの世行きさ」

「多島に雇われたのか？」

「やっぱり、おまえ、多島のことを調べてたんだな。それ、よくない」

男がベッドを回り込んできた。

隙《すき》のない歩き方だった。何か格闘技を心得ているのだろう。見城は気持ちを引き締めた。

平行立ちの構えをとる。
「それ、空手の構えか？　わたし、ちっとも怖くない」
「おれにどうしろって言うんだっ」
「早く日本に帰れ！　長生きしたかったら、それがベストね」
男は言うなり、長い刃物を一閃《いっせん》させた。間合いは二メートル弱だった。
見城は後方に退《さ》がった。床に脱ぎ捨てた自分のスラックスに足を取られそうになった。
バランスを崩しかけたときだった。
男が右足を軸にして、体を勢いよく回転させた。動作は敏捷《びんしょう》だった。
回し蹴りを胴に見舞われ、見城は倒れそうになった。体勢を整え、前蹴りを放つ。
空気が大きく躍《おど》った。だが、届かなかった。
レックチャーが、ふたたび唸った。刃風《はかぜ》は重い。
見城は身を屈《かが》めた。
次の瞬間、鳩尾《みぞおち》に激痛を覚えた。内臓が痺《しび》れて熱くなった。吐き気にも襲われた。
男の飛び膝蹴りをもろに喰《く》らってしまった。体がくの字に折れた。
そのままの恰好《かっこう》で、見城は壁まで飛ばされた。
反動で、前にのめった。起き上がろうとしたが、見城は立てなかった。忌々《いまいま》しかった。

「早く日本に帰れ。わかったな！」

男は剝《む》き出しのレックチャーを引っ提《さ》げたまま、部屋から飛び出していった。

見城は追う気だった。しかし、体が動かない。蹴られた箇所が激しく疼《うず》いている。男はタイ式ボクシング、ムエタイの使い手らしかった。

このまま、尻尾《しっぽ》を巻く気はない。逃げた男を必ず見つけ出す。

見城は拳《こぶし》で床を打ち据えた。

3

枕許で電話機が爆《は》ぜた。

見城は眠りを破られた。室内は仄《ほの》かに明るい。朝になったようだ。

寝そべったまま見城は、受話器を取り上げた。フロントからだった。東京から国際電話がかかってきたのか。

見城はナイトテーブルの上に置いた腕時計に目を向けた。

午前十時二十分過ぎだった。昨夜の打撲傷が、まだ痛い。

怪しげなホテルを出ると、見城は『将軍』に駆け戻った。しかし、店のシャッターは降りていた。店内には誰もいなかった。

見城は近くのスリウォン通りまで歩き、空車を拾った。このホテルに帰りつくと、服を着たままベッドに潜り込んだ。痛みに唸っているうちに、いつしか寝入ってしまったのである。

電話が繋がった。

「わたしです」

奈穂だった。彼女には昨夕、宿泊先を電話で教えてあった。自分の携帯電話は時々、電波が途切れることがあったからだ。

「何かあったんだね？」

「ええ。さっき外務省の方から連絡があって、多島の背広の上着がメナム河の河口で発見されたらしいの。ポケットには、パスポートや運転免許証なんかが入ってたという話だったわ」

「どういうことなんだ!?」

見城は跳《は》ね起きた。

「外務省がタイの日本領事館や地元の警察から集めた情報によると、どうも多島は投身自殺したんじゃないかって」

「遺体は？」

「まだ発見されてないそうなの。今朝早くから、地元警察の方たちがメナム河の下流からタイ湾にかけて、大がかりな捜索をしてくれてるらしいんだけど……」

奈穂が言葉を途切らせた。

「きみの旦那は、きっと殺されたにちがいないよ」

「えっ。いったい誰に？」

「直《じか》に手を汚したのは、おおかたタイ人の殺し屋だろうな」

見城はそう前置きして、昨夜の出来事をつぶさに話した。

「あなたもそんなふうに襲われたんだったら、多島は殺されたとも考えられるわね」

「おそらく、そうなんだろう」

「なんてことになってしまったのでしょう。気持ちが離れてしまったと言っても、夫だった男性《ひと》とこんな形で別れるなんて」

奈穂の声が涙でくぐもった。

「しっかりするんだ」

「は、はい」

「管轄の警察署はどこだって？」

見城は問いかけた。

「ごめんなさい。そこまで訊く余裕がなかったの」

「そうだろうな。いいんだ、おれがこっちで調べてみるよ」

「お願いします。わたしもすぐにそちらに向かうつもりだったんだけど、外務省の方が遺体が発見されるまで自宅で待機してたほうがいいとおっしゃったの。だから、いまは旅仕度を整えただけで……」

「そのほうがいいな。おれも調べられることは調べてみよう」

「何かわかったら、連絡してね」

奈穂が取り縋《すが》るように言った。

「ああ。きみのほうは、ひとりで大丈夫か？」

「熱海の義父とわたしの両親が、ここに来てくれることになってるの」

「それなら、心強いな。それじゃ、ひとまず切るよ」

見城は先に受話器を置いた。

頭が混乱して、考えがまとまらない。レックチャーを持っていた男は、いったい多島とどういう関係だったのか。てっきり多島に雇われた男と思い込んでしまったが、そうではないのかもしれない。

ムエタイの使い手が誰かに頼まれ、多島佳孝をチャオプラヤー河に投げ落としたのだろうか。そうだったとしたら、殺しの依頼人は何者なのか。

まずは所轄署に行ってみることにした。

見城はベッドから出て、シャワールームに駆け込んだ。熱い湯で、髪と全身を手早く洗った。

ヘンリーネックのシャツを素肌にまとい、きのうと同じ麻のスラックスを穿《は》く。シャツやトランクスは数枚ずつ旅行鞄に詰めてきたが、嵩張《かさば》るジャケットやスラックスの替えは二点ずつしか持ってこなかった。

髪が乾ききらないうちに、見城は部屋を出た。

皺だらけになった麻のジャケットは腕に抱えていた。エレベーターでフロントに降りる。

フロントには、若い男が立っていた。まだ二十代の半ばだろう。知的な容貌《ようぼう》で、癖のない英語を話す。

「今朝、チャオプラヤー河の河口付近で日本人旅行者の上着が発見されたことを知ってるかな？」

見城はブロークン・イングリッシュで問いかけた。

「はい、知っています。朝のテレビニュースで報じていましたから」

「所轄署はどこ？　そいつを知りたいんだ」

かりますね」

「クロントイ分署だと思います。河口のそばにあります。ここからだと、車で三十分近くか

フロントマンが答えた。

見城は謝意を表し、ホテルの表玄関を走り出た。車寄せには客待ちのタクシーが七、八台並んでいた。見城は大急ぎでタクシーに乗り込み、五十絡《がら》みの運転手に行き先を告げた。運転手は陽気な声で返事をし、車をチャオプラヤー河の土手道に向けた。

赤褐色《せつかつしよく》に濁った大河は、ゆったりと流れていた。

貨物船や漁船が忙しげに行き交っている。観光船も見えた。

タクシーは河口に向かった。

一定の間隔を置いて、渡し舟の船着き場があった。その周辺には、小さな商店が軒を接している。食料品や雑貨を商う店が目立つ。大衆食堂もあった。

渡し舟は庶民の大事な交通手段だ。

下流に進むにつれ、民家がみすぼらしくなった。タイ湾のそばに大きなスラム街があった。以前は無数のバラックが密集し、強烈な悪臭を放っていた。

しかし、あれから五年の歳月が流れている。市の開発計画で、スラム街は消えているかもしれない。

見城はなんとなく気になったが、そのことを運転手に訊くことはできなかった。

しばらく走ると、原っぱが目につくようになった。バラックの建物を取り壊した跡だった。

さらに進むと、左手前方に倉庫街が見えてきた。その向こうは海だった。

タクシーは倉庫街の手前で左に折れた。数百メートル走ると、目的の分署が見えてきた。

三階建てだ。それほど大きくはない。切妻《きりづま》風のオレンジ色の屋根で、外壁は白の漆喰《しっくい》仕上げだった。

見城はタクシーを降り、クロントイ分署の玄関を潜《くぐ》った。

正面に受付カウンターがあった。二十代後半の制服警官がいた。見城は来意を告げた。

しかし、相手には通じなかった。発音がまずかったのか。

「英語、苦手なんですよ。別の者を呼んで来ます」

制服警官が片言英語で言った。

見城は、思わず苦笑した。自分とあまり変わらない語学力だった。なんだか皮肉を言われたような気がする。

制服警官が奥に走り、四十八、九歳の小太りの男を連れてきた。

太鼓腹が歩くたびに揺れた。口髭《くちひげ》を生やしている。分署の幹部らしかった。

見城は目で挨拶《あいさつ》した。

「その件は捜査中だから、何も答えられない」

口髭の男が素っ気なく言った。

「協力してもらえないかな。こっちは、パスポートの持ち主を捜しにわざわざ日本から来たんですよ」

「あんた、警官なのか？」

「昔は、そうでした。いまは私立探偵なんですよ」

見城は粘った。

「現職警官なら話は別だが、民間人には何も言えないな」

「そう言わずに……」

「忙しいんだ。帰ってくれ」

小太りの男がうっとうしげに言った。

見城は男を建物の外に連れ出して、いくらか握らせる気になった。タイの警官が袖の下に弱いという話をどこかで聞いた記憶があったのだ。警官による強請《ゆすり》やたかりは日常茶飯事で、売春バーを何軒も経営している警察幹部もいるらしい。

「ここは蒸し暑いな。ちょっと外に出ませんか？」

「きさま、何を考えてるんだっ。タイの警察をなめるなよ。この国には、汚職警官なんかひとりもいないぞ」

「何か勘違いされたようだな」

「うるさい！　さっさと帰れっ」

口髭の男が大声でまくし立て、野良犬でも追っ払うような仕種《しぐさ》をした。

見城は頭に血が昇った。危《あや》うく相手の獅子鼻に正拳《せいけん》をぶち込みそうになった。憤《いきどお》りを抑えて、カウンターを離れる。

見城はポーチで、煙草に火を点けた。

深く喫いつけたとき、分署の駐車場にパジェロが滑り込んだ。車体は紺と灰色に塗り分けられている。見城は何気なくドライバーの顔を見た。日本人のようだ。

ドライバーが車を降りた。見城は驚きの声をあげそうになった。

なんと刑事時代の知り合いだった。毎朝日報の社会部記者で、唐津誠《からつまこと》という名だ。見城よりも六つ年上だった。唐津が警察《サツ》回りをしていたころ、何度か一緒に飲んだことがある。

「唐津さん！」

見城は呼びかけた。

唐津がどんぐり眼《まなこ》を見開き、すぐさま走り寄ってきた。

「なんで、おたくがここにいるんだ!?」

「唐津さんこそ、どうして？」

見城は問い返した。

「おれは二年前から、バンコク支局にいるんだよ。おたくが刑事をやめたのは知ってるけど、いまは何をやってるんだ？」

「渋谷で、ちっぽけな探偵事務所をやってます。タイには人捜しの仕事で来たんですよ」

「そうだったのか。それにしても、奇遇だな。おたくに時間があったら、どっかで飯でも喰おうや」

唐津が懐かしげな顔で、にこやかに言った。黒いタイ風のシャツに、下はアイボリーのスラックスだった。

「飯を喰う前に、ちょっと教えてください。今朝、チャオプラヤー河の河口で旅行中の日本人男性の上着が発見されたでしょ？」

「ああ。いま、その事件《ヤマ》のことで飛び回ってるところなんだ。ひょっとしたら、おたくが捜してる奴は……」

「ええ、発見されたパスポートの持ち主なんですよ。こいつはツイてるな。おれ、多島佳孝の奥さんの依頼で動いてるんです」

「で、この分署に来たわけか」

「そうなんですよ。しかし、残念ながら、門前払いを喰ってしまいました」

見城は長嘆息した。すると、唐津が揶揄《やゆ》するように言った。

「立場が逆になって、少しは新聞記者《ブンヤ》の苦労がわかったんじゃないのか。え？」

「ええ、まあ。ところで、多島の遺体《ロク》は？」

「まだ発見されてない。上着が見つかったのは、こっちの時間で今朝の七時前だよ。漁師の刺し網に引っかかったんだ」

「タイの警察は、投身自殺という見方をしてるようですね。依頼人の話だと、警察は日本の外務省にそう報告してるみたいなんです」

「確かに自殺説に傾いてる。数キロ上流の橋の上に、男物の短靴があったんだよ。その片方には、多島の名刺入れが突っ込まれてた」

「で、自殺説が強まったわけか」

見城は呟いて、短くなった煙草を爪で遠くに弾き飛ばした。

「そうなんだよ。しかし、作為《さくい》が感じられる。死体が上がらないことには自殺と断定できないよな。仮に遺体が収容されても、自殺とは決めつけられない。誰かに橋の上から投げ落とされたとも考えられるからさ」

「実は、おれもそう筋を読んでるんですよ」

「何か根拠がありそうだな。教えてくれないか。こっちの情報も提供するよ」

唐津の目に、職業的な輝きが宿った。

「いいでしょう。多島は出世も早く、将来の見通しも明るかったんですよ。つまり、自殺しなければならない動機は何もないんです」

「それだけ？　何か他殺説を裏付けるような情報《ネタ》を握ってるんじゃないのか」

「いや、具体的な裏《ウラ》付けがあるわけじゃないんですよ」

「本当かね。おたくは現職のとき、ポーカーフェイスがうまかったからなあ」

「信じてほしいな」

見城は笑顔で言った。

多島が東都電気の機密書類や試作品の一部を無断で持ち出したことも社内の派閥争いのことも、最初から打ち明ける気はなかった。元刑事が新聞記者に先を越されてしまったら、なんとも締まらないではないか。

「まあ、いいか」

「橋の上に人の争った痕《あと》は？」

「なかったんだよ。だから、こっちの警察は事件性がないと判断したんだろう」

「そうなんでしょうね」

「ここで少し待っててよ。おれ、その後のことをちょっと聞き込んでくるから」

唐津が言いおいて、あたふたと分署の中に走り入った。

きょうも陽射しが強い。見城は駐車場の日陰に入った。いくらか涼しくなった。

唐津が戻ってきたのは、およそ五分後だった。

「何か新しい情報は？」

「いや、何もなかったよ。何かあったら、こんなに早く戻ってこなかったさ。タイ料理にも飽きたころだろうから、チャイナタウンに行こう」

「バンコクにチャイナタウンがありましたっけ？」

「あるよ、ヤワラ地区にね。といっても、横浜や神戸の中華街みたいに喰いもの屋がずらりと並んでるわけじゃない。中国系のタイ人が固まって暮らしてるんだよ」

「そうなんですか。この国には大勢の華僑がいるわけだから、自分たちの街を持ってても不思議じゃないな」

「独特な華僑社会が形成されてるんだ。見といて損はないだろう」

二人はパジェロに乗り込んだ。クーラーの涼気が車内に回りはじめると、唐津は四輪駆動車を発進させた。

「支局はどこにあるんです？」

見城は助手席のシートに深く凭《もた》れた。

「ルンピニ公園って、わかるかな」

「ええ、知ってますよ。五年前に二、三日、バンコクに滞在したことがあるんでね。ウィタユ通りに面した公園でしょ？」

「そう。公園の近くにあるオフィスビルの三階を借りてるんだよ。あのあたりには、各国の新聞社、通信社、テレビ局の支局なんかが集まってるんだ。一応、おれが支局長ってことになってるんだよ。後で、名刺を渡そう」

「支局長か。唐津さんも偉くなったもんだな」

「ちっとも偉かないさ。日本人の部下はたったのひとりで、後は現地採用のスタッフが三人いるだけなんだ。小人数でタイ全土をカバーしなきゃならないんだから、それは大変だよ」

「それじゃ、奥さんも苦労が多そうだな」

「こっちに来る前に、妻とは別れたんだ。いろいろあってさ」

「そうだったんですか。まずいことを言っちゃったな」

「気にしないでくれ」

唐津が不自然な笑顔で言い、車のスピードを上げた。見城は、わざと話しかけなかった。せめてもの思い遣《や》りだ。

ヤワラ地区の中華街に着いたのは三十数分後だった。

大通りは日本の問屋街に似たたたずまいで、ありとあらゆる商店が揃っていた。仏具店や葬儀社まであった。路地には得体の知れない事務所や安ホテルが連なり、一種異様な雰囲気だ。このあたりで、麻薬や貴金属の闇取引が行われているのかもしれない。

唐津に案内され、路地の外れにある中華料理店に入った。

店内は油煙で煤《すす》け、テーブルも椅子も脂《あぶら》に塗《まみ》れている。客は少なかった。娼婦っぽい二人の女が肉そばを啜っているきりだった。どちらも顔色が悪い。

唐津がビールと数種の料理を勝手に注文した。見城は唐津と名刺を交換し、先に運ばれてきたタイのビールで乾杯した。

「海外で行方不明になった日本人旅行者が年間どのくらいいると思う？」

唐津が脈絡もなく訊いた。

「海外への渡航者が年間一千二百万人を超えてるんだから、四、五十人はいそうだな」

「もっと多いんだ。一九九〇年度から行方不明者は、毎年、百人近く出てるんだよ。その大半がアジアで失踪《ミッシング》してる」

「そんなに多いのか!?」

見城は驚いた。

「タイ、ネパール、フィリピンなんてとこで音信を絶つ者が多いんだよ。旅行中にドラッグに溺《おぼ》れて自らドロップアウトする若者もいるけど、大多数は犯罪に巻き込まれてるんだ」

「でしょうね」

「女のひとり旅の場合はレイプされて、山の中に埋められることが多い。男の旅行者は金品を強奪され、ついでに殺《や》られるケースがほとんどだ。しかし、自殺例は少ないんだよ」

唐津が長々と説明した。

「わざわざ旅先で死を選ばなくても、その気になれば、国内で死に場所は見つけられるからな」

「そうなんだよ。おれが多島って男の自殺説にすんなりとうなずけないのは、そこなんだ」

「確かに、そうですね」

見城は同調して、煙草をくわえた。

無愛想な中年女性が肉料理と魚料理を運んできた。広州《こうしゅう》あたりの家庭料理も卓上に並んだ。日本で食べ馴れた中国各地の代表的な料理とは、どれも異《こと》なるメニューだった。素材が少々グロテスクだったが、味は悪くなかった。

「おたくが最初に喰ったのが海豚《いるか》のペニスで、次のは赤犬の肉だよ」

唐津が明かした。いたずら好きの子供のような目をしていた。

見城は一瞬、どきりとした。だが、驚きはすぐに薄れた。食べ馴れないものに対して生理的な嫌悪感を覚えるのは、自然なことだろう。しかし、国によって、食文化はそれぞれ異なる。

そう考えれば、別にどうということはない。他民族から見れば、刺身や納豆を喰う日本人も相当な〝いかもの喰い〟に映るのではないか。

「うまいじゃないですか」

「そうかい。蛙《かえる》の蒸し焼きもあるよ」

「蛙は日本で喰ったことがあります。鶏肉に似た味で、特に抵抗はありませんでした」

「なんか話が脱線したが、おれは多島某《なにがし》のことで、ふと一年前の事件を思い出したんだ」

「それはどんな事件《ヤマ》だったんです？」

見城は訊いた。

「メガバンクの女子行員がオンライン操作を悪用して、銀行の金を四億円ほど着服した事件なんだが、憶《おぼ》えてないか」

「憶えてますよ。その女は恋人とバンコクに逃げ込んだんじゃなかったかな」

「そうなんだよ。二人はタイで偽装心中を図って、偽造パスポートでオーストラリアに逃げたんだ」

「そうか、唐津さんは多島が同じ手口を使ったんじゃないかと疑ってるんだな。そうなんでしょ？」

「その可能性はゼロじゃないだろう」

唐津が言いながら、ビールをぐっと呷った。唇が脂で光っている。

見城は故意に否定的な返事をしたが、このまま多島の遺体が発見されなかったら、唐津の推測にもうなずけそうだ。

金さえ積めば、タイ国内で偽造パスポートやビザはたやすく入手できるらしい。日本人が中国系タイ人に化けても、それほど怪しまれないだろう。また、密出国のルートもないわけではないはずだ。

「しかし、多島という男が偽装自殺をしなければならない理由はないわけだよな？」

唐津が探るような眼差《まなざ》しで呟いた。

「ええ、おれの調べたところではね」

「となると、やっぱり発作的な自殺か他殺のどちらかなんだろうか」

「ええ、多分」

見城は曖昧《あいまい》な答え方をした。

昼食を摂《と》り終えたのは、正午を少し回ったころだった。見城は奢《おご》られる気はなかったが、唐津が先に支払いを済ませてしまった。勘定は八百バーツほどだった。せめて割り勘にしてほしかったが、それも受け入れられなかった。

「これから、どうする？　支局に遊びに来るか」

店の前で、唐津が訊いた。

「それは次の機会にします。悪いけど、スリウォン通りの日航バンコク支店の前でおれを落としてもらえます？　ちょっと立ち寄りたい所があるんですよ」

「いいよ。おたくの泊まってるホテルを教えといてもらおうか」

「エクセレントホテルに泊まってます」

「そのホテルなら、知ってるよ。何かわかったら、おたくに情報を提供してやろう」

「よろしく！」

見城はおどけて敬礼した。

二人は車に乗り込んだ。スリウォン通りまでは、さほど遠くなかった。

見城は日本航空バンコク支店の前で車を降りた。支店の脇にあるのがパッポン通りだ。

その通りから、タニヤ通りに回る。真昼の歓楽街は、ひっそりと静まり返っていた。まるでゴーストタウンだ。

ほとんどの飲食店はシャッターで閉ざされている。人影もめったに見かけない。

幸運にも、『将軍』のシャッターは下《お》りていなかった。

いくつかのソファとテーブルが路上に出されていた。店内の改装か、掃除をしているようだった。

見城は店の中に足を踏み入れた。

二人のボーイが床掃除にいそしんでいた。片方は昨夜、セットの飲みものを運んできた少年だった。

見城は少年を表に連れ出し、百バーツ札を三枚握らせた。少年の顔に、喜びと戸惑いの色が交錯した。

「ジェティカ・ドクソイの住まいを教えてもらいたいんだ。きのうの晩、ホテルで札を余計に抜き取られたんでな」

見城は日本語で話しかけた。すぐに少年が覚束《おぼつか》ない日本語を返してきた。

「それ、悪いこと！　あの女、よくない。ジェティカ、ラマ四世通りの裏のアパートに住んでる」

「アパートの名は？」

「グレースね。三階建てのアパートメント。ジェティカの部屋、三階のいちばん奥ね。男、住んでない。あの女、ひとりだけ」

「ジェティカと親しいタイ人の男で、ムエタイをやってる奴がいるだろ？」

見城は訊《たず》ねた。

「それ、ソムチャイ・パラウットさんね。この店の用心棒やってる。強いよ。とっても強い。ソムチャイさん、ムエタイのプロ選手だった」

「ふうん」

「タイのムエタイ、二つの大きなリングで流派ごとに試合する。一つは陸軍が管理してるルンピニー、もう一つは王室系のラジャダムナンね。ソムチャイさん、ルンピニー系のフェザー級王者だった。だから、強いね」

少年が誇らしげに言った。ソムチャイのファンだったのだろう。

「いつ引退したんだ？」

「四年前ね。ソムチャイさん、日本に働きに行った。でも、去年、バンコクに戻ってきたよ」

「そうか」

「あの人、とってもテッ・カン・コーうまかった」

「テッ・カン・コー？」

見城は訊き返した。

「そう。首を狙うハイキックね。ハードだと、首の骨折れる。死ぬね、相手の選手」

「ソムチャイはジェティカの彼氏なのか？」

「それ、違う。ソムチャイさん、売春婦は嫌いね。ぼくも大っ嫌い！」

少年が吐き捨てるように言った。店で、ホステス兼娼婦たちにいびられているのかもしれない。

「ソムチャイの住んでる場所も教えてくれないか」

「それ、わからない。あの人、女たちに人気ある。いつも、いろんな女のアパートに泊まってるね」

「その中でも、特に親しくしてる女がいるんじゃないのか？　その彼女の名前と住まいを教えてほしいんだ」

「ソムチャイさんに特定な女はいないよ。あの人、どの女にも優しい。だから、女たちが面倒見たがるんだ」

「そうか。ありがとう」

見城は少年の肩を軽く叩き、表通りまで大股で歩いた。

少し待つと、空車が通りかかった。そのタクシーでラマ四世通りに向かう。

教えられたアパートは裏通りにあった。ベランダ付きの鉄筋コンクリート造りの建物だった。ごくありふれた建物だが、タイでは高級アパートに属するのではないだろうか。

見城は三階まで階段を駆け上がった。

クーラーがないらしく、玄関ドアを開け放っている部屋が多かった。

奥の部屋のドアも開けてあった。ただ、白いレースのカーテンが下がっていた。動かない。無風状態だった。

見城はカーテンの隙間から、室内の様子をうかがった。

ジェティカは籐《とう》椅子に腰かけ、テレビを観《み》ていた。洗いざらしの青いTシャツに、白いショートパンツだった。

ジェティカのほかには、誰もいないようだ。

見城は玄関に忍び込み、後ろ手にドアを閉めた。その音で、ジェティカが椅子から立ち上がった。顔が恐怖で歪《ゆが》んでいる。

見城はシリンダー錠を掛け、奥に走った。

土足のままだった。床には、花茣蓙《ござ》が敷いてあった。居間の右側には、籐のベッドが据えられている。間仕切《まじき》りはなかった。

ジェティカがタイ語で短く叫び、目で逃げ場を探しはじめた。

「大声を出したら、絞め殺すぞ」

見城は威《おど》した。ジェティカが震えながら、二度うなずいた。

「きのうの晩は、さんざんだったよ」

「わたし、お金返す。ホテル代の残りの五百バーツ、あなたのもの」

「金はいい。その代わり、おれの質問に答えるんだっ」

見城は言った。

ジェティカが少し安堵《あんど》した顔つきで、すぐに問いかけてきた。

「あなた、なに知りたい？」

「さきおとといの夜、写真の男とホテルに行ったって話は事実なのか？」

「それ、嘘じゃない。写真の人とホテルに行った。でも、彼はセックスできなかった。何か心配事があるみたいだったね」

「男は、どこに宿泊してると言ってた？」

見城はジェティカの腕を摑んだ。

「それ、言わなかった」

「ソムチャイは、写真の男とどういうつき合いなんだ？　それぐらいは知ってるだろうが！」

「あなた、なぜ、ソムチャイの名前知ってる⁉」

ジェティカが薄気味悪そうな顔つきになった。

「いいから、質問に答えるんだ！」

「ソムチャイ、誰かに写真の男を殺せと頼まれたみたい。でも、ソムチャイ、なかなかチャンスがなかった。それで、日本から来た男に怒られたらしい」

「どんな男なんだ？」

見城は矢継《やつ》ぎ早《ばや》に訊いた。

「わたし、その男に会ったことない。ソムチャイ、東京のやくざとか言ってた」

「やくざ？」

「そう、新宿のやくざらしい」

ジェティカが答えた。嘘をついているようには見えなかった。

きのう、ドン・ムアン空港にいたパーマをかけた男がソムチャイに多島を始末しろと命じたのだろうか。

「きのうの晩、あなた、ちゃんとわたしを抱いてない。それ、ちょっと悪いね」

ジェティカがひざまずいて、見城の股間に頬擦《ず》りした。
五、六度顔を動かしてから、スラックスのファスナーに手を掛けた。ジェシカの手を払う。
「ノーサンキューだ。どこに行けば、ソムチャイに会える？　あの男にも、きのうの借りを返したいんだよ」

「それ、わからない。ソムチャイは宿なしだから、決まった所にいないの。これ、本当の話ね」

「店には何時ごろ、顔を出してるんだ？」

「いつもは夜の九時過ぎ。それから、ずっと店にいるね。お店の近くで待ち伏せしてれば、あなた、ソムチャイに仕返しできる」

「ソムチャイにおれのことを喋ったら、蹴りまくるぞ」

「わたし、自分だけが大切。だから、ソムチャイには何も言わない。約束してもいいね」

「いい心がけだ。あばよ」

見城は捨て台詞《ぜりふ》を残して、玄関に急いだ。

後ろで、ジェティカが長い息を吐いた。見城は振り返らなかった。

# 第四章　美しい獲物

## 1

グラスが空になった。

見城は、自分でバーボン・ウイスキーを注いだ。二杯目のオン・ザ・ロックだった。銘柄はブッカーズだ。南青山三丁目にある馴染みの酒場だった。

見城は隅のボックス席で、百面鬼竜一を待っていた。

客は自分のほかには誰もいない。まだ七時前だった。三十数年前に作られたモダンジャズが低く流れている。

オスカー・ピーターソンのトリオだ。ＣＤではなかった。ＬＰだった。ピーターソンのピアノが鋭角的な音を刻んでいる。人間の情念を揺さぶるようなサウンドだ。

バンコクから戻ったのは、きのうだった。

ジェティカのアパートを訪れた日の午後九時前に見城は『将軍』に出かけた。だが、ソムチャイ・パラウットは閉店まで姿を見せなかった。

次の晩も店の前で張り込んでみた。しかし、徒労に終わった。

ソムチャイが『将軍』の用心棒をやめたことを知ったのは、あくる日だった。そのことを教えてくれたのは例のボーイだ。

少年は、ひどく残念がっていた。彼もソムチャイの居所までは知らなかった。

毎朝日報の唐津からも、これといった情報は得られなかった。

多島の遺体は依然として見つかっていない。彼が橋の上からチャオプラヤー河に身を投げる瞬間を目撃した者も現われなかった。

もはやバンコクに留《とど》まっていることは無意味だろう。見城はそう判断し、帰国の途についたのだ。

二杯目のグラスに口をつけた。

そのとき、百面鬼がのっそりと入ってきた。無頼刑事はチョーク・ストライプのダブルスーツを着込んでいた。

体軀《たいく》は逞《たくま》しい。肩幅があり、胸も厚かった。身長は百七十センチだ。

剃髪頭《スキンヘッド》は、てかてかに光っていた。薄茶のサングラスをかけている。トレードマークだ。どう見ても、やくざだろう。

「百《どう》さん、悪いね。わざわざ呼び出したりして」

「いいってことよ。どうせ暇を持て余してたんだ」

「ま、坐ってくれないか」

見城は百面鬼に言い、バーテンダーに新しいグラスを持ってこさせた。キープしたボトルを傾け、手早くオン・ザ・ロックをこしらえる。

「話ってえのは何なんだい？」

向かい合うなり、百面鬼が促《うなが》した。せっかちな性分《しょうぶん》だった。

見城はチャコールグレイのツイードジャケットから、五枚の写真を取り出した。被写体は、ドン・ムアン空港で見かけたパーマをかけた男だ。

「この写真の男、どこの組の者《もん》かな。新宿のヤー公らしいんだが」

「どれ、どれ」

百面鬼が豪快にバーボンを呷ってから、写真を抓《つま》み上げた。

「見覚えがある？」

「こいつは関東義友会老沼《おいぬま》組の組員だよ」

「やっぱり、ヤー公だったか」

見城は低く呟いた。

関東義友会は、首都圏に縄張りを持つ広域暴力団だ。関東やくざの御三家の一家で、構成員は六千人にのぼる。

老沼組は二次の下部組織だった。新宿歌舞伎町に組事務所を構え、金融業、不動産業、重機リース業、違法風俗店、アダルトグッズショップ、立体駐車場などを手広く経営していた。当然、裏では管理売春、違法カジノ、覚醒剤やコカインの密売なども手がけている。組員は約五百人だった。

「この野郎は大槻国生《おおつきくにお》って奴で、老沼組の舎弟頭補佐だよ。前科《マエ》は三つか四つだったな」

「どんな奴なの？」

「変態野郎さ。女を縛らねえと、マラがおっ立たねえって噂があるんだ」

「サディストか」

「それも、かなりのもんらしいぜ。以前、大槻は風俗店の管理を任されてたんだが、不始末をした風俗嬢たちにきつい仕置きをするんで、いまは覚醒剤《シャブ》の小口の売人をやらされてんだ」

百面鬼が生ハムを手で抓んで、口の中に放り込んだ。少しもためらうことなく、汚れた指先をシートに擦りつける。いつものことだった。

「どんな仕置きをしてたの？」

見城は好奇心を抱いた。

「女の子の口ん中にパンティーやブラジャーを突っ込んで最初に顎の関節を外して、それから溶けた蠟《ろう》で下の口を塞《ふさ》いじまうって話だぜ。それをやられた女の子は、火傷《やけど》で三週間は仕事にならなかったらしいよ」

「本物《モノホン》のサディストだな、そこまでやるんじゃ」

「そいつは間違いねえよ。若いころにＳＭショーなんかに出てたらしくて、縛りは天才的だってさ」

「ふうん」

「大槻の野郎、何をやらかしたんだ？」

百面鬼が訊きながら、写真を卓上に置いた。見城は写真の束を上着の内ポケットに戻し、これまでの経過を詳しく話した。

「面白そうな依頼じゃねえか。札束が頭ん中でちらつきはじめたぜ」

百面鬼は、いまにも舌嘗《したなめず》りしそうだった。

「ちょっと待ってくれないか、百《どう》さん。おれは何も強請《ゆすり》の材料《ネタ》を提供する気で、調査内容を喋ったわけじゃないんだ」

「なんだよ、独り占めする気かよ。見城ちゃん、そりゃねえぜ。おれにも少しぐらいお裾分《すそ》けしてくれたっていいじゃねえか」

「事件の片がつくまで引っ掻き回さないって約束してくれたら、ハイエナの百さんにも食べ残しを回してやるよ」

見城は小声で言った。

「そっちは、いい根性してるなあ。警察官《サツカン》のおれに、手のうちを晒しちまうんだからよ。手錠《ワッパ》打たれてもいいのかい？」

「百さんは、おれに何もできないさ。おれは、百さんとの密談をいつもこっそりと録音してたんだ」

「ほ、本当かよ⁉」

「いまのは冗談だが、おれが百さんの弱みをいろいろ握ってることを忘れないでほしいな」

「悪党《ワル》だね、そっちも。現職刑事のおれを脅迫すんだからよ」

百面鬼が苦笑し、残りのバーボンを飲み干した。一言の断りもなく、すぐさまボトルを傾ける。いつもそうだった。

バーボン・ウイスキーはグラスの縁まで、なみなみと注がれた。

スキンヘッドの悪徳刑事は、めっぽう酒に強い。ひと晩でボトルを空けることは、ざら、だった。

「他人《ひと》の酒は、いつも景気よく注ぐね」

見城は明るく厭味を言って、ロングピースをくわえた。

「酒も女も他人のものは、味がいいいんだよ。他人の銭も大好きだな。ほとんど恋しちゃってるよ」

「ろくな死に方しないな、百さんは」

「そっちも似たようなことをやってるじゃねえか。そういうのを目糞鼻糞を笑うって言うんじゃなかったか？」

「図太い百さんは長生きするよ。そりゃそうと、大槻って野郎の家《ヤサ》は？」

「東中野のマンション住まいだよ。マンションの名は、確か『東中野スターレジデンス』だったな」

百面鬼がバーボンをダイナミックに呷った。まるでジュースか、コーラでも飲んでいるようだった。

「女房《バシタ》は？」

「結婚はしてねえけど、五、六年前までＡＶ女優をしてた女と暮らしてる。刺青《いれずみ》女優の走りで、いっときは騒がれた女だよ。芸名は小園渚《こぞのなぎさ》だったかな。マゾっ気のある女だよ」

「それじゃ、似合いのＳＭカップルじゃないか」

「言えてるな」

「世の中、うまくできてるもんだ」

見城は笑って、煙草の火を消した。

「おれが大槻の口を割らせてやってもいいぜ。野郎は、叩けば埃《ほこり》の出る体だからな。謝礼次第じゃ、大槻の背後にいる人物を燻《いぶ》り出してやってもいいよ」

「別に金が惜しいわけじゃないが、おれ自身の手で陰謀を暴《あば》きたいんだ」

「そうかい。片がつくまで、おれは静観してらあ」

百面鬼がそう言い、愛煙している葉煙草《シガリロ》に火を点けた。

ちょうどそのとき、細身の若い男がふらりと店に入ってきた。

松丸勇介《まつまるゆうすけ》だった。流行の三つボタンのジャケットを着ていた。その下は薄手のタートルネック・セーターだった。

見城は片手を挙げた。

「悪い連中とぶつかっちゃったなあ」

松丸がにやにやしながら、歩み寄ってくる。

「ここで、ゲイ仲間と待ち合わせか？」

百面鬼が松丸をからかった。

「やめてよ、百《どう》さん。知らない人が聞いたら、本気にしちゃうでしょ！」

「おめえは女が嫌いみてえだから、てっきりゲイだと思ってたぜ」

「そんなふうに独断と偏見に満ちた人間が警官《マッポ》やってるんだから、日本の将来も暗いよなあ」

松丸が言葉に節《ふし》をつけて言い、見城の隣に腰かけた。

バーテンダーが松丸のスコッチとグラスを運んできた。キープしてあるウイスキーは、オールドパーだった。半分近く減っている。

二十七歳の松丸は、この店の常連客のひとりだった。

まだ独身だ。松丸は数年前まで、芸能人や文化人のガードを専門に請け負っている警備会社に勤めていた。といっても、腕に自信があるわけではない。

私立の電機大を中退した松丸は盗聴器探知のベテランだった。

各種の盗聴器を電圧テスターや広域受信機《マルチバンド・レシーバー》を使って、ほんの数分で見つけ出してしまう。

盗聴器が仕掛けられていると、ハウリングが起こる。その雑音で、設置場所がわかるわけだ。

電話機に盗聴器が仕掛けられているかどうか検《しら》べる場合は、電圧テスターも受信機もいらないらしい。受話器の通話口にドライバーの先を突っ込み、耳を当ててるだけでいいそうだ。盗聴器が仕組まれていると、ザーッという雑音が響いてくるという。

松丸は現在、盗聴防止コンサルタントという新職業で生計を立てている。早い話が、盗聴器ハンターだ。

松丸はボックスカーに高性能の電波探索機を積み込み、トランシーバーに似た型の広域電波受信機や電圧テスターで盗聴器の隠し場所を確実に探り当てる。

料金は一件三万円から十万円までと開きがあるようだ。出張先までの距離や盗聴器の種類によって、請求額を決めているらしい。

見城はこれまでに七、八回、松丸の手を借りている。松丸は飲み友達でもあり、助手のような存在でもあった。

「景気はどうだ？」

見城は、水割りを作っている松丸に訊いた。

「悪くないっすね」

「現代人は人間不信に陥ってるから、今後も仕事は増えるだろう」

「ええ、多分ね。でも、なんだか遣《や》りきれない気持ちになっちゃいますよ」

「どうして？」

「経営者と社員は肚《はら》の探り合いをしてるし、夫婦同士でも疑《うたぐ》り合って、パートナーの部屋に盗聴器を仕掛けてるんすから」

「困った世の中だな」

「いまや都内のオフィスビル、ホテル、マンションは盗聴器だらけっすよ。一般家庭にも、だいぶ仕掛けられてますね」

松丸が哀しげな顔で、スコッチの水割りをひと口飲んだ。

「一般家庭にも？」

「ええ。サラリーマンが会社の上司やライバルに盗聴器を内蔵した置き時計や電卓を何かの祝いにプレゼントして、こっそり受信機で相手の家庭の会話を盗み聴きしてるんすよ」

「そういえば、秋葉原で『マルチバンド・レシーバー』が月に何百台も売れてるんだってな？」

「そうなんすよ。五、六万円の受信機でも、コードレスフォンやワイヤレス・マイクの音なら、鮮明に聴けますからね」

「チューナーを回して同じ周波数をキャッチするだけで、簡単に傍受できるからな」

「そうですね」

「まさに盗聴時代だな」

見城は言った。

「単に盗聴するだけなら、法に触れるわけじゃない。だから、マルチバンド・レシーバーは売れるはずっすよ。これからも、盗聴マニアは増えつづけると思うな。なにしろ十万円も出せば、秘話装置解除機能の付いた広域受信機が手に入りますんで」

「それに、『周波数帳』なんてガイドブックもたくさん出版されてるよな？」

「そうなんすよ。妻子持ちの男に惚《ほ》れたシングルガールが不倫相手に盗聴器内蔵の目覚まし時計を贈って、夫婦の夜の生活をばっちり盗み聴きしてた例もありましたよ。しかも、テープに録音してたんっす」

松丸が呆《あき》れ顔で明かした。

「昔みたいに電話機やコンセントだけに盗聴器が仕掛けられてた時代が懐かしくなってくるな」

「そうっすね。そのうち、プライバシーなんて言葉は死語になるんじゃないっすか。おれ、マジでそう思ってるんですよ」

「盗聴器ハンター暮らしに厭気がさしたら、小説でも書けよ。盗聴器探しで、生々しい人生ドラマをたっぷり仕込んだんだから、面白い小説が書けるだろう」

「おっさんになったら、そうするかな。それはそうと、ここ何日か見城さんの姿を見かけなかったっすね」

「仕事でバンコクに行ってたんだよ」

見城は言った。

「仕事とか言ってるけど、買春旅行だったんでしょ？　百《どう》さんほどじゃないだろうけど、見城さんも女好きだからな」

「百さんやおれは、ごく平均的な男だよ。松ちゃんが遊ばなすぎるんだ」

「裏ビデオを観《み》すぎたせいか、どうも女が汚ならしく思えてね。けど、おれ、絶対にゲイじゃないっすよ」

松丸が強く否定した。すかさず百面鬼が口を挟んだ。

「そんなふうにむきになると、かえって怪しいぜ。松《まつ》、正直に自白《ウタ》いやがれ」

「おれ、もう帰ろう！」

「帰ってもいいから、仕事で集めた盗聴テープをおれんとこに宅配便で送ってくれ。おまえは裏ビデオおたくだから、情事のテープも集めてるに違《ちげ》えねえ」

「おれ、そんなテープなんか集めてないっすよ。仮に持ってたとしても、百さんには渡せないな」

「なんで？」

「どうせ恐喝《カツアゲ》の種《ネタ》にする気なんでしょ？」

「てめえ、なんてことを言いやがるんだっ。おれは生まれてこのかた、悪いことなんか一遍だってしたことねえぞ」

「よく言うよ、極悪刑事が」

松丸が鼻を鳴らした。百面鬼が松丸の首を軽く絞める。いつもの戯《たわむ》れだった。

「二人で朝まで漫才やってなよ」

見城は笑いながら、すっくと立ち上がった。

百面鬼が松丸の首から手を放し、小声で問いかけてきた。

「大槻を押さえに行くのか？」

「ちょっと組事務所を覗《のぞ》いてみるよ」

「あまり刺激しねえほうがいいぜ。最近は使いっ走りのチンピラまで、中国でパテント生産されたトカレフを持ってやがるからな」

「そのへんは心得てるさ。百《どう》さん、おれのボトル空けちゃっていいよ」

見城は先に店を出た。いつもツケで飲んでいた。

ローバーは店の斜め前に駐《と》めてあった。

見城は車に乗り込んでも、すぐにはスタートさせなかった。ＮＴＴの番号案内係に電話をかけ、大槻の自宅と老沼組の事務所の電話番号を問い合わせる。組事務所は、老沼商事となっていた。

見城は最初に大槻の自宅に電話をした。当の本人が受話器を取った。

「すみません、間違えました」

見城は作り声で詫《わ》び、そのまま電話を切った。

ローバーを発進させる。飲酒運転になるが、少しも気にしなかった。ローバーは神宮前を抜け、富ヶ谷まで進んだ。

山手通りを十五分ほど走ると、東中野に達した。『東中野スターレジデンス』は、有名な結婚式場の裏手にあった。

十一階建てのマンションだった。分譲か、賃貸かはわからない。

見城はマンションの少し手前に車を駐め、表玄関まで歩いた。

オートロック・システムの玄関ではなかった。集合郵便受けを覗く。大槻国生の部屋は五〇五号室だった。

エレベーターで五階に上がり、部屋のインターフォンを鳴らす。

応答はなく、いきなりドアが開けられた。現われたのは、二十八、九歳のほっそりとした女だった。瓜実顔《うりざね》で目鼻立ちは整っていたが、どことなく印象が暗かった。隠花植物を連想させる。大槻と同棲《どうせい》中の元刺青女優だろう。

「新聞の勧誘だったら、お断りよ」

「警察の者だ。大槻はいるね？」

見城は例によって、模造警察手帳をちらりと見せた。

「うちの人なら、十分ほど前に出かけたわ」

「どこに行った？」

「多分、新宿の事務所だと思うわ」

「本当に留守なんだろうなっ」

「疑うんだったら、家捜しすればいいでしょ！」

女が息巻いた。短気らしい。

「威勢がいいな。彫りもののせいかね。あんた、小園渚って芸名でＡＶに出てたよな？」

「やだ、知ってたの」

「きれいな体だったな」

見城は調子を合わせた。

「もう駄目よ。年齢《とし》喰っちゃったからね。ちょっと照れ臭いけど、なんか嬉しいわ」

「あんたが大槻の女になってたとはな」

「ねえ、うちの人、何をやったの？」

渚が不安顔で訊いた。

「大槻が犯罪《ヤマ》踏んだわけじゃないんだ」

「本当に？」

「ああ。老沼組の準構成員が家出少女にトルエン売りつけてたんだよ。その聞き込みなんだ」

「そうなの」

「組事務所に行ってみよう」

「おたく、新宿署の誰なの？」

「清水《しみず》だよ」

見城は出まかせを言って、ドアから離れた。渚が何か言ったが、振り返らなかった。

車に戻ると、見城は老沼組の事務所に電話をかけた。

「老沼商事です！」

若い男が胴間声《どうまごえ》で告げた。やくざ特有の凄《すご》みを利かせた応対だった。

「大槻、いるか？」

「どちらさんでしょう？」

「安西組《あんざい》の者《もん》だよ」

見城は、関東義友会の傘下組織の名を使った。安西組は赤坂一帯を縄張りにしている二次団体だ。老沼組とは同格である。

「大槻の兄貴は、もう間もなく事務所入りすると思います。失礼ですが、安西組のどなたさんでしょう？」

「後で、また連絡すらぁ」

「兄貴が着きましたら、こちらから電話を差し上げますので、お名前を？」

相手が重ねて訊いた。

見城は適当な名を騙《かた》って、電話を切った。

ローバーを新宿に向ける。北新宿、大久保を抜け、歌舞伎町に入った。目的地までは、ほんのひとっ走りだった。

歌舞伎町界隈《かいわい》には、大小併《あわ》せて約百八十の暴力団の組事務所がある。主だった広域暴力団の数は十に満たないが、それぞれの組織が第二次から第五次までの下部団体を分散させていた。

二次団体クラスになると、自社ビルを構えている。

末端の組の多くは雑居ビルの一室を借りていた。そういう組織は組長を含めて、十数人という小所帯だ。おのおのの親に当たる本部の出身母体は博徒《ばくと》系、テキ屋系、愚連隊系と異なるが、どこも裏稼業は大差ない。

暴力団対策法が施行されてから、組の代紋や提灯《ちょうちん》を掲《かか》げることは禁じられている。どの組も、そうした物は事務所の奥にしまい込んである。一見、足を洗ったように映るだろう。

しかし、素顔は昔も今も少しも変わっていない。不況の追い討ちもあって、むしろ凶暴化した。さほど仁俠道《にんきょうどう》を重んじていない組織は中国、台湾、イラン、パキスタン、コロンビアなどの犯罪者集団と手を結んで、荒っぽい稼ぎ方をしていた。

現在のところ、外国人マフィアに縄張りを奪われた日本の暴力団はない。しかし、新宿の筋者たちが外国人マフィアたちに警戒心を強めていることは事実だ。

外国人マフィアたちは保身のためなら、平気で警察官も射殺してしまう。

日本のやくざたちは警察に楯突《たてつ》くことはあっても、徹底的に牙《きば》を剝《む》くことはない。そんなことをしたら、組織を潰《つぶ》される破目になるからだ。

老沼組の事務所は風林会館の斜め裏にあった。

六階建ての自社ビルだ。五階までは組直営の会社のオフィスに宛《あて》られ、六階が組事務所になっていた。

見城は、そのビルのかなり手前の暗がりに車を停めた。

ヘッドライトは手早く消したが、エンジンは切らなかった。そのまま、張り込みを開始する。

見城は三十分ごとに車を移動させながら、マークしたビルの出入口を注視しつづけた。

助手席の下のスポーツバッグの中には、さまざまな商売道具が入っている。双眼鏡や暗視鏡《ノクト・スコープ》もあったが、どちらも使わなかった。

人通りのある場所で、そうした物を使うのは禁物だった。

張り込みは、ひたすら待つことだ。もどかしさや焦《あせ》りを抑え込み、じっと待つ。それが最良の方法だった。刑事時代に忍耐力は培《つちか》われている。さほど苦ではなかった。

見城は老猟師のように、気長に獲物を待ちつづけた。

時間の流れが遅く感じられる。気を引き締めていないと、つい眠くなってしまう。うっかり瞼《まぶた》を閉じたりしたとき、皮肉なことにマークした人物が動きだすものだ。

見城は辛抱強く時間を遣《や》り過ごした。

待った甲斐《かい》があった。大槻がひとりでビルから出てきたのは、午後十一時ごろだった。張り込みに気づいた様子はうかがえない。

大槻は風林会館の脇道に入った。見城は車を降り、素早くロックした。

急ぎ足で追う。大槻は風林会館のすぐ際《きわ》を歩いていた。

見城は小走りに追った。三十メートルほどの距離を保ちながら、尾行していく。

大槻は風林会館の前の区役所通りを横切り、斜め前のコーヒーショップに入った。

終夜営業の店だった。嵌《は》め殺《ごろ》しのガラス窓越しに、店の奥まで覗ける。水商売関係者や暴力団の組員たちが、よく利用している店だった。

見城は奥の席を見て、声を呑んだ。

そこには、なんと霜鳥美玲がいた。ひとりだった。濃紫色のニットドレス姿だ。

大槻がレジの横にあるマガジンラックから、夕刊を二紙引き抜いた。店の奥に歩《ほ》を進めながら、小豆《あずき》色の上着のポケットを探った。

大槻は何か光る物を取り出した。小さかった。ポリエチレンの袋を折り畳んだ物だった。

それを新聞の間に巧《たく》みに挟んだ。覚醒剤《シャブ》か、コカインのパケだろう。

見城は舗道の陰で、そう直感した。

大槻が美玲の席にさりげなく近づき、何気ない仕種《しぐさ》で夕刊を一紙だけ卓上に置いた。

椅子には腰かけなかった。坐ったのは中ほどの席だった。そこには、同じ組の者らしい男たちがいた。三人だった。

大槻は男たちと談笑しはじめた。

見城は美玲に視線を戻した。美玲はコーヒーを啜《すす》ってから、卓上の新聞を摑《つか》み上げた。紙面を拡《ひろ》げる振りをしながら、挟み込まれた物を素早く掌《てのひら》の中に隠した。それは、ハンドバッグの中に落とし込まれた。

美玲は麻薬に溺れていたのか。

見城は、それほど驚かなかった。美玲があたりをうかがってから、おもむろに立ち上がった。ハンドバッグとオイスターホワイトのコートを抱えていた。

大槻とは一言も喋らなかった。二人は、目さえ合わせようとしない。

美玲が支払いを済ませ、店の外に出てきた。

コートを羽織り、急ぎ足で歩きはじめた。新宿区役所のある方向だった。

見城は美玲を尾《つ》けはじめた。

美玲は靖国《やすくに》通りまで歩くと、車道に寄った。タクシーを拾う気らしい。見城は抜き足で美玲の背後に忍び寄り、無言でフランス製のハンドバッグを引ったくった。美玲が短い悲鳴をあげ、体ごと振り返った。

「騒ぐと、緊急逮捕することになるぞ」

「な、何を言ってるの!? わたし、何も疚《やま》しいことなんかしてないわ」

「そうかな」

見城は薄く笑って、ハンドバッグの留金を外した。

コンパクトの横に、折り畳まれた小袋《パケ》が入っていた。中身は白い粉だった。ちょうど十包あった。美玲が絶望的な溜息《ためいき》をついた。

「こいつは覚醒剤《シャブ》だなっ」

「えっ⁉」

「おれが預かっておく」

見城は十包をそっくり上着のポケットに入れ、ハンドバッグを美玲に返した。

「お願い、それを返して。昼間から気分が沈み込んでて、このままじゃ……」

「この際、体から覚醒剤を抜くんだな」

「もう無理よ。それより、わたしをどうする気なの？」

美玲が不安そうに問いかけてきた。

「さて、どうするかな」

「ねえ、どこか二人っきりになれる場所で相談に乗って？」

「いいだろう。少し離れた場所に車を駐《と》めてあるんだ。そこまで歩いてくれ」

見城は美玲の腕を取った。美玲が身を寄り添わせてきた。

二人は恋人同士のように歩きだした。

ドレスが床に落ちた。

黒のボディースーツが悩ましい。美玲は蜜蜂のような体型だった。ウエストが深くくびれている。

## 2

見城は美玲の動きを見守った。

美玲はベッドの際に立っていた。ほぼ正面を向いている。わずか数メートルしか離れていない。新宿西口にある高層ホテルの一室だった。

二十八階のツイン・ベッドルームだ。この部屋に入るなり、美玲が黙ってニットドレスを脱いだのである。

ホテルの向こう側には、都庁第一本庁舎と第二本庁舎がそびえている。その背後には、新宿中央公園があるはずだ。夜景は見えなかった。大きな窓は、厚手のドレープ・カーテンで塞《ふさ》がれていた。

「いったい、なんの真似なんだ？」

「わかってるでしょ？」

美玲が艶っぽく笑った。

「何が？」

「意地悪ね。覚醒剤《スピード》のこと、目をつぶってほしいのよ」

「スピードか。気取った隠語を使いやがる」

見城は唇をたわめた。

覚醒剤は、一般的にシャブという隠語で呼ばれている。シャブの語源には諸説あるが、大阪の河内地方の方言の〝しゃぶる〟から生まれたという説が有力だ。

その方言は、排尿時の快感を伴う身震いを意味する。覚醒剤を注射した瞬間、似たような反応を示す者が多い。そのことから、〝しゃぶる〟がシャブに転じたと言われている。

「スピードのこと、黙っててくれるわよね？」

「要するに、体で口止め料を払いたいってことか」

「ええ、そういうこと。あなたも早く服を脱いで」

美玲が熱い眼差しを向けてきた。

「服を脱ぐ前に、いろいろ訊きたいことがある」

「そんなの、後でいいじゃないの。先にわたしを抱いて。そうじゃないと、なんだか不安で仕方ないのよ」

「とにかく、どこかに坐れ」

見城は立ったまま、低く命じた。

美玲が渋々、ベッドに浅く腰かける。右側のベッドだった。ほどよく肉のついた白い腿《もも》が、男の官能を刺激する。

「いつから覚醒剤《シャブ》を体に入れるようになったんだ？」

「七、八カ月前ね。その前は、クラックをやってたの」

美玲が素直に答えた。

クラックというのは、コカの葉から抽出精製されるコカインに重曹《じゅうそう》を混ぜた麻薬だ。普通はクラックを燃やし、その煙を吸引する。

燃やすと、パチパチと小さな音を発する。それで、クラックと呼ばれるようになったのだ。吸引者は中枢神経を刺激され、たちまち多幸感に包まれる。

しかし、その心地よさは数時間しか持続しない。それでもクラックの値が安いこともあって、十五、六年前からアメリカの若者たちの間で大流行していた。

「クラックはどこで入手してたんだ？」

「六本木よ。大人向けのダンスクラブの従業員の男の子が小遣い銭稼ぎに、口の堅い客たちにクラックを売ってたの。二カ月ほどクラックをやってたんだけど、だんだん物足りなくなっちゃってね」

「覚醒剤のルートは誰がつけてくれた？」

見城は左側のベッドに腰を落とし、煙草に火を点けた。

「その子の昔の遊び仲間が老沼組のチンピラだったのよ」

「その小僧の名前は？」

「ヒロシって名しか知らないわ。その子から、〇・〇三グラムのパケを一万円で分けてもらうようになったの」

「高い品物を摑《ブッ》まされたな。〇・〇三グラムの末端の売値は、せいぜい七、八千円だ」

「あなた、やけに精《くわ》しいのねえ。防犯（現・生活安全）課に長くいたの？」

「おれのことは、どうでもいいじゃないか」

「そうね。少し高いものを買わされたのかもしれないけど、混ぜ物が少ない上物らしいの。アンナカが十五パーセント混じってるだけで、小麦粉も化学調味料も入ってないんだって」

美玲が急に目を細めた。煙草の煙が目に沁《し》みたのだろう。

覚醒剤の原料は、塩酸エフェドリンという化学合成物質だ。覚醒剤の卸元が荷を送り出す段階では、純度百パーセントの塩酸エフェドリンのままである。それは、ナマエフという隠語で呼ばれている。その結晶は、裏社会では〝ガンコロ〟で通っていた。

卸値は、一グラム二万円から三万円の間だ。

値幅が大きいのは取引量によって、価格が決められるからだ。当然のことながら、買う量が多いほどキロ単価は安くなる。そこで買い主の暴力団はさまざまな混ぜ物で量を増やし、系列の下部組織に回すわけだ。

極上の覚醒剤には、俗にアンナカと呼ばれている薬剤しか混入されていない。アンナカの正式な薬名は、安息香酸《あんそくこうさん》ナトリウムカフェインだ。強心剤の一種である。これを塩酸エフェドリンに混ぜると、単に興奮度を高めるだけではなく、催淫《さいいん》作用も働く。そんなことから、水商売関係者、風俗嬢、暴力団員、芸能人、スポーツ選手などに人気が高い。近年は主婦やＯＬが好奇心に唆《そそのか》されて、覚醒剤に手を出すケースが激増している。

「いつから大槻と接触するようになったんだ？」

見城は問いかけ、ナイトテーブルの灰皿の底に喫《す》いさしの煙草を捻りつけた。

「二カ月半ぐらい前かな。わたし、いつものようにヒロシからパケを買おうと思って、新宿まで出かけたの。そうしたら、ヒロシの代わりに大槻がいたのよ」

「それで、どうしたんだ？」

「大槻に短刀《ドス》で脅されて、深大寺《じんだいじ》の方の大きな屋敷に連れ込まれたの。床の間のある和室で裸にされて、黒いロープでがんじがらめに縛られたわ。それで変態っぽいことをされて、ビデオカメラで撮られちゃったのよ」

「レイプもされたんだな？」

「ええ。ヤーさんに凄まれたら、とても逆《さか》らえないわよ。それに、わたしにはスピードを老沼組から買ってるという弱みもあったし」

美玲がうなだれた。

「大槻が、多島佳孝に接近しろって命じたんだな？」

「…………」

「どうなんだっ。返事をしろ！」

見城は声を張った。

「ええ、そうよ。言われた通りにしないと、スピードのことを警察に密告《チク》るって脅されたの」

「それで、そっちは多島を言葉巧みに誘ってタイに連れ出したんだなっ」

「結果的には、そういうことになるわね。だけど、多島さんもタイに何か用があったみたいだったわ。だから、すんなり旅行の誘いに乗ってきたんだと思うの」

美玲が顔を上げた。

「多島はどんな用があると言ってた?」

「そのことに関しては、何も言わなかったわ。本当よ」

「どうだかな」

「信じて! わたしは多島さんを海外に連れ出せって言われただけよ。何がどうなってるのか、本当に知らないの」

「…………」

「命令されたことをやれば、スピードをずっと只《ただ》でくれるって言われたんで、大槻の言う通りに動いただけよ」

「そっちはオリエンタルホテルに着くと、こっそり一階のテレフォンブースから大槻に電話をかけたんだな?」

見城は確かめた。

「ええ。ホテル名と部屋番号を教えろって言われてたから」

「ソムチャイ・パラウットって、タイ人の男のことを少し喋ってもらおう」

「誰なの、その人は!? わたし、名前も聞いたことないわ」

「大槻が雇った殺し屋だよ」

「それじゃ、大槻がそのタイ人を使って、多島さんを殺そうとしたの!?」

「おそらく、そうだったんだろう。しかし、殺しには失敗したようだな」

「なら、多島さんは生きてるのね？」

「それは何とも言えない」

「なぜ、大槻が多島さんを殺そうとなんかしたの？　あの二人は一面識もないはずよ」

「大槻は誰かに殺しを依頼されたんだろう」

「いったい誰が？」

美玲が首を傾《かし》げた。

「大槻を操《あやつ》ってる人物にまるで思い当たらないか？」

「ええ、まったく」

「そっちは、東都電気の田宮直之専務の愛人だよな？」

見城は美玲の顔を見据えた。

「田宮専務は、ただのお客さんよ」

「とぼける気か。そっちのマンションを訪ねた晩、おれは田宮を見てるんだ。田宮はケーキの箱を提《さ》げて、そっちの部屋に入ってった。スペアキーも持ってたな」

「そこまで見られたんだったら、観念するわよ。わたし、確かに専務の世話になってるの」

美玲は素直になった。

「田宮がそっちに多島のことで何か喋ったことは？」

「パパは、田宮のパパは会社のことは何も喋らないのよ。だから、わたし、社員のことは何も知らないの」

「それでも、そっちは東都電気のことなら、いろいろ知ってるだろう。銀座の店には、あの会社の重役たちがよく行ってるようだからな。現にこの前、おれは『シェナンド』で箱崎常務や菱垣総務部長を見かけた」

「あの方たちはよく店に現われるけど、会社の話なんかめったにしないわ」

「田宮は、箱崎や菱垣のことで何か言ったことはないのか？」

見城は質問を重ねた。

「そういうことは一度もなかったわ。ただ、パパと井口副社長はライバル同士みたいよ。お店のママが、いつかそんなことを言ってたの。それから、箱崎常務は井口副社長の片腕なんですって。ママは、鴻池社長の彼女だったのよ」

「やっぱり、社内に派閥抗争があるようだな」

「派閥抗争!?」

美玲が甲高《かんだか》い声をあげた。

「ああ。おれが調査したところによると、次期社長の椅子を巡って井口副社長と田宮専務は水面下で闘ってるようなんだ」

「そうなの。ちっとも気づかなかったわ」

「田宮から月々、いくら手当を貰《もら》ってるんだ？」

見城は訊《たず》ねた。

「家賃なんかは別で、百三十万円よ」

「結構な額だな。専務といっても、所詮《しょせん》はサラリーマンだ。それだけの手当をよく捻出《ねんしゅつ》できるな」

「多分、接待交際費をうまく操作して、わたしに回してくれてるんでしょうね」

「そう思いたいだろうが、田宮は裏で何か悪さをしてるにちがいない」

「そうなのかしら？」

「田宮は、老沼組の幹部とつき合いがあるんじゃないのか？」

「待ってよ。あなた、大槻の背後にいるのがパパじゃないかと疑ってるわけ？」

美玲が荒い息とともに言った。顔が上気し、目が虚《うつ》ろだった。明らかに、覚醒剤中毒の禁断症状だ。

「おい、大丈夫か？」

「ねえ、スピードを返して。なんだか気分が重苦しくって、苛々《いらいら》してきたの」

「もう覚醒剤はやめるんだな」

「何よ、偉そうに！　冗談じゃないわ。わたしのことは放っといてよ」

「わかった。だから、シャワーを浴びてこいよ。少しは気分がすっきりするだろう」

見城は穏やかに言った。

「そんなんじゃ、駄目よ。早くスピードを出して」

「そうはいかないな」

「なに言ってんのよっ。それは、わたしの物でしょうが！　早く返しなさいよ」

美玲が喚《わめ》きながら、全身で組みついてきた。見城のポケットに手を入れようと懸命にもがく。半狂乱だった。

見城は美玲の右腕を捻《ひね》った。美玲が痛みを訴えながら、ベッドとベッドの間に転がった。すぐに上半身を起こし、見城の腰にむしゃぶりついてきた。

見城は、もう相手にならなかった。

禁断症状は連続するわけではない。少し待てば、発作は鎮《しず》まるだろう。

だが、美玲の症状は悪くなる一方だった。

怒鳴り、泣き叫び、身悶《みもだ》えした。そのうち彼女は、全身を激しく痙攣《けいれん》させはじめた。まるで瘧《おこり》に見舞われたような感じだった。

美玲は頽《くずお》れ、カーペットを掻き毟《むし》りはじめた。

目が据《す》わり、額には脂汗がにじんでいる。当分、治まりそうもなかった。

見城は、ひとまず美玲の発作を鎮めることにした。

美玲のハンドバッグを開ける。底の方に、化粧パウチに似た革ケースがあった。蝦蟇口《がまぐち》型だった。その中に注射器、プラスチックの赤い小皿、水の入ったプラスチックの小さな容器などが詰まっていた。

見城は一包だけ封を切り、赤い小皿に白い粉を落とした。水を注ぎ、小指でよく掻き回す。注射器に針をセットし、白濁した液体をゆっくりと吸い上げた。

「スピード、スピードをちょうだい！」

美玲が譫言《うわごと》のように口走った。見城は美玲の上体を起こし、左腕を摑んだ。

「拳《こぶし》をつくれ」

「やめて、腕は駄目っ。注射の痕《あと》がついちゃうから」

「いつもどこに注射《ズケ》てるんだ？」

「ちょっとわかりにくい場所よ」

美玲が黒いボディースーツの底の部分のフックを外し、それを胃のあたりまで捲《まく》り上げた。

パンティーはハイレグの黒だった。

「何をしてるんだ?」

見城は、わけがわからなかった。

美玲は無言で黒いパンティーを脱ぎ捨て、ベッドに仰向けになった。両脚を開き、合わせ目を大きく捌いた。小陰唇の内側には、無数の注射だこが並んでいる。疣(いぼ)のように粒立った箇所もあった。

「お願い、早く射って。自分じゃ、ちょっと射ちにくいのよ」

「甘ったれるな。自分でやれ！」

見城は理由《わけ》もなく腹立たしくなって、注射器を美玲の手に押しつけた。

美玲がきまり悪そうに笑い、上体を起こす。彼女は両膝を立て、自分の秘部を覗き込む形になった。

美玲は左側の花びらの内側に、注射針を突き立てた。表情は変えなかった。

「痛くないのか？」

見城は問いかけた。

「最初はちょっと痛かったわ。でも、そのうちに馴れちゃって」

「いつも、そこに射ってるようだな」

「ここなら、まずバレないじゃない？　だから、ここに……」

美玲は言いながら、震える手で注射器の吸引器具《プランジャー》を押し下げていった。わずか数秒で、プランジャーは空になった。見城は黙って見ていた。

美玲が針を引き抜き、肩で息を吐く。

まだ体は小刻みに震えていた。腕の静脈に射つより、だいぶ効き目は遅いはずだ。

「これで、少しは落ち着きそうか？」

「ええ。ありがとう」

美玲が仰臥《ぎようが》し、喘《あえ》ぐように言った。両腕は投げ出すような恰好だった。

「かなり中毒が進んでるな」

「そうみたい。一回の量がだんだん多くなってるの。さっきみたいに発作がひどいときは、二パケ使わないと、すぐには効かないのよ」

「よくないな」

「ね、もう一包溶かしてくれない？　舌の裏側に打つと、割に早く頭の中がすーっと冷たくなるの。その瞬間が最高なんだ」

「いまは一包だけにしとけ」

見城は美玲の手から注射器を捥《も》ぎ取り、手早く針を外した。注射器と針を革ケースに突っ込む。

「残りの九パケ、後で返してね」

「いまに体がボロボロになっちまうぞ。残りの分はトイレに流しちまおう」

「いやよ、やめて！」

美玲が跳ね起き、首を大きく振った。頬の赤みは引きかけていた。

「わかったよ。おとなしく寝てろ」

見城は、煙草をくわえた。美玲が背をシーツに戻す。

十数分が過ぎると、美玲はすっかり落ち着きを取り戻していた。

「覚醒剤《シャブ》って、そんなにいいのか？」

「もう最高ね。気持ちが浮き浮きしてくるし、性感帯もすっごく敏感になるの」

「そうらしいな」

「乳首やクリトリスをちょっといじられただけで、たちまちクライマックスに達するの。男の場合は、うーんと長持ちするみたい。あなたもやってみない？」

「おれは覚醒剤《シャブ》の力なんか借りなくても、女を悦《よろこ》ばせられる。そっちを抱く気もあったんだが、やめておこう。気が変わったんだ」

見城は出入口に足を向けた。

## 3

あたりに人影はなかった。

見城は玄関ドアに耳を寄せた。大槻の部屋だ。翌日の正午前だった。

室内に人のいる気配は伝わってくる。だが、話し声は響いてこない。昨夜、大槻は帰宅しなかったのだろうか。それとも、まだ眠りこけているのか。

どちらにしても、老沼組の事務所に押し込むわけにはいかない。危険すぎる。そう判断して、大槻の自宅にやってきたのだ。

見城はインターフォンを鳴らした。

室内を走るスリッパの音が聞こえた。足音は玄関口で熄《や》んだ。どうやら大槻の内妻の渚が、ドア・スコープで来訪者の顔を確かめているらしい。

「警察だ。ドアを開けろ！」

見城はスチールのドアを拳で叩きながら、ことさら大声で言った。

筋者《すじもの》たちは開き直った生き方をしているくせに、意外に隣近所の目は気にするものだ。武闘派の暴れん坊でも、隣人には愛想がいい。

案《あん》の定《じょう》、ドアが開けられた。

姿を見せたのは元刺青女優だった。白っぽいアンゴラセーターを着ていた。下は黒のチノクロスパンツだ。見城は抜け目なく、ドアの隙間《すきま》に靴の先を噛ませた。

「大槻はいないわ。きのうは帰ってこなかったのよ」

「きょうは家宅捜索《ガサ》だ」

「えっ、何の？」

渚が問い返してきた。

「覚醒剤《シャブ》だよ」

「そんな物はないわ」

「とにかく、入らせてもらうぞ」

見城は玄関に身を滑り込ませた。

「部屋に上がり込む前に、令状を見せてよ」

「すぐに令状を持った相棒が来る」

「だったら、それまで上がらないで！」

「証拠湮滅《いんめつ》の恐れがあるんで、急いでるんだ」

「そんなの、言いがかりよっ」

渚が気色《けしき》ばんだ。

見城は靴を脱ぎ、立ち塞《ふさ》がる渚を押しのけた。

奥に走る。間取りは2LDKだった。どこにも大槻の姿は見当たらない。

「部屋の中を引っ掻き回すのは令状が届いてからにして！」

渚が腰に手を当てて、憤然と言った。

「ちょっと部屋の中を見せてもらうだけだ」

「家具には手を触れないでちょうだいっ」

「わかってる」

見城は、居間の左手にある和室に入った。

八畳間だった。桐簞笥《きりだんす》や黒檀《こくたん》の飾り棚が壁面を埋め、床の間には古伊万里《こいまり》の壺《つぼ》が置かれている。高価そうな壺だった。

見城は背中に渚の視線を感じながら、床の間に歩み寄った。

屈《かが》んで、ポケットから白い粉の入った小袋《パケ》を抓《つま》み出す。昨夜の残りの九包の一つだった。あとの八包は処分した。公衆トイレに流したのだ。

見城は古伊万里の壺の中にパケを落としてから、大槻の内妻を呼びつけた。渚がふてくされた顔で近づいてくる。

「壺の中を見てくれ」

見城は立ち上がった。渚が古伊万里の中を覗き込み、顔色を変えた。

「そいつが覚醒剤かどうかは、相棒が持ってくる試薬ですぐに判明するだろう。覚醒剤《シャブ》だったら、試薬の溶液はブルーに変わる。わかってるよな？」

「きっと何かの間違いよ。大槻は、ここには品物《ブツ》は決して持ち帰らないから」

渚が言って、慌《あわ》てて口に手を当てた。すぐに自分の迂闊さを呪う顔つきになった。

「大槻が覚醒剤を扱ってることをわざわざ教えてくれたな」

「待って！　いまのは昔の話よ」

「こいつは押収するぞ」

見城はパケを壺の中から取り出し、元のポケットに戻した。

「刑事さん、なんとかならない？　そのパケ、見つからなかったことにしてくれたら、少し包むわよ」

「おれを買収しようってわけか」

「大槻を刑務所《ムシヨ》に行かせたくないのよ。別荘に行くと、体壊しちゃうでしょ？　ね、うちの人を助けてやって」

渚が拝む真似をした。

「いくら出す気だ？」

「ここには現金はあまり置いてないの。とりあえず先に三十万円渡して、後でキャッシュカードで五十万円引き出すわ。それで、どう？」

「銭はいくらあっても、邪魔にはならない」

見城は、わざと卑《いや》しい笑い方をした。

「話のわかる刑事さんでよかったわ」

「もたもたしてると、相棒が来ちまうな」

「いま、お金を持ってくるわ」

渚が和室を飛び出し、居間の向こうにある寝室に駆け込んだ。

見城は居間に移り、室内を見回した。ベランダ寄りに、キャビネットがあった。それを傾け、裏側にマグネットタイプの超小型盗聴器を取り付ける。

小指の先ほどの大きさだが、集音能力は高い。しかも、生活騒音の類《たぐい》は排除してくれるという優れた製品だった。

見城は仕事柄、各種の盗聴器を持っている。

盗聴器には独立型と内蔵型がある。独立型のものは、ワイヤレスマイクと同じ原理になっている。最小のものは煙草のフィルターの半分しかない。

五メートルの厚さのコンクリート壁の向こうの会話をキャッチできる吸盤型の物もある。ライターほどの大きさで、目立たない。

内蔵型の盗聴器は置き時計、電卓、ペンライトなどに仕込まれている。

昔から知られている電話盗聴は、電話機内、引き込み線のヒューズ管、プラグなどに特殊マイクを仕掛けるわけだ。盗聴器の集音・送信能力は値段によって、かなり差がある。どのタイプの物も、基本的にはFM電波を利用して受信する仕組みになっていた。

正確には、VHFの七十六メガヘルツから百八メガヘルツ帯を使う。マルチタイプの広域受信機だけではなく、市販のラジオでも充分に受信できる。

ただし、国内向けのFMラジオの周波数帯でキャッチすると、近所の聴取者まで受信してしまうことがある。

そのために調査会社のスタッフたちは輸出用のFMラジオを用い、チューナーを八十八メガヘルツから百八メガヘルツ帯に合わせている。

盗聴器の水銀電池が二・六ボルト程度だと、受信可能エリアは五百メートル以下だ。しかし、高性能アンテナを使い、電池を三ボルトにパワーアップすれば、一キロ以上離れた場所でも楽に受信できる。

見城はキャビネットから離れ、何喰わぬ顔で革のソファに腰かけた。

ロングピースに火を点けたとき、渚が寝室から出てきた。表情が険《けわ》しい。

渚は散弾銃《ショットガン》を構えていた。レミントンの水平式二連銃だった。

「あんた、刑事《デカ》じゃないわね。捜索令状もなしで、本物の刑事がひとりで来るわけないわっ」

「そのショットガンは無許可だな。大槻のような前科《マエ》持ちは、許可証を貰えない。銃刀法違反も加わるな」

見城はゆったりと煙草を喫いつけた。

「もっともらしいことを言わないでよ。あんた、何者なの！」

「きのう、警察手帳を見せただろうが」

「あれは、どうせ模造品でしょ！　正体を明かさないと、撃つわよ」

渚が逆上気味に喚き、見城の顔面に狙いをつけた。銃口が上下に揺れている。

「手が震えてるぞ。一度も引き金《トリガー》を絞ったことはないようだな」

「あるわ、丹沢で猪《いのしし》を仕留《しと》めたことが」

「その猪は縫いぐるみだったんだろう？」

見城は煙草の火を消し、ゆっくりと腰を浮かせた。

「動かないで！　本当に撃つわよ。九粒弾の詰まった実包が二発入ってるんだからね」

「撃てるものなら、撃ってみろ。銃声がしたら、すぐに誰かが一一〇番するぞ」

「ソファに坐りなさいよっ」

渚が声を荒《あら》らげた。

見城はにっと笑い、足を踏みだした。渚が一歩ずつ退《さ》がりはじめる。

「どうした？　早く撃てよ」

「帰ってちょうだい！　ここから早く出てって」

「おれは大槻に用があるんだよ」

見城は歩幅を大きくした。

渚が震えながら、寝室まで後ずさった。見城は前に跳《と》んだ。散弾銃の銃身を摑み、バックハンドで渚の横っ面《つら》を張る。小気味いい音がした。

渚は短い悲鳴を洩《も》らし、ダブルベッドの上に倒れた。

幸いにも水平式二連銃は暴発しなかった。見城は胸を撫《な》で下ろし、素早く弾倉を検《しら》べた。

確かに九粒弾の実包が二発、装塡《そうてん》されていた。

渚は横に転がったまま、竦《すく》み上がっている。

見城は、渚の乳房に銃口を押し当てた。

「素っ裸になってもらおう」

「なに言ってんのよ。あんた、あたしを……」

「安心しろ。レイプする気はない。裸にすれば、逃げられなくなるからな。こっちの狙いは、それだけだ」

「本当に何もしない？」

渚の口調が急に穏やかになった。銃口を突きつけられ、さすがに虚勢は張れなくなったのだろう。

見城は黙ってうなずき、銃口を渚の胸から外した。

渚が諦《あきら》め顔で上体を起こし、潔《いさぎよ》く全裸になった。ポニーテールにまとめていたヘアバンドをほどき、長い髪で肩を隠した。

背中一面に、妖艶《ようえん》な女侠客の艶姿《あですがた》が彫り込まれていた。腰のあたりには伝説の鳥、鳳凰《ほうおう》があしらわれている。孔雀《くじやく》に似た鳥だ。

両の肩から二の腕にかけて、牡丹《ぼたん》の花と蛇の図柄が入っている。

左の太腿には鳳凰が彫られていた。朱、藍《あい》、緑の濃淡が利き、色鮮やかな肌絵を浮き立たせている。ぼかし彫りの部分は、みごとな霞《かすみ》がかかっていた。

渚は飾り毛がなかった。

といっても、無毛症というわけではない。きれいに剃《そ》り落とされていた。縁《ふち》の陰毛は、毛抜きで一本ずつ抜いたのか。

蒼みがかった陰影をつけた恥丘は、ぷっくりと膨れ上がっていた。はざまの肉は爛《ただ》れたように赤い。小陰唇は、かなり黒ずんでいる。

「背中にしょってる姐《ねえ》さんは、誰なんだ？」

見城は訊いた。

「姑摩姫《こまひめ》よ」

「誰なんだ、そいつは？」

「あたしもよく知らないんだけど、滝沢馬琴《たきざわばきん》の『開巻驚奇俠客伝《かいかんきようききようかくでん》』とかいう読本《よみほん》の女主人公なんだって。もちろん、架空の人物よ。でも、彫師《ほりし》のとこの下絵帳を見て、この図柄がいっぺんに気に入っちゃったの」

「女だてらに墨を入れるとは、いい度胸してるな。そっちは、痛いのが好きらしいな」

「うふっ」

渚が、くすぐったそうに笑った。

百面鬼の話は、単なる噂ではないようだ。

「大槻はどんな刺青を入れてるんだ？」

「うちの人は総身彫《そうしんぼ》りだから、図柄はいろいろよ。背中には弁天小僧をしょってるし、胸には夜叉《やしゃ》と菩薩《ぼさつ》を対《つい》で彫ってるわ。両脚は桜吹雪と逆巻《さかま》く波浪よ」

「おとなしくしてろよ」

見城はベッドの横にあるラブチェアに坐り、散弾銃の安全弁を掛けた。ショットガンを壁に凭《もた》せかけたとき、渚が口を開いた。

「あたしをいつまで裸にしておくつもりなの？」

「大槻がここに戻ってくるまでだ」

「寝具の中に入らせて。こんな恰好じゃ、落ち着かないわ」

「好きにしろ」

見城は言った。渚がほっとした顔で、急いで夜具の中に潜《もぐ》り込む。

「ここに、東都電気の人間から電話がかかってきたことは？」

「あたしの知る限り、一度もないわ。大槻が、その会社の誰かを強請《ゆす》ったの？」

「余計な口は利くな。大槻は、ソムチャイってタイ人の男とつき合いがあるんだろう？」

見城は訊いた。

「ソムチャイって名は聞いたことないけど、タイ人とは接触があるみたいよ。組で、タイの女たちを集めてるからね。いったい大槻は何をしたの？」

「ま、いいじゃないか。それより、大槻は一週間ぐらい前にタイに行ったな？」

「ええ、行ったわ」

渚が寝そべったままで答えた。

「何しに行ったんだ？」

「知らないわよ、あたしは。おおかた組の仕事で、日本で稼ぎたがってる娘《こ》たちでも集めに行ったんでしょう」

「タイには何日いた？」

「三日だったと思うわ」

「そうか」

見城は短く返事をし、ポケットから煙草を出そうとした。

そのとき、居間と寝室の親子電話が同時に鳴りはじめた。寝室のほうが子機だろう。コードレスではなかった。渚がナイトテーブルの電話機に腕を伸ばしかけた。それを手で制し、見城は椅子から立ち上がった。

受話器を耳に当てると、大槻の野太い声が流れてきた。

「おい、おれに何か電話があったか？　きのうはヒロシたちとポーカーやってたんだよ」

「大槻だなっ」

見城は言った。

「誰なんだ、てめえは⁉　そこで何してやがるんだっ。あん？」

「元刺青女優を押さえてる。早くこっちに帰って来い！」

「その声は……」

「思い当たる節があるようだな。バンコクでは、みっともない逃げ方をしたもんだ」

「やっぱり、てめえだったか。てめえ、おれの女に手を出しやがったのかっ」

大槻が吼《ほ》えた。

「裸にして、姑摩姫の刺青をとっくりと見せてもらっただけさ。デリケートゾーンも見えちまったがな」

見城は笑いながら、そう言った。

「くそっ。てめえ、偽《ガセ》かましてんじゃねえだろうな」

「待ってろ。女を電話口に出してやる」

見城は受話器を渚の耳にあてがい、二言三言喋らせた。すぐに受話器を自分の耳に戻す。

「これで気が済んだか？」

「女に手を出すな。おれは家《ヤサ》に戻る。ただ、ちょっと時間をもらいてえんだ」

大槻が言った。

「なぜだ？」

「これから本部に顔を出さなきゃならねえ用事があるんだよ。だから、一時間半ぐらい待ってもらいてえんだ」

「妙な気を起こしたら、女は無事じゃ済まないぞ」

「わかってらあ。おれ、ひとりで家に戻るよ。それじゃ……」

「ちょっと待て。多島をどうしたんだっ。ソムチャイを使って、メナム河に放り込ませたのか？」

「なんのことだよ。おれにゃ、さっぱり意味がわからねえな、多島、ソムチャイ、そいつら、誰なんだ？」

「とぼける気か。まあ、いいさ。後で、ゆっくりと吐かせてやる。丸腰で来い。もし兵隊をひとりでも連れてきたら、元刺青女優を弾除《たまよ》けに使うことになるぞ」

見城は電話を切った。

ナイトテーブルには、五段の引き出しが付いていた。武器になる物が隠されているかもしれない。気になった。

見城は引き出しに手を伸ばした。すると、渚がうろたえた。

「中は見ないで」

「拳銃《チャカ》でも入れてるのか？」

見城は次々に引き出しを開け放った。中身は煽情《せんじょう》的なパンティーや性具ばかりだった。バイブレーターやローターのほかに、黒革の紐《ひも》、鎖、手錠、防声具、金串、針金、鞭《むち》、結び目が等間隔に並んだ太い縄、金ブラシ、鮫《さめ》の皮、各種の蠟燭《ろうそく》、紙挟《かみばさ》みなどがびっしり詰まっていた。

「SMプレイの小道具が勢揃いしてるじゃないか」

「大槻が面白半分に集めただけよ。別に使ってるわけじゃないわ」

渚が言い訳した。

「そうかな?」

「そうよ」

「黄楊《つげ》の櫛《くし》は、鮫の皮で一本ずつ歯を滑らかにしていくそうだよ。知り合いの櫛職人が、そう言ってた」

見城はにやついて、鮫の皮に視線を向けた。だが、SMプレイで時間を潰す気はなかった。

「鮫の皮、感じるようだな」

「そんなことないわ」

渚は否定した。見城は、好奇心から、鮫の皮を手に取った。

いい退屈しのぎになりそうだ。

見城は試しに、渚の柔肌を少し強く擦ってみた。渚が喉の奥で甘やかに呻き、裸身を切なげにくねらせた。擦った箇所は蚯蚓《みみず》腫《ば》れになっていた。

見城は乳房にも鮫皮を滑らせた。

渚の呻き声が一層、セクシーになった。痼《しこ》った乳首を擦ると、啜り泣くような声を洩らしはじめた。男の欲情を掻き立てるような声だった。

渚は声をあげながら、俯《うつぶ》せになった。つんと突き出たヒップは、茹《ゆ》で卵の白身のようだった。

「どうせなら、背中や腰もお願い……」

「まいったな。人質がおねだりか。遊びは終わりだ」

見城は微苦笑して、鮫皮を引き出しの中に戻した。渚が溜息をつき、夜具で裸身を隠す。

二人は、どちらも口を利かなくなった。

見城はひっきりなしに煙草を喫いながら、大槻を待ちつづけた。

玄関ドアの開閉する音がしたのは、午後一時十二分過ぎだった。見城は用心のため、レミントンを手に取った。裸の渚にワインレッドの赤いガウンを羽織らせ、彼女の背を押す。

見城は居間まで歩き、声を放ちそうになった。

なんと大槻が多島奈穂の首に太い腕を回し、彼女の側頭部に輪胴式拳銃《リボルバー》を突きつけていた。コルト・パイソンだった。すでに撃鉄《ハンマー》は搔き起こされている。

「抜け目ないな」

見城は大槻に言って、渚の背中に散弾銃の銃口を押し当てた。同時に、安全装置《セーフティー・ロック》を解く。

「きょうのところは、人質の交換ってことでどうだ？」

大槻が提案した。

「外に舎弟がいるんだろうが？」

「兵隊は誰もいねえよ」

「本当か？」

見城は奈穂に顔を向けた。

白いセーター姿の奈穂が数度、小さく顎を引いた。下は若草色のフレアスカートだった。普段着だろう。

「どうするよ？」

「よし、人質の交換に応じよう」

「なら、同時に弾《たま》を抜こうじゃねえか。一、二の三で、抜こうや。文句ねえだろ？」

大槻が言った。見城に異存はなかった。

二人は声をかけ合った。大槻が手首のスナップを利《き》かせ、輪胴《シリンダー》を横に振り出した。蓮根《れんこん》の輪切りのような弾倉から、五つの実包が落とされた。

見城は一発だけしか抜かなかった。大槻の左手が腰の後ろに回されたことを見逃さなかったからだ。

「大槻、匕首《ドス》か何か隠し持ってるな。そいつも床に捨てろ！　さもないと、内縁の妻の頭がミンチになるぞ」

「てめえ、汚ねえじゃねえか。おれは、きれいに弾倉《マガジン》を空っぽにしたのによ」

「早くしろ！」

「くそったれめ」

大槻がベルトから白鞘《しらざや》の匕首《あいくち》を引き抜き、居間の長椅子の上に投げる。

見城はリボルバーも部屋の隅に放らせた。床に落ちた五つの実包を奈穂に拾わせる。

「床に這いつくばれ！」

見城はショットガンで渚を威嚇《いかく》しながら、大槻に鋭く言った。大槻は悪態をついたが、命令には逆《さか》らわなかった。

「きみは先に部屋を出るんだ」

見城が奈穂に命じた。

奈穂が短くためらってから、玄関ホールに足を向けた。

「元刺青女優には、一階までつき合ってもらおう」

見城はそう言い、渚の片腕を摑んだ。

そのとき、大槻が身を起こそうとした。見城は走り寄って、大槻に前蹴りを見舞った。狙ったのは眉間《みけん》だった。的《まと》は外さなかった。

大槻が転げ回りはじめた。

見城は渚を連れて玄関に急いだ。人質を解放するのは、まだ危険だろう。

大急ぎで靴を履《は》き、裸足《はだし》の渚を部屋の外に連れ出す。奈穂は廊下で待っていた。

三人はエレベーターホールまで走った。

幸運にも人気《ひとけ》はなかった。

函《ケージ》の扉が割れた。先に奈穂をボックスに押し入れ、見城は渚と一緒に乗り込んだ。

エレベーターが下降しはじめた。見城はレミントンから、残りの実包を抜いた。

「大槻が何をやったか知らないけど、老沼組を敵に回したら、長生きできないわよ」

渚が言った。

「忠告は拝聴しておこう」

「あんた、無鉄砲すぎるわ」

「こいつは返してやろう」

見城は散弾銃を渚に渡した。抜き取った弾丸は、手に握りしめたままだった。

一階に着いた。

見城は奈穂の手を引いて、ホールに降りた。渚は降りなかった。すぐにエレベーターの扉が閉まった。見城たちは外に出た。

ローバーに乗り込むと、奈穂が訊いた。

「バンコクであなたを尾《つ》けてたのは、さっきのパーマをかけた男なんでしょ？」

「そうだ。あいつが、自由が丘の家にいきなり押し入ったんだな？」

「ええ、拳銃を持ってね。それで車の運転をさせられて、ここまで来たの。怖かったわ」

「もう大丈夫だ」

「何がどうなってるの？」

「きみを家まで送りがてら、詳しい話をするよ」

見城は散弾銃の実包をマンションの植え込みに投げ込み、イグニッションキーを回した。

奈穂がシートベルトを掛けた。

見城は車を走らせはじめた。

# 第五章　兇悪な牙

## 1

足の踏み場もない。

床一面に書物やファイルが散らかっている。多島佳孝の自宅の書斎だ。

見城は二時間ほど前から、奈穂と一緒に室内を物色《ぶっしょく》していた。しかし、多島の失踪《しっそう》の謎を解く手がかりは何も見つからなかった。

多島宅には、二人のほかは誰もいない。多島の実父はとっくに熱海のケア付き老人マンションに戻り、奈穂の両親も数日前に鎌倉の家に帰ったという話だった。

「だいぶ散らかしちゃったな」

見城はタートルネック・セーターの腕を捲《まく》り上げた。体が汗ばんでいた。

「そんなことはいいの。それより、疲れたでしょ？　コーヒー、淹れましょうか？　もうじき五時よ」

「もう少し探してみよう。何か失踪に関わりのある物が出てくるかもしれないからな」

「でも、これだけ探したのよ。多島が日記でもつけてくれていたら、なぜタイに行ったのか、簡単にわかったんでしょうけど」

奈穂が吐息をついて、頭に被《かぶ》ったスカーフに手をやった。エルメスのスカーフだった。

「パソコンが普及しはじめてるから、手書きで日記を認《したた》める奴は少ないんじゃないか」

「見城さん、それ！　それよ」

「えっ、なんのこと？」

「もしかしたら、パソコンのフロッピーに何か残されてるのかもしれないわ」

奈穂が顔を明るませ、出窓側に足を向けた。

両袖机のかたわらに、パソコンが設置してあった。デスク型の機種だった。

見城も出窓に近寄った。

奈穂がパソコンに向かった。椅子はシンプルな造りだった。パソコンが起動する。モニターが明るくなった。

奈穂がディスクホルダーに手を伸ばした。

フロッピーディスクの枚数は多かった。すぐには数えきれない。

奈穂が馴れた手つきでフロッピーディスクをセットし、すぐに顔を曇らせた。

「困ったわ。ファイルに暗証番号設定《パスワード》がされてるの」

「なら、適当に単語を入れてみるほかないな」

「ええ、そうね。考えられるのは姓名、勤務先の社名、セクション名、出身大学名、出生地、それから生年月日、勤務先や自宅の電話番号なんてところかしら？」

「きみの名を使った可能性は？」

見城は言った。

「それは考えられないでしょうね」

「そうだろうか」

「とにかく、やってみるわ」

奈穂がキーボードを叩きはじめた。手許は見ていない。目は画面に向けられていた。完璧なタッチタイピングだった。

十数語のワードが打たれた。

しかし、パソコンはどのワードにも反応しなかった。フロッピーディスクを一枚ずつ変えてみても、結果は同じだった。

「諦《あきら》めるのは、まだ早いよ。きみの夫は何かを告発したがってたようだ。試しに一枚目のフロッピーから、〝社内告発〟で探ってみてくれないか」

「駄目だわ」

見城は頼んだ。

奈穂が気を取り直して、また指を躍らせはじめた。四枚目のディスクまでは、なんの反応も示さなかった。

五枚目で、モニターに文字が流れた。

思わず二人は顔を見合わせた。見城は指を打ち鳴らし、目で文字をなぞりはじめた。

●メモリーボードの高値買い付けの怪！

例のニューソフトの出現以来、確かにメモリーボードは品薄だ。

もともとエポキシ樹脂の生産量が少ない上に、住菱《すみびし》化学工業の四国工場で爆発事故が起こってしまった。間もなく工場の操業が再開されるらしいが、おそらく需要に生産が追いつかないだろう。

だからといって、なぜ、わが社は四メガバイトと八メガバイトのメモリーボードをあれほど多く仕入れる必要があったのか。それが不可解だ。

ほとんど住菱化学工業の在庫をそっくり買い占めたような量ではないか。いくらなんでも多過ぎる。

それでいて、買い付けたメモリーボードは当社の資材倉庫に半分も搬入されていない。残りのメモリーボードは、どこに消えてしまったのか。どう考えても変だ。

仕入れ部門の総責任者のTが何か企《たくら》んでいるにちがいない。Tが子飼いのM、H、Kを黙らせるのは、それほど難しいことではないだろう。

品薄を口実にすれば、仕入れ量を増やすことはたやすい。未搬入分のメモリーボードは、他社の半導体メーカーに転売されたのではないのか。アメリカの商社も秋葉原でメモリーボードを買い漁《あさ》っているようだから、外国の半導体メーカーもメモリーボードの増産に踏み切ったにちがいない。

そんな時期なら、余計に仕入れたメモリーボードは楽に捌《さば》ける。

未搬入分を他社に転売すれば、十数億円の利鞘《りざや》は稼げるはずだ。おおかた未搬入分の代金はキャンセルしたことにして、会社に戻すつもりなのだろう。

そうすれば、当社の実害はないことになる。

しかし、明らかに背任行為だ。Tは住菱化学工業の工場長や本社の重役を抱き込み、仕入れ値にかなり色をつけて、品薄のメモリーボードを大量に買い付けたと考えられる。そして、そのうちの六割弱を他社に転売し、巨額を捻出《ねんしゅつ》したのだろう。

その裏金で、Tは自分の勢力を拡大する気なのではないのか。

おそらく中立派に金をばら蒔《ま》き、自分の陣営に取り込むつもりなのだろう。現に最近は連夜、若い社員を飲みに誘い出しているようだ。

また、Tは外部の荒っぽい人間を使って、対立派閥の役員たちのスキャンダルを嗅《か》ぎ回らせているという噂もある。常務や総務部長は尾行を撒《ま》くため、変装さえしているらしい。

Tのやり方は、まるで三流の政治屋どもと同じではないか。そうまでして、社長の座につきたいわけか。Tを軽蔑《けいべつ》する。一日も早くTから遠ざかろう。

といっても、副社長派に接近する気はない。

今後は、小椋のようにどちらの派にも属さないことだ。それが賢明だと思う。

思う存分に技術開発の研究ができるのなら、他社に移ってもいい。

別に国内に留まらなければならないという義理もない。心地よく働けるなら、外国のパソコンメーカーに移ってもいいと思っている。

私には、新開発のフラッシュメモリーという手土産がある。どこの社でも大歓迎してくれるにちがいない。その場合は、できるだけ自分を高く売りつけてやろう。

それにしても、Tへの疑惑は日ごとに強まっている。陰謀の証拠を握ったら、やはりTを内部告発すべきだろう。

だが、心が千々《ちぢ》に乱れる。Tが私に目をかけてくれたからこそ、こんなに早く次長になれた。そのことでは、むろん恩義を感じている。

しかし、Tが会社を裏切っていることは、ほぼ間違いない。それも醜い野望のため、会社を利用したようだ。やはり、赦《ゆる》してはならないことだろう。

一度、住菱化学工業の人間を洗ってみよう。そして、未搬入分のメモリーボードの転売先も突きとめなければならない。


文書は、そこで終わっていた。

見城はモニターから目を離し、奈穂の肩に手を置いた。

「これで、だいぶ謎が解けてきたな。きみの夫はT、つまり田宮専務の不正を暴《あば》きかけて、身に危険を覚えはじめたんだろう。だから、開発したばかりの新型のフラッシュメモリーの機密書類や試作品の一部を持ち出す気になったんだよ」

「Mというのは三浦部長ね？」

「ああ。Hは堀だろうな。しかし、Kという人物は誰なんだろうか」

「資材管理部長の軽部《かるべ》さんかもしれないわ」

「軽部なら、Kだな」

「機密書類の持ち出しはともかく、なぜ多島は銀座のクラブホステスと一緒にタイに行く気になったのかしら？」

「霜鳥美玲は田宮専務の愛人だったんだよ。美玲は大槻に弱みを握られ、きみの夫をバンコクに連れ出せと命じられたらしいんだ」

「ということは、大槻の背後に田宮専務がいるってわけね？」

奈穂が椅子ごと振り向いた。

「ああ、おそらくな」

「でも、美玲って女は田宮専務の愛人なんでしょ？　そんな女性を利用する気になる？」

「田宮は美玲を棄《す》ててもいいと考えてるんだろう。だから、大槻に美玲を利用しろとこっそり知恵をつけたんだろうな。田宮はバンコクできみの夫を始末させる気だったにちがいないよ」

見城は推測を語った。

「恐ろしい話だわ」

「しかし、きみの夫は田宮の放った刺客が迫ったことを察した。それで、きみの夫は姿を晦《くら》ましたんだろう」

「多島は、ただ色仕掛けに引っかかっただけなのかしら？」

奈穂が問いかけてきた。

「いや、そうじゃないだろうな。きみの夫はバンコクで、他社の人間と会うつもりだったんだと思われる。おそらく新開発製品のワーキングノートを手土産に、どこかのパソコンメーカーに移る気だったんだろうな。しかし、相手と接触する前に魔手が伸びてきた。だから、オリエンタルホテルから逃げ出したんじゃないのかな」

「多島は逃げ回ることに疲れ果てて、衝動的に死を選んだとも考えられるんじゃない？」

「おれは、そうは思わないね。単なる勘だが、やっぱり投身自殺は偽装工作臭いよ。きみの夫は生きてる気がするな」

「そうだったら、わたしに連絡してくるんじゃない？　いくら気持ちが離れたといっても、まだ法的には夫婦なんだから」

奈穂が上体を捻って、フロッピーディスクを抜き取った。

「ほとぼりが冷めるまで、きみの夫は連絡してこないだろう。うっかり居所をきみに喋ったら、大槻やソムチャイに尾《つ》けられることになるからな」

「そうだとしても……」

「きみの夫がまだタイ国内にいるかどうかわからないが、十中八、九は生きてるだろう。

チャオプラヤー河やタイ湾は船の往来が激しいんだ。漁船も多い。遺体がいまも発見されてないのは、いくらなんでも不自然だよ」

「ええ、確かにね」

「ちょっと情報を集めてみよう」

見城は懐から携帯電話を掴み出した。

奈穂が静かに立ち上がり、書斎を出ていく。見城は松丸勇介に連絡を取った。

松丸は、大槻のマンションの近くで広域電波受信機《マルチバンド・レシーバー》を操《あやつ》っているはずだ。この家に来る途中、見城は松丸に盗聴を頼んでおいたのである。スリーコールで電話は繋がった。

「はい」

松丸が応答した。

「おれだよ。松ちゃん、何か動きは？」

「何もないっすよ。大槻って奴が誰かにファクスを送信したようですけど、出かける気配はうかがえないっすね。それから、客もありませんでしたよ」

「そうか。大槻と渚は何をしてるんだ？」

見城は訊いた。

「二人は、さっきまでナニをしてたんっすよ。大槻は自分の女が見城さんに抱かれたと疑ってるようで、烈《はげ》しく責めてました。もっとも渚って女は終始、嬉しそうな悲鳴とよがり声をあげてましたけどね」

「あいつらは変態なんだよ。大槻がSで、渚がMなんだ」

「それで、あんなに凄まじかったんすね。それはそうと、どうしましょう?」

松丸が問いかけてきた。

「何か予定が入ってるのか?」

「いいえ、今夜は別に何もないっす」

「だったら、もう少し粘ってみてくれないか」

見城は電話を切った。携帯電話を上着の内ポケットに戻す。奈穂が歩み寄ってきた。

「大槻が田宮専務と結びついてるという証拠は摑《つか》めたの?」

「いや、まだだよ。大槻は東都電気には電話をしなかったようだが、ファクスを使ったらしいんだ。送信先が田宮だと考えられなくもないな」

「そうね。次期社長を巡って、深刻な派閥争いがあるなんて知らなかったわ。多島は会社のことは、めったに話さなかったから」

「そうか。さて、この部屋を片づけちまおう」

二人は手分けして、書物やファイルを元の棚に納めた。

書斎がすっきりしたのは小一時間後だった。二人は階下の応接間に降りた。すぐに奈穂がコーヒーを沸《わ》かしてくれた。挽《ひ》いたコーヒー豆はキリマンジャロだった。

二人は向き合って、コーヒーを啜った。

マグカップが空になると、奈穂が腰を浮かせかけた。

「何か夕食をこしらえるわ。今夜は泊まってもらえるんでしょ？」

「そうしてやりたいが、ちょっと調べたいことがあるんだ」

「そうなの。なんだか心細いわ、ひとりじゃ。また、大槻って男がここに押し入ってくるような気がして」

「今夜はホテルに泊まったほうがいいな。おれのマンションも安全とは言えないから、そうしなよ」

見城は言った。

「ええ。どこか目立たないホテル、知らない？」

「港区の白金《しろかね》にいいホテルがあるよ。そこに案内しよう。後で、着替えを少しバッグに詰めといてくれないか」

「はい」

奈穂が少女のような返事をした。

二人が表に出たのは六時半ごろだった。見城は白金のホテルに車を走らせ、館内のレストランで食事をした。奈穂を部屋まで送り、ローバーを下北沢に向ける。

見城は、多島佳孝と不倫の関係にあった江守幸枝のアパートを訪ねるつもりだった。

前回の浮気調査で、幸枝の顔も住まいもわかっている。ただ、先方は見城のことは知らないだろう。

やがて、目的のアパートに着いた。

八時を数十分過ぎていた。車を路上に駐め、二階建ての軽量鉄骨のアパートに急ぐ。

幸枝は一〇三号室に住んでいた。窓は明るかった。見城はドアをノックした。

ややあって、ドア越しに若い女の声が問いかけてきた。

「どなたでしょうか？」

「探偵事務所の者です。夜分に申し訳ありません。東都電気の多島佳孝氏のことで、ちょっとお話が……」

「わたしのことは誰から聞いたんですか⁉」

「東都電気の方から教えてもらったんですよ。お手間は取らせません。ご協力願えませんか」

「わかりました」

幸枝が玄関のドアを開けた。

カウチンセーターに、白っぽいミニスカートという服装だった。とりたてて美人ではない。しかし、笑顔はチャーミングだった。

見城はまともな名刺を差し出した。『東京リサーチ・サービス』という社名を見て、幸枝が呟くように言った。

「この社名、どこかで聞いたことがあるわ」

「似たような社名を使ってる調査会社がたくさんあるんですよ」

見城は笑いながら、もっともらしく言った。

「そうなんですか」

「独身女性の部屋に上がり込むわけにもいかないな。近くに喫茶店はない？」

「ありません。何か悪い魂胆《こんたん》がなければ、どうぞ部屋にお入りください」

幸枝が茶目っ気たっぷりに言って、ドアを大きく開けた。

見城は、相手の言葉に甘えることにした。

部屋に入る。間取りは1Kだった。奥の六畳の和室には、薄茶のカーペットが敷き込まれていた。動物の縫いぐるみが白い洋服箪笥の横に飾られ、窓際には観葉植物の鉢がいくつか置いてある。

洋風の座卓を挟んで、二人は向かい合った。

見城は胡坐《あぐら》だったが、幸枝はきちんと正坐をした。彼女は剝《む》き出しになった膝に、さりげなく格子柄の膝掛けを被《かぶ》せた。

「多島氏が失踪中だってことは、ご存じなのかな？」

「ええ、知ってます。前の会社の同僚が教えてくれましたんで。あなたの依頼人は、どなたなんですか？」

「多島氏の父親です」

見城は言い繕《つくろ》った。奈穂のことに触れるのは得策ではないと判断したのだ。

「そうなんですか。多島さんはいろいろ悩んでたから、消えたくなったんじゃないのかな」

「そんなに悩んでました？」

「ええ。わたしとのこともそうだし、社内の派閥のことなんかでも」

「派閥といえば、次の社長選びのことで井口副社長と田宮専務が鎬《しのぎ》を削ってるんだって？」

「ええ。わたしがまだ東都電気にいたころから、そんな様子はありました」

「副社長派には、箱崎常務や菱垣総務部長なんかがついてるらしいね？」

「そうなんです。井口副社長、箱崎常務、菱垣総務部長は昔から、いまの鴻池社長のラインなんですよ」

幸枝が言った。

「田宮専務の後ろ楯《だて》は？」

「稲盛会長です。でも、稲盛会長は社長時代に東都電気を私物化してたらしくて、大株主たちに会長に祭り上げられちゃったんですって」

「その話は知らなかったな」

「そういうことがなかったら、稲盛会長の秘蔵っ子の田宮専務がいまごろは社長の座についてたかもしれませんね。なにしろ数年前まで、稲盛現会長が君臨してたって話ですから。天皇なんて呼ばれてたそうですよ」

「そう。しかし、そのワンマン路線が株主総会で問題になって、アンチ稲盛派の鴻池一輝が社長、井口清人が副社長に選出されたわけだね？」

見城は言いながら、卓上に視線を落とした。

灰皿はなかった。煙草を喫いたかったが、我慢することにした。

「そうなんですよ。いまは、どっちの派閥も譲れないって気持ちなんだと思います」

「田宮派の主なメンバーは三浦登営業部長、堀宏治技術開発部長だったよね？」

「それから、軽部潤《じゅん》という資材管理部長もそうです。ただ、堀部長はカメレオン人間だから、どこまで田宮専務に忠誠心を持ってるのか、ちょっと疑わしいですね」

幸枝が妙に分別臭い顔で言った。小娘っぽさを留《とど》めた容貌とは、アンバランスな物言いだった。


見城は笑いを堪《こら》えながら、すぐに問いかけた。

「堀部長って、そんなに変わり身が早いの？」

「無節操《むせっそう》と言ってもいいと思います。堀さんは元々稲盛、田宮のラインに連なってたんですよ。だけど、稲盛会長に代表権がなくなったら、鴻池社長に身を擦《す》り寄せていったんです。それで社長が癌《がん》とわかったら、また古巣に……」

「ずいぶん精《くわ》しいんだね」

「ほとんど多島さんから教わったことです」


幸枝が答えた。

「多島氏は専務派だったらしいね？」

「ええ、一応。堀部長に引きずり込まれたみたいですよ。それに多島さんがあの若さで次長に昇格できたのも、田宮専務の口添えがあったとかで」

「そう」


見城は崩した脚を組み替えた。幸枝の話は、多島のフロッピーの内容と一致していた。

「でも、多島さんは、田宮派が不正な手段で会社のお金を着服してるのを知って、すっかり幻滅したみたいです」

「田宮専務はどうやって会社の金を着服したんだろうか」

「メモリーボードって、わかります？」

「パソコンの増設用記憶装置のことだね」

「ええ、そうです。高価格のデスクトップ型のパソコンは最初っから、ある程度の容量のメモリーを内蔵してるんですよ」

幸枝が説明した。

「そのあたりのことは少しわかるんだ」

「あっ、ごめんなさい。ご存じでしょうけど、値段の安いノート型の機種は内蔵してるメモリーボードが小さいんです」

「そこで、メモリーボードの需要が一段と高くなったわけだ？」

「ええ、そうなんです。だけど、メモリーボードなど半導体の回路を覆うエポキシ樹脂の生産が追いつかないんですよ」

「そうなんだってね」

見城は相槌《あいづち》を打った。

「悪いことに、世界の約六割のエポキシ樹脂を生産してる住菱化学工業の四国工場が爆発事故を起こしたんですよ」

「話の腰を折るようだが、そのことは知ってる。それから田宮専務がメモリーボードを大量に買い漁《あさ》ったこともね」

「そうだったんですか」

「余計に買い付けたメモリーボードをどこに転売したのか、そいつが知りたいんだ」

「アメリカの『ジュピター』という中堅の半導体メーカーらしいですよ」

「それは確かな話なの？」

「いい加減な話ではないと思います。多島さんは、資材管理部長の軽部さんと三浦営業部長が『ジュピター』の幹部と密談してるときの遣《や》り取りをこっそり録音したって言ってましたんで」

幸枝が言った。

「その密談音声のありかは？」

「そこまではわかりません。多分、多島さんがどこかに保管したんでしょうね」

「そのほか、多島氏はきみに何か言ってなかった？　たとえば、田宮専務を内部告発してやるとか？」

「専務の悪口は言ってましたけど、内部告発するなんて話はしてませんでしたね」

「そう。ところで、きみは多島氏が開発したばかりの新型フラッシュメモリーのことは知ってるのかな？」

「ええ、知ってます。いつか多島さんがここに電話をしてきて、そのことを嬉しそうに話してくれたんですよ。彼と別れてからのことですけど」

「多島氏からの連絡は、それきりだったの？」

見城は訊いた。

「いいえ。三週間ぐらい経ってから、もう一度電話がありました。どこで新型のフラッシュメモリーのことを嗅ぎつけたのか、突然、アメリカ人のヘッドハンターが訪ねてきたらしいんですよ」

「引き抜き屋が多島氏を訪ねたって⁉」

「ええ、そう言ってました。名前までは教えてくれませんでしたけど、そのヘッドハンターは若いアメリカ人女性だったそうですよ。それから、その彼女のオフィスは赤坂だったか、虎ノ門だったかにあって、日本の優秀な技術者や研究者を引き抜き、アメリカのいろんな企業に世話しているって話でしたね」

「新開発製品のことが外部のヘッドハンターにそんなに早く漏れたんだとしたら、おそらく東都電気の社内に内通者がいるんだろう」

「多島さんも、そう言ってました」

「で、多島氏は女ヘッドハンターに会ったんだろうか」

「会う気はないと言ってました。でも、その後、気が変わったのかもしれませんね」

幸枝が言った。

多島はアメリカ人の女ヘッドハンターとバンコクで会うことになっていたのではないだろうか。

見城は、ふと思った。現地調査で、多島が誰かを待っていた様子だったことは確認済みだ。新開発製品のワーキングノートや試作品の一部を持ち出していることを考えると、相手はヘッドハンターと思われる。

多島がヘッドハンターに事情を打ち明け、タイからの脱出に手を貸してもらったとは考えられないだろうか。

遣《や》り手のヘッドハンターなら、各界に知人が多いにちがいない。多島を刺客から護《まも》り抜き、安全な場所に逃がしてやることも可能だろう。

「多島さんがかわいそう。どこでどうしてるんだろう?」

幸枝がうつむいて、目頭を押さえた。

見城は謝意を表し、静かに立ち上がった。

## 2

目が眩んだ。

強い光を当てられたせいだ。アパートの前の道に出た瞬間だった。

見城は立ち竦み、額に小手《こて》を翳した。

車のヘッドライトだった。光輪は大きかった。

不意にエンジン音が高くなった。黒っぽい車が猛進してくる。自分を轢《ひ》く気らしい。

見城は道端に逃げた。

道幅は狭かった。四メートル前後だろう。一方通行の道だった。片側には、路上駐車中の車が何台か見える。

怪しい車は割に大きかった。アパートの金網にへばりついても、引っ掛けられそうだ。見城はフェンスを乗り越え、アパートの敷地内に飛び降りた。

不審なセダンは、すぐ近くまで迫っていた。

車内には二つの影があった。どちらも男だった。ひとりは運転席、もう片方はその真後ろに坐っていた。顔かたちは判然としない。

後部座席のパワーウインドーは下げられていた。

そこから、何かが飛んできた。風切り音だけしか聞こえない。

見城は左の肩口に重い衝撃を覚えた。肩が振れるほどだった。銃弾ではない。ベアリングボールのような物だった。

黒っぽい車はドアミラーで金網を擦りながら、フルスピードで走り去った。風圧が重かった。

見城はフェンスから身を乗り出した。

すでに車は二、三十メートル離れていた。見城はローバーまで走った。乗り込む前に、車体の下を覗き込んだ。何か細工をされたとも考えられる。

勘は正しかった。

すべてのタイヤにブロックが嚙ませてあった。見城は歯嚙みした。

遠ざかる車のテールランプは点ほどの大きさになっていた。ナンバーは読み取れなかった。追っても、もう間に合わない。諦めるほかないだろう。

見城は四つのブロックを取り除き、アパートのフェンスの前に戻った。

ライターの炎で、足許を照らす。見城は身を屈めた。花壇の中に、パチンコ玉ほどの大きさの鋼鉄球が落ちていた。

れている。

狩猟用の強力パチンコの弾だった。英文字で刻印が入っている。アメリカ製だ。ハンティング用の強力パチンコはスリングショットとも呼ばれ、日本でもスポーツ用品店などで売られている。

握りの部分はアルミ軽合金だ。それに、太い生ゴムが装着されている。

スリングショットは日本ではあまり普及していないが、カナダやアメリカでは小動物のハンティングに広く用いられているようだ。野鳥、野兎《のうさぎ》、栗鼠《りす》程度なら、一発で仕留めるだけのパワーを備えていた。至近距離で急所を狙われたら、人間も落命しかねない。

目に命中していたら、失明することになっただろう。運が悪ければ、脳まで破壊されたかもしれない。

見城は鋼鉄球を地べたに叩きつけ、ローバーに駆け寄った。

襲撃者は大槻の配下の者と思われる。敵に殺意はあったのか。それとも、単なる警告の威嚇だったのだろうか。本気で殺す気なら、銃器を使うのではないか。どうやら後者だったらしい。

見城は運転席に坐るなり、奈穂に電話をかけた。待つほどもなく通話可能状態になった。

「おれだよ。別に変わったことはなかったかな」

「何かあったの⁉」

奈穂は察しがよかった。見城は、数分前の出来事をかいつまんで話した。

「田宮専務が大槻に命じたのかしら？」

「おそらく、そうなんだろう。部屋には誰も入れないほうがいいな。ルームサービスを頼むときは充分に気をつけてほしいんだ」

「ええ、そうします。なんだか怖くなってきたわ。見城さん、まだ用事が済まないの？　できたら一緒にいてもらいたいんだけど」

「まだ敵の人間が、どこかでおれの動きをマークしてるかもしれないんだよ。だから、そっちには行けないんだ。きみに危険な思いをさせたくないからね」

「ありがとう。わがままを言って、ごめんなさい」

奈穂が礼と詫びを口にした。

見城は一瞬、白金のホテルに車を突っ走らせたい気持ちになった。しかし、それを実行するほど愚かではなかった。それに、やらなければならないこともあった。

「ちょっと訊きたいことがあるんだ」

「何かしら？」

「きみの夫にアメリカ人の女ヘッドハンターが接触を試みてたって話を小耳に挟んだんだが、

そういう事実はあったの？」

「その話は初耳だわ」

奈穂が答えた。

「そうか。ご主人がそれらしい話を匂わせたこともなかった？」

「ええ、ないわ。引き抜きの話があったんだったら、多島もわたしに一言ぐらいは言うと思うの」

「その話は、ご主人のはったりだったんだろうか」

「見城さん、ヘッドハンターの話は誰から聞いたの？　ひょっとしたら、江守幸枝さんあたりから……」

「いや、そうじゃない。別の人間から聞いた話だよ」

見城は事実を明かさなかった。江守幸枝に迷惑をかけるわけにはいかない。奈穂は、深くは詮索しなかった。

「明日は必ずホテルに行くよ」

「待ってます。お寝《やす》みなさい」

「それじゃ、明日！」

見城は電話を切って、車を発進させた。

代沢《だいざわ》の住宅街を走り抜け、池尻ランプから高速三号渋谷線に上がる。見城は霞が関ランプで高速を降り、銀座に向かった。

『シェナンド』の金モール付きのドアを潜《くぐ》ったのは十時少し前だった。車は近くの有料立体駐車場に預けた。

店内は、ほぼ満席だった。ママが上機嫌で忙しげに働いていた。

今夜は和服ではない。白と黒の奇抜なデザインのドレスを身につけていた。髪を下ろしているからか、いくらか若く見える。

美玲は奥の席で、財界人らしい男たちの相手をしていた。中ほどの席には、東都電気の箱崎常務、菱垣総務部長がいた。箱崎と並んで腰かけているのは副社長の井口清人だった。

社内報の写真よりも、だいぶ若々しかった。ロマンスグレイで、どことなく気品が感じられる。若い時分は、かなり女に好かれたにちがいない。

万梨子は左端のテーブルを片づけていた。

見城に気づくと、彼女はすぐに歩み寄ってきた。カナリアイエローのスーツを着ていた。ベルサーチの服だった。

「今夜も職務なんですか？」

万梨子が囁き声で訊いた。

「うん、まあ」

「美玲ちゃん、少し前にお客さんのテーブルについたばかりなの」

「それじゃ、少しカウンター席で待とう」

見城はスツールに腰かけた。

万梨子がかたわらに坐り、小声で問いかけてきた。

「あなたが追ってる男、どこかに逃げちゃったんですね？」

「そうなんだよ。スコッチの水割りをもらうか」

「はい。わたしも何かいただいていいかしら？　少し酔いたい気分なの。今度はトム・コリンズ、かまいません？」

「ああ、どうぞ！」

見城は煙草に火を点けた。万梨子がライターを鳴らし、バーテンダーにオーダーを伝える。

「ジンをベースにしたカクテルが好きなのかな」

「ジン系のカクテルを飲むと、体の芯《しん》がジンジンしてくるの。だから、好きなんです。C級の駄洒落《だじゃれ》でしたね」

万梨子が赤い唇を歪《ゆが》めた。どこか自虐的だった。何かで、感情がささくれだっているのかもしれない。

「なんか今夜は、こないだと違うな」

「きょうは暗いでしょ？　ちょっと厭なことがあったんです」

「何があったのかな？　仕事抜きで、ちょっと気になるね」

見城は首を振って、万梨子の横顔を見つめた。万梨子が頬を近づけてきた。

「後で教えてあげます。いまは、ちょっとまずいの」

「そうか」

見城は口を閉じ、紫煙をくゆらせつづけた。

煙草の火を消したとき、少し翳《かげ》りのあるバーテンダーが水割りとトム・コリンズを二人の前に置いた。かすかに目を和《なご》ませたきりで、何も言わなかった。

井口副社長ら三人が腰を上げたのは、スコッチのお代わりをしたときだった。ママと三人のホステスが東都電気の役員たちを見送りに立つ。

「ボックス席が空きましたけど」

万梨子が言った。

「ここでいいよ」

「そう。さっきの話ですけどね、わたし、お客さんに娼婦扱いされたんですよ。それで、ちょっと自分が惨《みじ》めになっちゃって」

「客って、誰なんだい？」

見城は訊いた。

「東都電気の三浦部長です。部長は早い時間に来たんですけど、いま帰っていった箱崎常務と寝てくれってストレートに言ったんですよ。それで情事の場面をこっそりビデオで撮《と》ってくれたら、二百万円出すって持ちかけてきたの」

「その男は、何か悪いことを企んでるようだな」

「わたしも、そう感じました。悪巧みに利用しようだなんて、失礼しちゃうわ」

万梨子が悔《くや》しげに言った。

三浦部長は田宮専務に命じられて、箱崎常務をセックス・スキャンダルの主人公に仕立てるつもりだったのだろう。副社長派の番頭格を切り崩せば、対立派閥の結束が弱まる。

見城はそう思いながら、万梨子に問いかけた。

「で、どう断ったのかな？」

「ホステスだからって、あんまり馬鹿にしないでって言ってやったわ。よっぽどアイスペールの氷を全部、三浦の頭にぶちまけてやろうと思ったんだけど」

「どうせなら、急所を蹴ってやればよかったんだよ」

「警察の人が、そんなことを言っちゃってもいいんですか」

「ほかの奴はどうかわからないが、おれはそういう野郎は赦《ゆる》せないね。半殺しにしてもいいと思うよ」

「過激な刑事さんね。それにしても、ホステス稼業って哀しいな」

万梨子がしんみりと言った。

「生きてりゃ、いろんなことがあるさ」

「そうですね」

「トム・コリンズ、もう一杯どうだい？」

「ええ、いただきます」

「オーケー」

見城はバーテンダーにカクテルのお代わりを促《うなが》し、二杯目の水割りを呷《あお》った。

十数分後、また先客が店を出ていった。

入れ代わりに、新しい客が入ってきた。その客たちに指名され、万梨子はボックス席に移っていった。さらに十分ほど経つと、美玲の客たちが引き揚げていった。

「お客さま、あちらのお席にどうぞ！」

黒服の男が声をかけてきた。見城は言われるままに、奥の席に移動した。
四、五分が流れたころ、美玲が客の見送りから戻ってきた。真紅のドレスが華やかだった。

美玲が正面に坐った。

「おじさんは、いつ部屋に来ることになってるんだ？」

見城は声をひそめた。おじさんとは田宮専務のことだ。

「えっ⁉　ああ、彼のことね」

「そう、スペアキーを持ってるおじさんだよ。ちょっと彼に訊きたいことがあるんだ。だから、きみの部屋で対談としゃれ込みたいんだがな」

「彼が何か例のことに関わりがあるの？」

美玲も小声になった。

「大槻は、おじさんの命令で動いてるようなんだよ」

「ま、まさか⁉　だって、わたしは彼の……」

「どうやら、きみは利用されたようだな」

「そ、そんな⁉　信じられないわ」

「そのへんのところを一緒に確かめてみようじゃないか」

見城は言って、飲みかけの水割りを口に運んだ。

「彼は出張で、きのう、ニューヨークに発ったの。帰国するのは三、四日先よ」

「そんなには、のんびりしてられないな。なら、作戦を変えよう。おじさんがきみを利用したかどうか確かめる方法は、ほかにもあるんだ」

「どんな方法なの？」

美玲が興味を示した。

「悪くない手だと思うんだが、きみの協力が必要なんだよ。手伝ってくれるかな？」

「いいわ。それで、どんなことをすればいいの？」

「色仕掛けで、おじさんの部下をどこかに連れ込んでもらいたいんだ」

「部下って、誰なの？」

「技術開発部長の堀だよ」

見城は美玲の耳元で教えた。

「ああいうタイプは好きじゃないの」

「きみは好き嫌いなんか言えない立場だと思うがな」

見城は穏やかな口調で威《おど》した。

「わたしを脅迫する気なの!?　あなただって、刑事さんとしては、ちょっとまずいことをしたのよ」

「おれは、きみをレイプしたわけじゃない。協力してくれるな」

「断れないわね。で、わたしはどんなふうに堀部長に接近すればいいの？」

「最近、スペアキーを持つおじさんとの仲がうまくいってないんだとか何とか言って、堀をうまく誘惑してくれればいいんだ。奴を窮地に追い込む手を何か考えるよ」

「わかったわ」

「明日の午後にでも連絡する」

見城は立ち上がった。

万梨子が見城と美玲を等分《とうぶん》に見て、呆気《あっけ》に取られたような顔をしていた。二人が仲睦《むつ》まじげに話し込んでいたからだろう。

勘定を払い、店を出る。飲食店ビルから有料立体駐車場まで歩く間、見城は絶えず周囲に目を配った。怪しげな人影は見当たらなかった。

渋谷の自宅マンションに帰りついたのは、午後十一時四十分ごろだった。

ロックを外す前に、見城はドアに耳を押し当てた。室内に侵入者が潜んでいる気配は伝わってこない。時限爆破装置の針音も響いてこなかった。

見城は部屋の中に入り、玄関ホールの照明を灯した。

ドア・ポストから夕刊を引き抜く。二日分だった。朝刊はいつも一階の集合郵便受けに投げ込まれ、部屋までは届けてもらえない。

新聞をシューズボックスの上に置いたときだった。

夕刊の下から、極彩色の蛇が鎌首《かまくび》をもたげた。体が強張《こわば》る。蝮《まむし》ほどの大きさだが、見たこともない蛇だった。アマゾン流域あたりに棲息《せいそく》している毒蛇なのかもしれない。

見城は半歩退がった。

その瞬間、毒々しい色の蛇が跳んだ。見城は振り払おうとした。一瞬遅かった。体長四十センチあまりの細い蛇は、上着越しに右腕に咬みついた。ぶら下がる恰好だった。

腕に痛みは感じなかった。牙は、まだ肌には届いていないようだ。

見城は、ひと安心した。慎重に対処しなければならない。

左手で新聞を掴み上げ、見城は素早く蛇の頭を押さえた。強く押さえながら、玄関タイルの上に静かに置いた。押さえつけたまま、靴の踵《かかと》で蛇の頭を十数回踏み潰す。

見城は踏みつけた状態で、しばらく待った。尻尾で弱々しく新聞紙を叩いていた蛇は、やがて動かなくなった。

見城は、恐る恐る新聞を拡げてみた。薄気味悪い蛇の頭は平たくひしゃげ、血に染まっていた。敵の者がドア・ポストに投げ入れたのだろう。毒蛇だったら、危ないところだった。

見城はダイニングキッチンに行き、ビニールのごみ袋を取り出した。

蛇の死骸《しがい》を新聞紙ごとビニール袋に突っ込み、バルコニーのポリバケツに投げ入れる。肌が粟立《あわだ》っていた。

居間のソファに坐り込むと、すぐに固定電話が鳴った。

見城は反射的に受話器を取った。男のくぐもった声が響いてきた。

「ドア・ポストの夕刊は取ったか？」

「おまえだな、蛇を入れたのは！」

見城は声を尖《とが》らせた。男の声は不明瞭《ふめいりょう》だった。口に何か含んでいるようだ。あるいは、ボイスチェンジャーを使っているのか。

「安心しな。派手な色してるけど、あれは毒蛇じゃねえんだ」

「その声は大槻じゃないな。ヒロシってチンピラか、老沼組の」

「……………」

相手の狼狽《ろうばい》が伝わってきた。どうやら図星だったらしい。

「なんとか言えよ」

「いつまでも多島って奴のことを嗅ぎ回ってると、今度はハブかコブラに出迎えさせるぜ。タランチュラでもいいいな、毒蜘蛛《ぐも》のよ」

「ほざくな、チンピラが！　大槻に言っとけ。おれは尻尾なんか巻かないってな」

見城は電話を荒々しく切った。

憤りで全身が熱い。ロングピースに火を点け、気持ちを鎮める。

一服し終えたとき、ふたたびサイドテーブルの上で電話機が着信音を響かせた。すぐに受話器を取る。

発信者を怒鳴りつけようとしたとき、毎朝日報の唐津の声が流れてきた。

「多島佳孝は生きてたよ」

「やっぱり、投身自殺は偽装だったのか。なぜ、そのことがわかったんです？」

「多島は偽造パスポート屋に中国系タイ人のパスポートを用意させ、例の上着が発見された日にバンコクを出てることがわかったんだよ。乗った飛行機は、キャセイ航空の香港経由成田行きだ」

「それじゃ、もうとっくに日本に戻ってたのか」

見城は呻《うめ》いた。

「そういうことになるな。多島は、楊広良《ヤングワンリアン》という名の偽造パスポートを使ってる。しかし、偽造パスポートを注文したのは多島自身じゃない。金髪のアメリカ女だったらしいんだ」

「その女の名は？」

「マーガレット・ミラーと名乗ったらしいが、そいつは偽名だったんだ。二十七、八歳のブロンド美人だよ」

唐津が言った。

その金髪女は、ヘッドハンターなのかもしれない。彼女が多島の出国の手助けをしたのだろう。

「多島佳孝と同じ飛行機に、マーガレット・ミラーと称したアメリカ女が搭乗してたこともわかったんだ」

「その女の正体は？」

「リンダ・ヘンダーソンというのが本名で、二十八歳のキャリアウーマンだ。アメリカのニューヨークに本社を置く『ハーモネス』というヘッドハンティング会社の東京支社の幹部スタッフだよ」

「『ハーモネス』東京支社のオフィスは、どこにあるんです？」

「赤坂の溜池《ためいけ》のYSビルの十階にオフィスを構えてる。リンダ・ヘンダーソンは優秀なヘッドハンターとかで、日本の電子部門の技術者や研究者をすでに七、八十人、アメリカのコンピューター関連会社に転職させたらしいよ」

唐津が言った。

「リンダの自宅は？」

「麻布にあるらしいんだが、正確な住所まではわからない」

「多島のほうはどこにいるんです？」

「そいつが摑めないんだよ。うちの東京本社の連中が東京入管の情報を集めて、行方を追ってるんだがね」

「そうですか」

「これだけのニュースを提供したんだから、おたくも手のうちを見せてくれよ」

「残念ながら、提供できるような情報は何もないんです」

「またまたポーカーフェイスか」

「おれ、それほど人は悪くありませんよ。何か摑んでるんだったら、出し惜しみなんかしませんって。本当に提供できる情報《ネタ》がないんですよ」

見城はあくまでも空とぼけた。

「どこまで、本当なのかね」

「唐津さんも疑い深くなったな」

「ま、いいか。とにかく、事件性があることははっきりしたわけだ。こっちも東京本社の連中と協力して、多島の失踪事件を徹底的に調べてみるよ」

「何かわかったら、また教えてください」

「そいつは、もう勘弁してくれ。おたくとはギブ・アンド・テイクの関係が成り立たないようだからな」

唐津が厭味たっぷりに言って、先に電話を切った。

明日、リンダという金髪女に接近してみよう。見城は受話器をフックに返した。

## 3

張り込んだのは一時間前だった。

見城は煙草の火を消した。目は、斜め前にある外国人バーから離さなかった。車の中だ。

六本木である。リンダ・ヘンダーソンが同僚の白人男と入っていった酒場は、明治屋の並びにあった。店の客は外国人ばかりだった。店に入るわけにはいかない。

女ヘッドハンターは中性的な顔立ちだが、目鼻立ちは整っていた。身長は百七十センチ前後ありそうだ。豊満な体ながら、プロポーションはすっきりとしていた。

見城は腕時計を見た。

八時十分過ぎだった。夜の六本木は、まだ人出がそれほど多くなかった。それでも白人や黒人の姿が目立った。

リンダが店から出てきたのは九時少し前だった。

ひとりだ。白いスーツの上に、濃紺のトレンチコートを羽織っている。セミロングの金髪は豊かだった。

リンダは西麻布の方向にゆっくりと歩きだした。自宅に帰るのだろうか。

見城はローバーを強引にUターンさせた。

徐行運転しながら、目でリンダを追う。リンダは西麻布郵便局の少し先で横断歩道を渡り、ペンタックス・ギャラリーの前を抜けた。

見城はリンダを追い越し、大使館ビルの前でいったん車を停めた。

車で尾行する場合は、マークした人間をわざと追い抜くこともしなければならない。いつも追尾《ついび》する形をとっていると、被尾行者に勘づかれやすいからだ。

リンダが車の脇を通り抜け、38興和ビルの数十メートル先にあるスペイン料理の店に入っていった。地下一階にある店だった。

見城は車をガードレールに寄せ、変装用の黒縁の眼鏡をかけた。

被尾行者に接近する場で、サングラスはまずい。むしろ目立ってしまう。

見城はさりげなく車を降り、スパニッシュ・レストランに急いだ。

黒のレザーブルゾンに、ツイード地の薄茶のスラックスという身なりだった。それほど目立つ服装ではない。

店内に入ると、フラメンコギターの激しい掻き鳴らし《ラスゲアド》が耳を撲《う》った。店内は仄暗《ほのぐら》かった。

奥の低いステージにスポットライトが当てられ、スペイン人らしい若い女が情熱的に踊っている。

テーブルは二十卓近くあった。リンダはステージの右横の席につき、細巻き煙草を吹かしていた。この店で、誰かと落ち合うことになっているのか。

見城は中ほどのテーブルに落ち着き、シェリー酒を注文した。オードブルはスパニッシュ・ハムと烏賊《いか》の輪切りフライを選んだ。

ボーイは日本人だが、支配人や料理長はスペイン人だった。

近くのテーブルで熟年カップルがパエリヤと冷たい野菜スープ《ガスパチョ》を口に運びながら、喰い入るようにフラメンコダンスを見ていた。常連客が多いようだった。パエリヤと呼ばれるスペイン風炊き込みご飯は本格的なもので、サフランがたっぷり使われていた。

リンダのテーブルに酒と料理が運ばれた。

酒はスパークリングワインだった。料理は舌平目《したびらめ》のムニエルと豚肉の腸詰めの煮込みだ。

少し待つと、見城の注文した物が届けられた。

シェリー酒を半分ほど喉に流し込んだとき、リンダのテーブルに日本人の男がついた。あろうことか、小椋雅也だった。

二人は親しげに見えた。営業マンの小椋がヘッドハンターに引き抜かれるわけはない。おおかた小椋は、多島の連絡係を務めているのだろう。

小椋もなかなかの役者だ。多分、彼はタイに渡った多島とずっと連絡を取り合っていたのだろう。

見城はそう思いながら、烏賊の輪切りフライを頬張った。うまかった。歯応《はごた》えがあって、香ばしい。ハムは舌の上で蕩《とろ》けるような感じだった。

小椋が連絡係だったとしたら、リンダは自宅マンションに多島を匿《かくま》っていないだろう。あの二人が別々になるようだったら、小椋のほうを尾けることにした。

見城は、またシェリー酒を口に含んだ。まずくはなかった。しかし、何か物足りない味だった。食前酒だから、極力、癖を抑えてあるのだろう。

店内に拍手が鳴り渡り、ショーが終わった。

ステージが暗くなった。小椋が自分に気づいた様子はない。見城は、ごく自然に振る舞った。

小椋はリンダと話しながら、注文した蝦蛄《しゃこ》の唐揚げをがつがつと食べていた。

飲みものはビールだった。小椋はビールを飲み干すと、先に腰を上げた。リンダが軽く手を振って、すぐに料理に目を落とす。

見城はナプキンで口許《くちもと》を拭った。

グレイのスーツ姿の小椋はレジには立ち寄らずに、そのまま店を出ていった。見城は勘定を払い、急いで表に飛び出した。

小椋は道路の向こう側に立っていた。高樹町ランプの近くだった。タクシーに乗る気らしい。

見城は小椋に視線を当てつつ、自分の車に駆け寄った。

ローバーを少し走らせ、小椋のほぼ真横で待機する。間もなく小椋が空車を拾った。

タクシーが走りだしてから、見城は車をUターンさせた。

近くでブレーキ音が響き、クラクションがけたたましく鳴った。見城は短く警笛を轟《とどろ》かせた。詫びのサインだった。

小椋の乗ったタクシーは溜池まで直進し、交差点を左折した。見城は数台の車を挟みながら、用心深く追った。

タクシーが停まったのは、紀尾井町《きおいちょう》にある料亭の前だった。

小椋は小走りに料亭の中に入っていった。見城は料亭の数軒先のオフィスビルの脇に車を停め、ルームミラーの角度を調節した。

料亭には誰がいるのか。まさか多島が待っているとは思えない。

見城はルームランプを灯《とも》し、地図を見る振りをした。ミラーで、料亭の出入口をチェックするためだ。もちろん、ランプはちょくちょく消した。ずっと灯しっ放しにしていたら、怪しまれることになる。

料亭の前に二台の黒塗りのハイヤーが横づけされたのは十一時ごろだった。

数分が経ったころ、小椋が姿を見せた。その後ろには、二人の男がいた。井口副社長と箱崎常務だった。

小椋が先に副社長をハイヤーに導き、後ろの車に常務を乗せた。

二台のハイヤーが走りだした。小椋は恭《うやうや》しく重役を見送ると、ほっとした表情になった。女将《おかみ》や仲居たちに軽く頭を下げ、料亭の前の道をゆっくりと歩きはじめた。

小椋が女ヘッドハンターに会う理由はわかるが、なぜ井口副社長や箱崎常務にまで会う必要があるのか。

見城は頭の中がこんがらかった。

多島は副社長派に取り込まれ、新開発製品の機密書類や試作品の一部を東都電気に返す気になったのか。告訴の話がうやむやになっているようだから、そういうことも考えられなくはない。

あるいは多島は副社長派に取り込まれた振りをしているだけで、本心はリンダの手を借りて、アメリカのパソコンメーカーに移る気でいるのか。

謎は、まだあった。リンダは、どうして多島をアメリカ本土に脱出させなかったのだろうか。わざわざ日本に連れ戻した目的はいったい何なのか。

見城は車を数十メートル走らせ、尻を脇道に突っ込んだ。

車首を変え、小椋を低速で尾行していく。坂道を下ると、広い通りにぶつかった。

その通りの向こう側に、小さな公園があった。

見城は加速し、ローバーを小椋の近くに路上駐車した。車を出ると、小椋が驚きの声をあげた。

次の瞬間、彼は背を見せて走りだした。見城はガードレールを飛び越え、すぐに小椋を追った。見る間に、距離が縮まった。駆けながら、変装用眼鏡を外す。

見城は高く跳んで、小椋の腰に袈裟《けさ》蹴りを入れた。

小椋が前にのめった。クロールのような恰好で両腕が空《くう》を掻き、歩道に倒れ込んだ。

チタンフレームの眼鏡が飛ぶ。小椋は肘《ひじ》と膝頭を打ち、長く唸った。

見城は走り寄って、小椋のそばに屈み込んだ。

「おれの顔を見て、なぜ逃げた？」

「あんただとは思わなかったんだよ。悪い奴に因縁《いんねん》をつけられるんじゃないかと思って、とっさに逃げただけだ。ひどいじゃないか、いきなり蹴ったりして」

小椋が弱々しく抗議した。

「あんた、何を隠してる？」

「何を言ってるんだっ」

「おれは、スパニッシュ・レストランから尾けてたんだ。あの店で、リンダ・ヘンダーソンって女ヘッドハンターと何を話してた？」

見城は小椋を摑み起こした。

「わたしは、そんな女は知らないよ。誰かと見間違えたんじゃないのか」

「この目で、あんたを見たんだ。白々しいことを言うなっ」

「そう言われても、本当に知らないんだ」

小椋が首を横に振った。

見城は片目を眇《すが》め、小椋を公園の中に引きずり込んだ。小椋は腰を落として必死に抗《あらが》ったが、徒労だった。

園内は、ひっそりと静まり返っている。

カップル一組すら見当たらなかった。園灯の淡い光が寒々しい。枝を拡げた常緑樹が、風に小さく揺れている。落葉樹は、まだ裸木のままだった。

「あんたの秘密を喋ってもらおう」

見城は小椋を突き飛ばした。小椋は地べたに尻餅《しりもち》をついた。

「リンダが偽のパスポートで多島を日本に連れ戻したのは、わかってるんだよ。いま、多島はどこに身を隠してるんだ？」

「多島が日本に戻ってるなんて、初めて聞いたよ。その話は確かなのか？」

「とことん空とぼける気なら、仕方がない」

見城は右足刀《みぎそくとう》で小椋を後ろに蹴倒した。

小椋が起き上がろうとする。見城は、右の三日月蹴りを浴びせた。ふたたび小椋が地に塗《まみ》れた。今度は唸るだけで、身を起こそうとしない。

「あんたは社内の派閥争いには興味がなさそうなことを言ってたが、副社長派に属してるらしいじゃないか。さっきの料亭で、井口や箱崎とどんな話をしてきたんだっ」

「ただ、ビジネスの話をしただけだよ。おたくには関係のないことだろうが」

「多島の居所を教えてくれるまで、あんたを痛めつけることになるぞ」

「本当に多島のことは何も知らないんだ。リンダに会ったことは認めるよ」

小椋が怯《おび》えた顔で口を割った。

「リンダとは、どういうつき合いなんだ？」

「コンピューター関係の開発研究者で引き抜きに応じそうな奴の情報をリンダに提供して、小遣い銭を稼いでたんだよ」

「なるほどな。で、あんたは多島がフラッシュメモリーの技術改良に成功したことをリンダに教えたってわけか。そして、リンダはバンコクで多島と落ち合った。そうなんだな!」

「そこまでは、その通りだよ。しかし、その先のことはまったく知らない。今夜、リンダと会ったのも多島のことじゃなくて、引き抜けそうな奴のデータを渡しただけで……」

「産業スパイじみたことをやる気になったのは、なぜなんだ?」

「わたしは二流の私大出身なんだよ。いくら頑張っても偉くはなれそうもないから、金銭面で同期入社の連中を見返してやりたかったんだ。リンダの会社は、結構な謝礼をくれるんだよ」

「そんなふうに会社を裏切ってるくせに、よく副社長派に取り入ることができるな。あんた、ずいぶん神経が図太いね」

「別に、副社長派に取り入ってるわけじゃないよ。井口副社長がわたしを味方にしておきたいと考えてるのさ」

「読めたぞ。あんたは井口の弱みを何か握ってるんだな」

「…………」

小椋は口を開かなかった。肯定の沈黙だろう。

「副社長のどういう弱みを握ってるんだ？」

「それを喋っちゃったら、わたしは倉庫係に回されちゃうよ。だから、死んでも言えない」

小椋が言って、のろのろと立ち上がった。

その直後だった。見城は背中に重い痛みを覚えた。膝蹴りを見舞われたのだ。前屈みになりながら、体を向き変える。

すぐそばに、ソムチャイが立っていた。

安っぽい綿ブルゾンに、下はジーンズだった。ソムチャイが無言で顎をしゃくる。

小椋がうなずき、駆け去った。すぐに見城は追わなかった。

ソムチャイがファイティング・ポーズをとった。見城も、やや腰を落とした。

睨み合いは短かった。

ソムチャイが踏み込んできて、回し蹴りを放った。ミドルキックだった。

見城はバックステップで躱《かわ》し、すぐに前蹴りを返した。

だが、届かなかった。見城は前に跳んだ。逆突き中段拳でソムチャイの胸を打ち、ふたたび前蹴りを放つ。蹴りは払われた。ソムチャイのローキックが太腿《ふともも》に当たった。

見城は体を左に傾けた。

そのとき、右の頬にフックを見舞われた。パンチは重かった。思わず見城はよろけた。

ソムチャイが両腕で、見城の首をロックした。

膝蹴りを喰う前に、見城は首に力を入れて上体を反らせた。そうしながら、ソムチャイの内腿を蹴り込む。膝頭の斜め上のあたりだった。急所だ。

ソムチャイの腰がわずかに砕けた。

反撃のチャンスだ。振り拳と逆拳突きで、相手の顎と喉笛を痛めつけた。ロックが緩《ゆる》んだ。

金的《きんてき》を蹴り上げ、足払いをかける。

ソムチャイが尻を落としかけた。見城は右足刀から、右の回し蹴りに繋いだ。

フルコンタクト系空手の有段者は、いずれも脛《すね》が固い。砂袋を蹴ったり、ビール壜《びん》で叩いて鍛え上げているからだ。

見城の脛も、コンクリートのように強固だった。ソムチャイは回し蹴りを首に受け、横に大きく吹っ飛んだ。

すかさず見城は踏み込んだ。

ソムチャイが敏捷《びんしょう》に跳ね起きる。ほぼ同時に、体を回転させた。ハイキックは、見城の首筋を捉《とら》えた。今度は見城が転がった。起き上がった瞬間、肋骨《ろっこつ》を狙われた。

躱す余裕はない。

見城は上体を捻って、ミドルキックの勢いを殺《そ》いだ。肋骨に痛みは感じなかった。右の手刀打《しゅとう》ちを返す。ソムチャイの前頭部に極《き》まった。間髪《かんはつ》を容《い》れずに見城は背刀打《はいとう》ちで、相手の鼻柱を叩いた。軟骨の潰れる音がした。

ソムチャイが呻いて、体をふらつかせた。見城は鉤突《かぎ》きを放ち、足を飛ばした。スラックスの裾がはためく。

ソムチャイが二度後転し、横向きに倒れた。

見城は走り寄って、ソムチャイの腹と腰を蹴った。ソムチャイは独楽《こま》のように回った。

「立て」

見城は命じた。

ソムチャイが鷹のような目を攣《つ》り上げ、忌々《いまいま》しげに身を起こす。立ち上がりきったとき、見城は左足で踏み切った。高く跳び、二段蹴りを試みた。

右足はソムチャイの顔面、左足は水月《すいげつ》を直撃した。空手道では、鳩尾《みぞおち》のことを水月と呼んでいる。ソムチャイはぎくしゃくと体を折り、仰向けに引っくり返った。

倒れた瞬間、地響きがした。ソムチャイは獣じみた唸りを発するだけで、起き上がろうとしない。少し休ませてやらなければ、口も利けないだろう。

見城は煙草をくわえた。

そのとき、人が迫ってくる気配が伝わってきた。ロングピースを爪で弾いて、すぐに振り向く。二つの人影が近づいてきた。大槻と二十二、三歳のチンピラ風の男だった。

大槻は、消音器を嚙ませた自動拳銃を手にしていた。マカロフのようだ。

おおかた中国でパテント生産されたノーリンコ59だろう。中国製のトカレフ〝黒星《ブラックスター》〟ほど量は多くないが、台湾のブローカー経由で中国製マカロフも日本の暴力団に流れ込んでいる。

「くたばりたくなかったら、両手を頭《ペテン》の上に重ねて両膝を落としな」

大槻が立ち止まって、高く凄んだ。

見城は言われた通りにした。

「ヒロシ、後ろに回れ！」

大槻が連れの男に指示した。ヒロシと呼ばれた若い男が見城の背後に回り込む。

後ろのチンピラを楯《たて》にするほかなさそうだ。

見城は耳に神経を集めた。ヒロシの呼吸音は、まだ遠い。立ち上がりざまに、後ろ蹴りを見舞うつもりだった。

「ムエタイの元チャンプをのしちまうとは、やるじゃねえか。うちの組の用心棒になるかい？」

大槻がからかって、サイレンサーの先端を見城の額に押し当てた。

その瞬間、首筋に冷たい物を押しつけられた。ほとんど同時に、放電音がした。

見城は体に痺《しび》れを覚えた。熱感もあった。

高圧電流銃《スタンガン》を使われたらしい。手脚が震え、頭の芯が白く霞《かす》んだ。数万ボルトの電流を送られたのだろう。電極棒の先端は太かった。

意識がぼやけはじめた。

体が動かない。視界が黒く塗り潰《つぶ》された。その後は何もわからなくなった。

どれほど経ってからか、見城は冷たさで我に返った。

公園の土の上に倒れ込んでいた。ソムチャイの姿は見当たらない。

大槻やヒロシもいなかった。癪《しゃく》だが、殺されなかっただけでも儲《もう》けものだろう。

見城は起き上がって、服についた泥をはたきはじめた。

# 第六章　陰謀の複合

## 1

扉が閉まりかけた。

エレベーターに乗り込んだのは、金髪の女ヘッドハンターだけだった。『ハーモネス』のある十階だ。溜池のＹＳビルである。

見城は走った。

両開きの扉を手で押さえ、函《ケージ》の中に躍り込む。リンダ・ヘンダーソンが目を剥《む》いた。青い瞳はガラス玉のようだった。リンダのほかには誰もいない。背後で扉が閉まり、エレベーターが下降しはじめた。

「リンダ・ヘンダーソンさんでしょ？」

「ええ、そうです。あなたは？」

リンダは滑らかな日本語を喋《しゃべ》った。

「多島佳孝を捜してる者だ。多島はどこにいる？」

「誰ですか、その人は？　わたし、知りません」

「楊広良《ヤンコアンリアン》って中国系タイ人に化けた男だよ。そっちが偽造パスポートを手に入れて、多島をバンコクから日本に連れ戻したことはわかってるんだっ。もちろん、そっちがヘッドハンティング会社の東京支社の幹部スタッフだってことも知ってる」

見城は数歩、前に出た。リンダが壁際まで退《さ》がる。

エレベーターが停止した。

六階だった。ほかの人間に乗り込まれると、厄介《やっかい》なことになる。見城はやにわにリンダを抱き寄せ、唇を重ねた。

リンダがもがく。見城は両腕に力を込め、リンダの舌を強く吸いつけた。リンダが喉の奥で呻《うめ》いた。かまわず見城はリンダの舌を吸いつづけた。

後ろで、ドアが開いた。

すぐに複数の男女の驚きの声が聞こえた。弾けるような笑い声もした。

見城は唇を合わせたまま、ことさらオーバーに金髪女の張りのあるヒップを揉《も》んだ。

「やだーっ！」

背後で若い女が声を放った。男たちの笑い声が重なる。

函《ケージ》には、ひとりも乗ってこなかった。ふたたびエレベーターは下降しはじめた。

リンダがもがきながら、ハイヒールの先で見城の向こう脛《ずね》を蹴りつけてきた。内腿も蹴られた。膝で、股間も狙われた。

見城は片手を放し、リンダの胸の隆起を鷲掴みにした。

量感のある乳房だった。弾みも強い。見城は、掴んだ塊《かたまり》を捩切《ねじき》るように大きく捻《ひね》った。

乳房は女性の急所である。

リンダが口の中で長く呻いた。かなり痛いはずだ。

見城は力を緩《ゆる》め、顔を離した。そのとき、目の前に乳白色の噴霧《ふんむ》が拡がった。瞳孔《どうこう》がちくちくする。刺激臭も強かった。

目の痛みが強まった。涙も、とめどなくあふれてくる。

「くたばっちまえ《ファック・ユー》」

リンダが母国語で罵《ののし》り、膝頭を蹴りつけてきた。脛もキックされた。

見城は目を開けていられなくなった。どうやら護身用の催涙スプレーを使われたようだ。

まだ肝心のことを聞き出していなかった。ここで、リンダを逃がすわけにはいかない。

見城は手探りで、リンダを抱き寄せようとした。

その手を払われ、催涙スプレーの缶で顔面を殴打された。爪も立てられた。

ひとまずリンダの逃げ場を封じる気になった。

見城は扉の際まで後退した。

リンダがむせながら、またもや催涙スプレーの噴霧を見城の顔に浴びせかけてきた。見城は反射的に右腕で両眼を庇《かば》った。

その直後、函《ケージ》の扉が割れた。三階か、二階だろう。

「この男、痴漢よ。誰か取り押さえて！」

リンダが日本語で高く叫んだ。

十数秒後、見城は数人の男たちに襟首を摑まれていた。

「みんな、手を放せ。この女が言ってることは、でたらめなんだっ」

「そいつこそ、嘘つきだわ。誰か、その男を交番に突き出して！」

リンダが喚《わめ》きながら、遠ざかっていった。

見城は男たちによって、エレベーターホールの床に組み伏せられた。ハイヒールの音は、もう耳に届かない。リンダは階段を使って逃げる気らしい。

「おれは警察の者だ。みんな、手を放せ！」

見城はのしかかっている男たちを払いのけ、勢いよく立ち上がった。だが、まだ目が見えない。

「ブロンドの女は、どっちに逃げた?」

「階段を降りていきました」

若い男の声が聞こえた。

見城は踊り場まで、やみくもに歩いた。途中で、壁にぶつかりそうになった。階段の降り口に達したときは、もう何も音はしなかった。

相手が女なので、少し油断しすぎたようだ。見城は階段の手摺《てすり》に摑まり、視界が利《き》くのを待った。

三分ほど経つと、瞼《まぶた》を開けられるようになった。二階だった。見城は近くのトイレに入った。洗面台の鏡を覗くと、両方の目が真っ赤になっていた。水で幾度も目を洗う。ようやく痛みが消えた。

ＹＳビルを出ると、街の灯《ひ》が瞬《またた》いていた。六時半過ぎだった。

見城はビルの裏通りにローバーを駐《と》めてあった。

ドア・ロックを解いたとき、車内で自動車電話《カーフォン》が鳴りはじめた。見城は運転席に乗り込み、コンソールボックスに片腕を伸ばした。発信者は霜鳥美玲だった。

「堀にうまく色仕掛けを使えたか？」

「今夜、半蔵門のエメラルドホテルで堀と会うことになったの。あいつ、二一五一号室を予約したから、直接、七時に部屋に来てくれって」

「そうか。手筈《てはず》通りにマゾっ気があると言って、ベッドで堀にパンティーストッキングで首を絞めさせるんだ」

見城は言った。

「わたし、上手にやれるかな。ちょっと不安だわ。堀が本気で力任せに絞めたら、わたし、死んじゃうかもしれないでしょ？」

「喉のところに指を二本滑り込ませておけば、絶対に殺されやしないよ。それより、死んだ真似をするときは呼吸を止めてくれ。上瞼の力を抜くことも忘れないでほしいな」

「それは何度も練習したから、大丈夫よ。それから、ドアの内錠もうまく外しておけると思うわ」

「頼むぞ。おれは七時半ごろに部屋に行く。そっちは二一五一号室に入ったら、すぐにベッドインしてくれ」

「わかったわ」

美玲の声が途絶えた。

見城は車を半蔵門に走らせた。エメラルドホテルは名の通ったシティホテルだった。しかし、一般の観光客や出張客の宿泊よりも、情事に利用されることのほうが多いようだ。客のチェックも甘かった。各階のエレベーターホールに防犯カメラこそ設置されていたが、終日、従業員の姿はない。高級クラブのホステスたちが客と一夜の情事を愉《たの》しむには、もってこいのシティホテルだった。

見城も十数回、淋しい女たちと泊まったことがある。里沙とも三、四回利用した。なぜかホテルだと、二人とも燃える。

目的のホテルに着くと、見城はグリルで腹ごしらえをした。サーロイン・ステーキを食べている間、脈絡もなく奈穂と里沙の裸身が交互に頭に浮かんだ。

見城はグリルを出ると、エレベーターで二十一階に上がった。

二一五一号室の前に立ったのは、きっかり七時半だった。ドア・ノブは抵抗なく回った。できるだけ静かにドアを開け、見城は室内に忍び込んだ。

抜き足で進む。ツイン・ベッドルームだった。部屋の中は薄暗かった。

「おい、返事をしてくれないか」

堀がうろたえた様子で、奥のベッドに仰向けになっている全裸の美玲の体を揺さぶっていた。

美玲の首には、肌色のパンティーストッキングが二重に巻きついている。桃色の舌を覗かせ、見開かれた目は虚空《こくう》を睨んでいた。

「あんたが殺しちまったのか？」

見城は声をかけた。

東都電気の技術開発部長がぎょっとして、体ごと振り向いた。素っ裸だった。萎《な》えたペニスは陰毛に半ば埋もれていた。

「な、なんで、きみがここに⁉」

「美玲は、おれの女なんだよ。ドアがロックされてなかったんで、勝手に入らせてもらったんだ。あんたまで、美玲とできてたのか。そこまでは知らなかったな」

「わたしは、この女に誘惑されただけだ」

「それはどうでもいいが、なんだって美玲を殺《や》っちまったんだ？」

「こ、こ、殺す気なんかなかったんだよ。首を絞められると、下の部分が締まるからと頼まれたんで、つい……」

「そうだったとしても、あんたが美玲を殺した事実は消えないな」

見城は冷然と言った。

堀が格子柄のトランクスを穿《は》き、身繕《みづくろ》いに取りかかった。ベッドに背を向ける恰好だった。美玲の睫毛《まつげ》が小さく震えた。見城はさりげなくベッドに歩み寄り、美玲の顔に毛布を掛けた。

「いい女でも、死人の顔は長く眺めていたくないよな」

「もう完全に死んでしまったのだろうか。もしかしたら、仮死状態ということも考えられるんじゃないのかね」

堀が上着をまといながら、震え声で言った。

「いや、もう死んでるな」

「なんてことになってしまったんだ」

「あんたの話が事実なら、少しは同情できる。しかし、人殺しは人殺しだ」

「きみ、わたしを助けてくれないか。きみがここに来なかったことにしてくれれば、わたしは警察に疑われることはないだろう。ここは、偽名を使って予約したんだ」

「甘いな。ホテルの人間があんたの顔を見てるはずだ。それに、防犯カメラの映像にあんたの姿が映ってるだろう」

見城は言った。堀が肩を落とす。

「それでも、あんたを救う方法がないわけじゃない。おれは、このホテルのゼネラル・マネージャーと知り合いなんだよ」

「本当なのか？」

「ああ」

見城は、もっともらしく大きくうなずいた。

「なんとか力になってくれないか」

「おれがゼネラル・マネージャーに頼み込んで、業務用の専用エレベーターで死体を地下駐車場に下ろして、どこか山の中に捨ててくることもできる。しかし、それにはゼネラル・マネージャーの口にチャックをしなけりゃな」

「金なら、いくらでもやる」

堀が上着の内ポケットから、分厚く膨らんだ札入れを出した。数十枚の一万円札をまとめて引き抜き、見城の手に押し込んだ。

「これじゃ、ゼネラル・マネージャーの口止め料にしかならないな」

「わかった。銀行のキャッシュカードをきみに渡そう。暗証番号は一三五〇だ。わたしの口座に六百万円近く入ってる。それをそっくりやるよ」

「ちょっと安い気もするが、ま、いいだろう。死体は、おれが片づけてやろう」

見城は堀のキャッシュカードを引ったくった。

「頼むよ。それじゃ、わたしは先にホテルを出る」

堀が足を踏みだそうとした。見城は堀の肩口を摑んだ。

「まだ帰らせるわけにはいかないな。あんたに訊《き》きたいことがある」

「何なんだね？」

「田宮専務は資材管理部長の軽部に住菱化学工業から大量にメモリーボードを買い付けさせ、その約六割をアメリカの半導体メーカー『ジュピター』に転売させたなっ」

「なんで、きみがそのことを知ってるんだ⁉」

堀の顔に驚愕《きょうがく》の色が濃く浮き立った。

「田宮は転売で、いくら利鞘《りざや》を稼いだんだい？」

「それはちょっと……」

「正直に喋らないと、あんたは殺人容疑で起訴されることになるぜ」

「や、約十一億円だよ」

「田宮はその裏金を使って、てめえの派閥の強化を図ったんだろう？」

「うん、まあ」

「あんたも田宮派の幹部のひとりらしいから、当然、いくらか銭を貰ったよなっ」

「そのことは、ノーコメントにさせてくれないか」

「国会議員みたいな答弁してると、パトカーを呼ぶことになるぞ」

見城は堀を睨みつけた。

「待ってくれ。貰ったのは三千万円だ。しかし、部下を田宮陣営に取り込むのに遣《つか》ってしまったから、自分の手許に残ったのは一千万円程度だよ」

「営業部長の三浦や軽部資材管理部長も、お裾分けに与《あずか》ったんだろう？」

「ああ。二人とも、わたしと同額だと思うよ」

「残りの巨額は、田宮がてめえの懐に入れちまったのか？」

「専務は、稲盛会長夫人から会長名義の株をかなりのプレミアムをつけて譲ってもらったはずだよ。田宮専務は折を見て、わたしたち参謀に百万株ずつ譲渡してくれるって誓約書を用意してくれたんだ。だから、専務が丸々、自分のポッポに入れたわけじゃない」

「田宮は金に執着してるんじゃなくて、次期社長の座が欲しいってわけか」

「その通りだよ。社長になることが専務の悲願だったんだ」

堀が田宮を庇《かば》うような言い方をした。

「田宮は多島に不正を嗅ぎつけられたんで、彼をタイで始末させるつもりだったんだな？」

「そうだったんだと思う。多島は証拠の録音音声を持ってるようだったし、どこかの雑誌に匿名で内部告発の原稿を発表するような気配があったんでね。しかし、勘のいい多島は自分が刺客に狙われることを察し、新開発のフラッシュメモリーの機密書類と試作品の一部を持ち出して……」

「田宮と老沼組の大槻は、どういう結びつきなんだ？」

見城は訊いた。

「なんでも何年か前にゴルフ場のクラブハウスで知り合ったとかって話だったよ。それ以上の詳しいことは知らない」

「田宮は、いまも大槻に多島を始末させる気なんだな？」

「それはそうだろうね。多島が生きてるうちは、専務は安泰じゃいられないから」

「あんただって、同じだろうが。田宮から汚れた銭を貰ってるし、奴の愛人だった美玲を寝盗ったわけだからな」

「金のことはともかく、美玲のことは別にどうってことないよ。専務は、覚醒剤に溺れた美玲と別れたがってたんだ。だから、大槻って暴力団員に言い含めて美玲を多島の国外連れ出しにひと役買わせたんだよ」

「汚ない野郎だな、田宮は」

「自分の女を平気で斬れるようじゃなきゃ、偉くはなれないんじゃないのか」

堀が言った。

「それにしても、むかつく奴だ。それはそうと、もう大槻は多島の隠れてる場所を探り当てたのか？」

「そのあたりのことは、わたしにはわからないよ。専務は大槻と密に連絡を取り合ってるようだが、わたしたちに細かいことまで教えてくれないからね」

「そうか。あんたは、もう消えたほうがいいな。後は、おれがうまくやってやる」

見城はそう言って、ドアに視線を向けた。

堀があたふたと部屋を出ていった。ドアが閉まると、美玲が毛布を撥《は》ねのけた。

「ふうーっ、苦しかった。死んだ振りをするのって、楽じゃないわね」

「名演技だったよ。おかげで、こっちは捜査がだいぶ捗《はかど》った」

「いいのよ、もう芝居なんかしなくたって。あなたが玉川署の刑事じゃないってことは、わたし、わかってんだから」

「おれは刑事だよ。警察手帳も見せたじゃないか」

見城は言った。

「あれは模造警察手帳だったんでしょ？　現職の刑事がこんな罠を考えるわけないし、お金やキャッシュカードをいただくことも……」

「おれを脅してるつもりなのか？」

「ううん、そんなんじゃないわ。あなたもわたしと同じように脛に疵《きず》を持ってるんで、安心したのよ。あなた、探偵か何かなんでしょ？」

「こんなときに身許調べなんか、無粋だな」

「そうね」

「堀が言ってた田宮の話、どう思う？」

「多分、事実でしょうね。田宮のことなんか、もうどうでもいいの。世の中は不況だ不況だって騒いでるけど、銀座にはリッチな紳士がいくらでもいるわ」

「パトロンの候補者には不自由しないってわけか」

「まあね。でも、恋人にしたいような男はなかなかいないの。とりあえず、あなたは第一候補ね」

美玲が真面目な顔で言った。

「そいつは光栄だな。しかし、遠慮しておくよ」

「なぜ？」

「おれには惚れてる女がいるんだ」

見城は里沙の顔を脳裏に浮かべながら、ベッドに背を向けた。

残高が百円を切った。

見城は銀行の現金自動支払機《ATM》から離れた。

堀のキャッシュカードで引き出した金は、総額で五百八十三万円だった。一回の引き出し限度は百万円までだった。都合六回、ＡＴＭを操作した。思いがけない臨時収入だ。自然に頬が緩《ゆる》む。

## 2

昨夜、エメラルドホテルで堀から受け取った二十七万円の現金はそっくり美玲に渡してやった。名演技のギャラだ。

美玲が生きていることを知ったら、堀は悔しがるだろう。

見城は五井銀行渋谷支店を出て、自分の車に乗り込んだ。まだ午後二時を回ったばかりだ。ローバーを参宮橋《さんぐうばし》に走らせる。

帆足里沙のマンションは小田急線参宮橋駅のそばにあった。二十分そこそこで、目的のマンションに着いた。

見城は臨時収入があると、その一部をいつも里沙に渡していた。

別段、義賊を気取っているわけではない。また、罪の意識を軽くしたいという気持ちもなかった。里沙は見城の部屋を訪れるとき、きまって酒や食料を携《たずさ》えてくる。それに対する返礼のつもりだった。

見城は車を路上に駐め、四階にある里沙の部屋に急いだ。

スペアキーを預かっていたが、見城は部屋のドアフォンを鳴らした。待つほどもなく里沙が現われた。

「あら、珍しいわね」

「ちょっと近くまで来たんだよ」

見城は部屋に入った。

1DKだった。洗面室の隅で、洗濯機が低いモーター音を発している。

「電話をくれれば、少しは部屋を片づけておいたのに」

「いまさら体裁ぶる間柄じゃないだろう？」

「ま、そうね。とにかく、どこかに坐って」

里沙が言った。

見城は奥の部屋に入り、ベッドに浅く腰かけた。

里沙はフローリングの床に敷いてあるシャギーマットの上に坐った。女坐りだった。

「これで何か好きな物を買えよ」

見城は上着の内ポケットから銀行の袋を摑み出し、無造作に万札を引き抜いた。いちいち数えなかったが、百万円以上はあるだろう。

札束をベッドカバーの中央に置く。

「ありがとう。大事に遣《つか》わせてもらうわ。大きな調査だったみたいね？」

「うん、まあ」

「コーヒー、飲むでしょ？」

「洗濯の途中だよな？」

「後でいいのよ、洗濯なんか」

里沙が立ち上がって、ダイニングキッチンに移った。

見城はシャギーマットの上に坐り込み、テレビの電源スイッチを入れた。リモコンのタッチキーを数回押すと、ニュースを流している民放局があった。

煙草を喫いながら、画面に目を向ける。東名高速道の玉突き事故のニュースが終わると、男のアナウンサーが大映《アップ》しになった。

「次のニュースです。今朝九時ごろ、東京・杉並区に住む会社役員が自宅前の路上で東南アジア系の男に刃物で刺されて死亡しました」

画像が変わり、住宅街が映し出された。

「殺されたのは東都電気の専務、田宮直之さん、五十七歳です。田宮さんは迎えの車に乗り込もうとしたときに近くに潜んでいた東南アジア系の男に特殊なナイフで左胸を刺され、即死しました」

アナウンサーが、いったん言葉を切った。

画面には、田宮の顔写真が映っていた。見城は何か信じられなかった。

「田宮さんは昨夕、出張先のニューヨークから帰国したばかりでした。家族の話では成田空港の到着ロビーでも、田宮さんは犯人と思われる外国人に襲われそうになったということです。警察は、逃げた外国人男性の行方を追っています」

アナウンサーが少し間を取り、窃盗事件を報じはじめた。

見城はテレビのスイッチを切り、煙草の火を揉み消した。頭が混乱していた。

事件の首謀者と思っていた田宮が、なぜ葬《ほうむ》られたのか。逃げた殺人者はソムチャイかもしれない。

ソムチャイは、多島の始末にしくじっている。そのことで、田宮に詰《なじ》られたのだろうか。

しかし、その可能性は低いと考えられる。田宮が殺し屋と直《じか》に接触するわけがない。

ソムチャイは大槻に何か吹き込まれ、田宮に殺意を懐《いだ》いたのか。それとも、単に金で殺しを請け負っただけなのだろうか。多島の失踪《しっそう》から、事件のことを振り返ってみる必要がありそうだ。

見城は頭の中で、これまでの経過を整理し直した。

多島が田宮の不正の事実を知ったことは、ほぼ間違いないだろう。小椋も堀も、それを裏付けるような証言をしている。ただし、多島がこっそり録音したという密談音声はまだ見つかっていない。

それでも状況から察して、田宮が余計に買い付けたメモリーボードを『ジュピター』に転売し、十一億円の利鞘を稼いだことは事実だろう。

その不正を暴《あば》かれることを恐れた田宮が、老沼組の大槻に多島の抹殺《まっさつ》を依頼したと疑える。大槻は自分の手を汚すことを嫌って、ソムチャイに多島を殺させようとした。

そこまでの推測は正しいだろう。

ただ、問題は田宮が大槻と実際に接点を持っていたかどうかだ。残念ながら、その裏付けは取れていない。

堀の証言を信用していいものか。田宮がゴルフ場のクラブハウスで大槻と知り合ったらしいという話が偽証だとしたら、堀は別の陰謀を隠そうとしていることになる。

専務の田宮がこの世から消えることを望んでいたのは、いったい誰なのか。

田宮から汚れた金の一部を貰った腹心の軽部、三浦、堀の三人が、自分たちのボスの死を望んだとも考えられなくはない。しかし、殺害の動機はやや弱い。

田宮と対立していた井口副社長は、どうだろうか。

井口は、田宮が稲盛会長の株を譲り受けたことを知って、焦躁《しょうそう》感に駆られたのではないのか。堀の話が事実なら、持ち株を大幅に増やした田宮専務は有利になる。

次期社長の椅子をなんとしてでも手に入れたいと切望している井口が、田宮を亡《な》き者にする気になったのだろうか。そうではなく、井口はライバルの田宮に何かスキャンダルを摑まれてしまったのか。

どちらにしても、刺客にソムチャイを選んだことが腑《ふ》に落ちない。田宮殺しの犯人がソムチャイと決まったら、井口は多島にも何か弱みを握られていたのだろう。

そうだとしたら、大槻やソムチャイの雇い主は田宮専務ではなく、井口副社長だったとも考えられる。もう一度、堀を締め上げてみる必要がありそうだ。

見城はロングピースをくわえた。

火を点けたとき、里沙が二人分のコーヒーを運んできた。フレンチトーストと野菜サラダも洋盆《トレイ》に載っていた。

「おやつ付きだな」

「よかったら、食べて。わたし、お昼ご飯を食べてないのよ」

「おれもだ」

見城はフレンチトーストを手摑みで食べはじめた。

牛乳と生卵に浸した食パンをバターで狐色に焼き上げた軽食だ。割にうまかった。野菜サラダには、申し訳程度に手をつけただけだった。

軽食とコーヒーを二杯胃袋に収めると、見城は腰を上げた。三時半過ぎだった。里沙と軽いキスをして、部屋を出る。

見城はローバーに乗り込むと、奈穂に電話をかけた。

「旦那は副社長の井口のことで、きみに何か喋ったことはなかった？」

「井口副社長のことで⁉　どういうことなのかしら」

奈穂が訝《いぶか》しげに問い返してきた。

見城はテレビニュースで田宮の死を知ったことを手短に話し、井口への疑惑を語った。奈穂は田宮が殺されたことをまだ知らなかった。

「きみの夫は、井口のことをどう見てたのかな？」

「井口副社長は有能な方みたいだから、口にこそ出さなかったけど、尊敬してたと思うわ。少なくとも、悪口を言ったことは一度もないわね」

「そうか。ただ、小椋がちょっと気になることを言ってたんだ」

見城は、一昨日の夜の出来事をかいつまんで話した。

「小椋さんが井口副社長や箱崎常務と料亭で会ってたなんて、なんだか信じられないわ」

「おそらく小椋は、副社長派の情報収集係なんだろう。職場では完璧な中立派に見せかけてたようだから、田宮派の連中も小椋にはそれほど警戒心を懐かないだろうからな」

「小椋さんが副社長派のスパイだっていうの⁉」

奈穂が声を裏返らせた。

「そう考えてもいいだろう」

「もし小椋さんが副社長派に属してるなら、もう少し出世してるんじゃない？」

「小椋を優遇したら、田宮派に怪しまれるじゃないか。だから、井口は小椋を係長のままにしておいて、金品を与えてたんだろう。小椋は井口の弱みを握ってるような口ぶりだったんだ。おれは、それが妙に気になってね」

「小椋さんは悪巧《わるだく》みなんかできるような男性《ひと》じゃないと思うわ」

「いや、奴は相当な喰わせ者だよ」

見城は異論を唱《とな》えた。

「まだ小椋さんは、ほかにも何か悪いことをしてるの？」

「ああ。リンダ・ヘンダーソンって女ヘッドハンターに、引き抜き話に応じそうな研究者や技術者の情報を流してるらしいんだ。そのことは自分で言ってたから、間違いないだろう」

「その話も、わたしは信じられないわ」

「信じられないと言えば、技術開発部長の堀宏治もどうも怪しいな。ひょっとしたら、堀は両派閥のダブルスパイなのかもしれないぞ」

「ダブルスパイだなんて、いくら何でも考えられないでしょ？」

奈穂が反論をした。

「こっちが調べたところによると、堀は典型的な日和見《ひよりみ》主義者みたいなんだよ。ダブルスパイには、ぴったりのタイプだな」

「ダブルスパイだとしたら、堀部長の話は鵜《う》呑《の》みにはできないってことになるわよね」

「ああ、そうだな。だから、おれはこれから堀を徹底的に締め上げてみようと思ってる」

「あまり手荒なことはやらないほうがいいんじゃない？　あなたが傷害事件なんか引き起こしたら、わたし、なんだか責任を感じてしまうもの」

「適当に手加減するよ」

見城は電話を切り、ローバーを大手町に向けた。

東都電気の本社ビルに到着したのは午後五時前だった。表玄関の見える場所に車を駐《と》め、そのまま張り込みを開始する。カーラジオの音楽を聴きながら、出入口に視線を注ぎつづけた。

堀が現われたのは七時過ぎだった。見城はローバーを降り、堀を尾行しはじめた。

堀の足は地下鉄の大手町駅に向かっている。まっすぐ家路につく気らしい。地下鉄駅に潜る前に、どこかに拉致《らち》するつもりだった。

見城は足を速めた。

その直後だった。暗がりから、人が飛び出してきた。

ヒロシだった。大槻の弟分は何か手にしている。拳銃に似た物だった。

見城は、目で間合いを測《はか》った。

その瞬間、ヒロシの手許でかすかな発射音がした。銃声ではなかった。

放たれたアンプル状の物は見城の左の脇腹に埋まった。ダーツ弾だった。三枚羽のダーツには、茶色の小さなアンプルが括《くく》りつけられている。中身は麻酔薬のキシラジンか何かだろう。

見城は麻酔ダーツ弾を引き抜こうとした。

しかし、矢の先は深く埋まっていた。しかも、針には返しがついているようだった。強く引っ張ると、腹筋が激しく痛んだ。

見城は奥歯をきつく嚙んで、ダーツ弾を引っこ抜いた。一瞬、痛みで目が霞んだ。

アンプルの薬液は半分以下に減っていた。

見城はダーツ弾を足許に叩きつけた。アンプルが砕け、破片が飛び散った。

ヒロシが薄ら笑いを浮かべながら、無防備に近づいてくる。

「くそっ！」

見城は地を蹴った。助走をつけて、二段蹴りを放つつもりだった。

しかし、いくらも走らないうちに足が縺《もつ》れた。見城は肩から歩道に転がった。起き上がろうとしたが、体が痺《しび》れて動かない。目にも霞《かすみ》がかかりはじめた。

「どうしました？　気分が悪いんだな。病院に連れてってやろう」

薄ら笑いを浮かべたヒロシが、すぐに駆け寄ってきた。

見城はヒロシの手を払いのけた。

そのとき、視界がぼやけた。二人の男が走り寄ってきた。姿はおぼろだった。だが、二人の声は聞こえた。大槻とソムチャイだった。

「てめえら、おれをどうする気なんだっ」

見城は声を張った。三人とも答えない。

「この野郎を早く車に乗せるんだ」

大槻がソムチャイとヒロシを急《せ》かした。

二人が、ほぼ同時に見城の体に触れた。体が浮いた。数秒後、見城の意識は混濁した。

## 3

下腹部が生温かい。

その感覚で、見城は麻酔から醒《さ》めた。仰向けに寝かされていた。

スポーツクラブのトレーニングルームだろう。埃が積もっている。廃業したスポーツクラブらしい。

体の自由が利かない。手と足を白い結束バンドできつく縛られていた。その先端はダンベルのシャフトや筋力増強機器に括《くく》りつけられている。

結束バンドは樹脂製の紐《ひも》だ。タイラップという商品名で売られていた。

本来は電線などを束ねる結束バンドだが、アメリカの警官たちは手錠代わりに使っている。針金のように、人間の力では引き千切れない。痕《あと》が残らないこともあって、最近はギャングたちも用いはじめているようだ。

股の間に、誰かがうずくまっている。女だった。頭髪は黄色っぽい。

見城は顔を浮かせた。陰茎をくわえているのはリンダだった。肉感的な肢体は、黒革のボンデージで締めつけられている。

「何をしてやがるんだっ」

「やっとおめざめね。男根《ディック》は、とっくに目を覚ましてたわよ」

リンダが含んだペニスから顔を離し、茶化すように言った。ディックは男性器の俗語《スラング》だ。

「おれをどうする気なんだ？」

「遊んであげるのよ」

「ノーサンキューだ。女は国産品に限るからな」

見城は毒づいた。

「わたしは国際派なのよ。日本人のコックは大きくないけど、固くて頼もしいわ」

「おれから、すぐに離れろ！」

「痩せ我慢っていうんでしょ、そういうのって。ディックは、さっきから膨らんでるわ」

女ヘッドハンターがそう言い、また見城の性器を呑み込んだ。

見城は腰を振った。だが、リンダはすぐに見城の腰を押さえつけた。舌はさまざまな変化をつけながら、巧みに男の官能を煽《あお》りたてた。

気持ちとは反対に、見城の体は奮《ふる》い立ってしまった。すると、リンダが急に顔を上げた。

「準備ＯＫね」

「多島は、どこにいるんだっ」

「うるさいわね。静かにしてなさい！」

「女王さま気取りかよ」

見城は鼻を鳴らした。

そのとたん、分身の先端に尖鋭《せんえい》な痛みが走った。呻いて、顔を起こす。リンダはアイスピックを握っていた。先が赤い。鮮血だった。

「おとなしくしてないと、何度でもつつくわよ」

「くそ女め！」

見城はリンダを罵《ののし》り、頭を床に戻した。

リンダが残忍そうな笑い声をたて、力を失いかけている陰茎に唇を寄せた。舌技は絶妙だった。

見城は勃起してしまった。猛《たけ》り立つと、リンダは面白そうに亀頭にアイスピックを当てた。

同じことが十数回、繰り返された。いつからか、見城の性器は血塗れになっていた。

やがて、リンダは立ち上がった。

奇妙なコスチュームを脱ぎ捨て、素っ裸になった。肌が病的なほど白かった。だが、肌理《きめ》は粗《あら》い。二つの大きな乳房の谷間には雀斑《そばかす》が散っていた。

リンダがアイスピックを手にして、見城の頭の近くまで大股で近づいてきた。裸足《はだし》だった。

「今度は何をやる気だ？」

「わたしのあそこ《プッシー》を舐《な》めるのよ」

「ふざけるなっ」

見城は怒鳴った。

リンダがアイスピックを見城の額に突き立て、素早く顔の上に跨《また》がった。和式便器にしゃがむような恰好だった。亀裂が綻《ほころ》んだ。

リンダが、ぐっと尻を落とした。

アイスピックの先も強く喰い込んでくる。これでは、逆《さか》らうことができない。

見城は屈辱感に耐えながら、舌で奉仕しはじめた。

不本意ながら、舌技に熱を込めざるを得なかった。早く惨《みじ》めなセックスリンチから、解き放たれたかったからだ。リンダは透明な雫《しずく》を雨垂れのように落としはじめた。切なげに喘ぎ、自分の国の言葉で快感を表した。

見城は桃色の陰核《クリトリス》を舌で嬲《なぶ》りつづけた。快感が高まるにつれ、リンダは一段とはざまの肉を押しつけてきた。息が詰まりそうだ。和毛《にこげ》が見城の鼻の頭を撫《な》で、何本かの穂先が鼻腔の中をくすぐった。くしゃみが出そうだった。

「ナウ、カム！」

リンダが不意に絶頂を極《きわ》め、全身を震わせた。

震えながら、前後に激しく動く。鼻と口を塞《ふさ》がれ、見城は息苦しさを何度も覚えた。

「溶《アイム・メルティング》けちゃう！」

リンダは、数分後に二度目の極みに駆け昇った。

見城は頭の中で、数を数えはじめた。気を逸《そ》らすためだった。射精してしまったら、女ヘッドハンターに敗北したことになる。もう屈辱は味わいたくなかった。

リンダが狂おしげに腰を躍らせ、六、七分で三度目のクライマックスを迎えた。その少し前に、見城は弾けそうになった。だが、辛《かろ》うじて抑えることができた。

リンダは体を離すと、見城の顔の方に這《は》い寄ってきた。

見城はリンダの性欲の強さに呆《あき》れ果てた。

リンダが肩で息をつきながら、ふたたび見城の顔面の上にしゃがみ込んだ。合わせ目を大きく捌《さば》き、見城の口に強く押しつける。見城は厭《いや》な予感を覚えた。尿を飲ませる気になったらしい。

見城はリンダの性器に歯を立てた。

リンダが凄まじい悲鳴を放ち、発条《ばね》仕掛けの人形のように飛び上がった。見城はせせら笑った。

「黄色い猿め《イエロー・マンキー》！」

女ヘッドハンターが侮蔑《ぶべつ》的な言葉を吐き、筋力増強機器の後ろに走った。すぐに戻ってきた。湿った布を持っていた。

薬品臭かった。クロロホルムか、エーテルを布に吸わせてあるようだ。

リンダが両手で、濡れた布を見城の口許に押しつけた。鬼女のような形相《ぎょうそう》だった。

見城はもがいた。しかし、無駄だった。数十秒で、意識が混濁した。

それから、どれほどの時間が流れたのだろうか。

見城はむせた拍子に意識が戻った。

リンダの姿は掻《か》き消えていた。四肢が動く。縛《いまし》めは解かれていた。

スラックスの前も整えられていた。すぐ近くに、鉄亜鈴《てつあれい》が転がっている。血みどろだった。

十キロほどの亜鈴だ。

見城は跳ね起きた。

ベンチタイプの筋力増強機器のそばに、男が俯《うつぶ》せに倒れている。頭の周りに、血溜まりができていた。微動だにしない。

見城は倒れた男に歩み寄った。

屈《かが》み込んで、声をかける。返事はなかった。男の体を仰向けにさせる。あろうことか、なんと多島佳孝だった。顔半分が深く陥没している。ポスターカラーのような血糊《ちのり》は、半ば凝固していた。片方の眼球は眉骨の奥に埋まっている。

見城は多島の手首を取った。

わずかに体温が伝わってきたが、脈動は熄《や》んでいた。見城は自分の衣服を見た。点々と返り血が散っている。背筋が凍った。

敵は、自分を多島殺しの犯人に仕立てる気だったのだろう。

見城は死体のポケットを探った。上着の内ポケットから、一枚の写真が出てきた。印画紙の中には、自分と奈穂が収まっていた。

白金にあるホテルの駐車場だった。隠し撮りされたことには、まったく気がつかなかった。こちらが奈穂を独占したくなって、夫の多島を殺した。そう見せかけたかったのだろう。

見城は都合の悪い写真を上着のポケットに入れ、ハンカチで周囲の床を拭いはじめた。

警察庁の指紋データベースには犯歴のある者ばかりではなく、警察官、自衛官、航空パイロット、船員などの指紋も登録されている。かつて刑事だった見城の指紋も、データベース化されていた。

鉄亜鈴の指紋や掌紋《しょうもん》も丹念に拭い取り、リンダに体を弄《もてあそ》ばれた場所に戻る。床に落ちた頭髪や陰毛をハンカチで抓《つま》み取り、血の染みも拭った。

トレーニングルームは五十畳ほどの広さだった。

ドアは二カ所にあった。見城は近い方の出入口に走った。

ノブにハンカチを被せたとき、外でパトカーのサイレンの音がした。一台ではない。五、六台だった。敵が警察に密告の電話をしたにちがいない。

見城はトレーニングルームを出た。五階だった。エレベーターに飛び乗り、最上階の十一階まで上がる。

その上は屋上だった。

階段を一気に駆け上がる。幸運にも、屋上に通じる非常扉はロックされていなかった。

見城は屋上に出た。風が強い。

付近はビル街だった。少し離れた場所に、見覚えのある広告塔が見えた。

六本木だった。五丁目だ。すぐ先に六本木ロアビルがそびえている。

見城は中腰で屋上を巡った。

左手のオフィスビルは、はるかに高い。右側は駐車場になっていた。真後ろは十階建てのマンションだ。四メートル前後しか離れていない。高さは三メートルほど低い。

マンションの屋上に飛び移れなくはなさそうだ。

しかし、飛び移れるという保証はない。見城は貯水タンクの陰に身を潜めた。
五、六分経つと、懐中電灯の光が近づいてきた。光は二つだ。どちらも麻布署の制服警官だった。
見城は後ろに退《さ》がりはじめた。

数メートル後退したとき、うっかりビールの空き缶を踏んでしまった。かなり大きな音がした。二人の警官が二手に分かれた。

見城は前後を挟まれた。懐中電灯の光が相前後して見城の顔に当てられた。

「おい、そこで何をしてるんだっ」

前にいる警察官が特殊警棒を中段に構え、勢いよく走ってきた。

後ろの警察官もダッシュした。ともに職階は巡査長だった。三十歳前後だろう。ちなみに、巡査長は正式な職階ではない。巡査と巡査部長の間の階級である。

逃げ場を失った。見城は、コンクリートの防護柵の上に張り巡らされている金網をよじ登った。

「降りろ！」

警察官のひとりが叫んで、フェンスを特殊警棒で叩いた。もうひとりは金網を揺さぶった。

見城は警告を黙殺した。

「降りないと、撃つぞ」

右側にいる警察官が腰の回転式拳銃《リボルバー》を引き抜いた。

「こんなときにぶっ放したら、過剰防衛になるぞ」

「いいから、降りるんだっ」

「おれは危《ヤバ》いことなんか何もしちゃいない」

「名前を言え。住所は？　本籍地は？」

「忘れたよ」

見城はフェンスを跨《また》ぎ越した。

左側から回り込んできた警察官が、無線で応援を要請しはじめた。見城は膝を屈伸させ、大きく跳んだ。

その瞬間、下から風が吹き上げてきた。体のバランスが少し崩れた。ひやりとした。

だが、首尾よく隣のマンションの屋上に舞い降りることができた。着地と同時に、見城は自ら転がった。衝撃を殺《そ》いだのだ。

肘《ひじ》を打ったが、たいした痛みではなかった。

見城は素早く起き上がって、非常口まで走った。鉄扉《てっぴ》がロックされていたら、万事休すだ。祈るような気持ちで、ノブを回す。なんの抵抗もなく回った。笑みが零《こぼ》れた。

見城はエレベーターで二階まで下り、そこから非常階段を駆け降りた。

マンションの前の道に出るのは危険すぎる。もうすぐパトカーが回り込んでくるだろう。

見城はマンションの裏庭に回り、隣の駐車場に移った。

廃業したと思われるスポーツクラブのあるビルの前には、十台ほどの白黒パトカーや覆面パトカーが連なっていた。警察官の姿も多かった。

見城は駐車場から、さらにビルの裏側を走った。

七、八棟通過すると、表通りに出た。パトカーも捜査員も見当たらない。表通りを突っ切り、脇道を幾度も折れる。

霊南坂《れいなんざか》教会の前に差しかかったとき、一台の黒っぽい車が見城を追い越し、行く手を阻んだ。クラウンだった。見覚えのある車のトランクリッドが開いた。

車から出てきたのは百面鬼だった。

「百《どう》さん！　なんで、ここに!?」

「話は後にしようや。ひとまずトランクに隠れてくれ」

「わかった」

見城はトランクルームに入り、体を丸めた。リッドが閉ざされ、クラウンはすぐに走りはじめた。

スキンヘッドの悪党刑事が覆面パトカーを停めたのは、芝公園の脇だった。見城はトランクルームから出て、助手席に坐った。

「ここまで来りゃ、もう心配ねえさ。おれは一昨日から、ずっと見城ちゃんをマークしてたんだ」

「まさか、おれの身を案じてなんて言うんじゃないだろうね？」

「冗談きついぜ。そっちがでっけえ獲物をくわえたみてえだから、早くお裾分けを貰いたくなったってわけよ」

百面鬼がそう言い、にんまりとした。

「やっぱりな」

「見城ちゃんが連れ込まれたスポーツクラブは、東都電気の箱崎常務の長男がやってたんだよ。いまは経営不振で、営業はしてねえけどな」

「あのビルに出入りしてた奴らを見たよね？」

見城は問いかけた。

「ああ、見た。老沼組の大槻とヒロシ、それからタイ人の男とブロンドの女だよ。野郎たち三人は見城ちゃんを潰れたスポーツクラブに連れ込むと、すぐにどこかに消えちまった。それから二時間ほど経ってから、三人は三十七、八歳のハンサムな男を引っ張ってきた」

「そいつが多島佳孝だよ」

「そっちが捜してた野郎だな？」

百面鬼が確かめた。

見城はうなずき、多島が殺されたことを話した。

「それで、見城ちゃんはマンションの屋上に飛び移ったのか」

「そうなんだ。金髪の女は大槻たちと一緒に、あのビルから出てきたのかな？」

「いや、リンダ・ヘンダーソンって女は先にひとりで出てきたよ」

「百《どう》さんは、あの女の名前まで知ってたのか⁉」

「ちょっと探ってみたんだよ。女の弱みを摑んどいて、損はねえからな。見城ちゃん、あの女にセックスリンチされたろう？」

「えっ、そこまで……」

「驚くほどのことじゃねえだろうよ。誰だって、察しはつくってもんだ」

百面鬼が好色そうな笑みを拡げた。

「そうかな」

「たまにゃ女にいたぶられるのも、悪かないんじゃねえか。おれも、やってもらいてえよ」

「百《どう》さん、あのブロンド女に興味があるようだね。だったら、少しリンダの交友関係を調べてみてくれないか」

見城は言った。

「ああ、引き受けた。そっちのローバーは、東都電気の本社ビルの近くに置きっ放しだったよな？」

「そうなんだ」

「なら、そこまで送らあ」

百面鬼がクラウンを発進させた。

見城はリクライニングシートを倒し、深く凭《もた》れかかった。

疲れ切っていた。顔のない首謀者のことを考えかけたが、思考はすぐに袋小路に入ってしまった。

# 第七章　地獄の謝肉祭《カーニバル》

## 1

線香を手向《たむ》ける。

見城は多島の遺影に手を合わせた。遺影の前には、骨箱が置かれている。

告別式のあった夜だ。午後八時を回っていた。多島宅の仏間である。

会葬者の姿はない。故人の縁者たちは応接間に集まって、追悼しているようだ。

きのうの通夜《つや》ときょうの告別式に見城は顔を出す気でいた。しかし、多島宅の周りには捜査員たちが張り込んでいた。

警察の者たちが引き揚げたのは一時間ほど前だった。そんな事情があって、なかなか弔問に訪れられなかったのだ。

見城は合掌を解き、奈穂に体を向けた。

喪服姿の奈穂は一段と美しかった。色っぽくもあった。

「わざわざお運びいただいて、ありがとうございました」

奈穂が型通りの挨拶《あいさつ》をし、深々と頭を下げた。

「もっと早く来たかったんだが、ちょっと事情があってね」

「来ていただいただけで、もう充分よ」

「妙な結果になってしまった。役に立てなくて、悪かったと思ってる。貰った着手金は諸経費を差っ引いて、近いうちに返すよ」

「それはいいの。あなたはいろいろ危険な目に遭《あ》ったんだから、かえって迷惑料を差し上げなければいけないわね」

「迷惑料なんて、とんでもない」

「せめて着手金はそのまま納めてもらいたいの」

「そう言ってくれるなら、そうさせてもらうよ」

見城は座蒲団の上で脚を崩した。

「別室に料理の用意がしてあるの。そちらで、ビールでもいかが？」

「せっかくだが、夕飯を喰ったばかりなんだ」

「そうなの」

「これから、どうするつもり？」

「多島の納骨が済んだら、この家を出るつもりなの。義父には、ここにいてほしいと言われたんだけど、死んだ夫とは別れるつもりでいたから」

「ひとりで自由に暮らしたほうがいいと思うよ、おれも」

「少し鎌倉の実家にいて、落ち着いてから東京のどこかにマンションを借りようと思ってるの」

「時々、その部屋を訪ねたいな」

「ええ、そうして」

奈穂が艶っぽく笑った。

そのとき、襖《ふすま》越しに年配の女の声がした。

「失礼します」

「なんなの、母さん？」

「小椋さんという方から、あなたに電話が……」

「そう。いま、そっちに行くわ」

奈穂が答えた。足音が次第に小さくなっていく。

「鎌倉のおふくろさんだね？」

見城は口を開いた。

「そうなの。小椋さん、何かしら？　彼には葬儀のとき、とてもお世話になったの。ちょっと失礼しますね」

「どうぞ」

「すぐに戻ってくるわ」

奈穂は、どうしてだか目を合わせようとしなかった。見城は、そのことが妙に気になった。美しい未亡人は、まるで後ろ暗いことを隠したがっているように見受けられた。見城は気分が重くなった。

奈穂が部屋を出ていった。

見城は遺影に向き直った。写真の中の多島は、いかにも楽しげに笑っていた。

故人は誰に殺されたのか。田宮もソムチャイに殺されたようだから、犯人は専務派の人間ではないだろう。となると、井口副社長に狙われたのか。殺害現場の元スポーツクラブは、副社長派の箱崎常務の息子が経営していたという。

見城は遺影を見ながら、そのことに引っかかった。

少し待つと、奈穂が仏間に戻ってきた。

「小椋、何だって？」

「多島のことで、何か折り入って話があるって言うの。それで、目黒通りにあるファミリーレストランまで出てきてもらえないかって」

「おれも同席しようか？」

「ひとりで来てくれって言ってるのよ」

「そうなのか」

「着替えて、そろそろ出かけないと……」

「じゃあ、そのファミリーレストランまで車で送ってやろう」

「すぐ近くだから、歩いていくわ」

「そう。なら、おれは失礼することにしよう」

見城は腰を上げた。奈穂に見送られ、ポーチを出る。

「近いうちに、このあいだの白金のホテルでゆっくりと会いたいわ」

未亡人が見城に甘やかに囁《ささや》き、玄関ドアの向こうに消えた。

見城は表に出ると、すぐにローバーを走らせはじめた。多島宅の周りをひと巡りして、奈穂の家のある通りに戻った。

多島宅の門扉《もんぴ》から四、五十メートル離れた暗がりに車を駐め、ヘッドライトを消す。奈穂のさきほどの様子から、何か不審な気配を嗅ぎ取ったからだ。

煙草を二本喫ったとき、多島宅から奈穂が現われた。スーツにコートを羽織っていた。

見城はスモールライトを点《つ》け、低速で奈穂の後を尾《つ》けはじめた。奈穂は小走りに閑静な住宅街を走り抜け、間もなく目黒通りに出た。ヘッドライトに切り替える。

左手に、ファミリーレストランがあった。

奈穂は店には入らなかった。レストランの駐車場の中ほどまで進んだ。すぐ近くのセダンの助手席のドアが開けられた。

ルームランプの光が、運転席の小椋雅也を照らし出した。カジュアルな服装だった。

奈穂は馴れた様子で、小椋のかたわらに坐った。車は白っぽいマークⅡだった。

あの二人は密通していたのかもしれない。見城は先にファミリーレストランの駐車場を出て、目黒通りで待機した。

待つほどもなく、マークⅡが走り出てきた。

見城は小椋の車が遠のいてから、ヘッドライトを点けた。マークⅡは目黒通りを下り、多摩堤通りを右に折れた。左側の多摩川に沿って、上流に向かう。

マークⅡが吸い込まれたのは、二子玉川の割烹《かっぽう》旅館だった。

二子橋の畔《ほとり》だ。昭和三十年代まで、そのあたりには十数軒の川魚専門の割烹旅館が並んでいた。しかし、その後は都市化の波に呑まれ、いまでは数軒しか残っていない。

それも料理を売りものにしているのではなく、連れ込み旅館の色合が濃かった。

二人は車を降りると、腕を組んで旅館の玄関に消えた。やはり、そうだったか。

見城は暗然とした。半ば予想していたことだったが、それでもショックは大きかった。奈穂は夫殺しの犯人に仕立てるため、巧みに自分に近づいてきたのかもしれない。

そこまで考え、見城は一つの疑問にぶつかった。

奈穂が小椋との浮気を多島に知られ、夫を葬る気になったことは想像に難《かた》くない。浮気相手の小椋は、リンダともつき合いがある。

だが、奈穂たち二人には大槻との接点がない。また、田宮を殺害しなければならない動機も現在のところは何もなかった。

奈穂と小椋の二人が、大槻に多島の抹殺を依頼したわけではなさそうだ。ただ、二人はなんらかの形で事件に関わっているような気がする。

見城は死角になる路上にローバーを駐め、割烹旅館の出入口を見張りつづけた。

十分ほど経つと、小椋だけが玄関から出てきた。いつもと同じ表情だ。別に奈穂と喧嘩《けんか》をした様子はうかがえない。

小椋はマークIIに乗り込むと、すぐに旅館の駐車場から走り出てきた。彼は奈穂のダミーの不倫相手なのではないか。

見城は、小椋の車を追わなかった。

さらに十分ほど流れたころ、一台のタクシーが旅館の駐車場に滑り込んだ。車を降りたのはロマンスグレイの井口副社長だった。

井口は顔を隠すようにして、旅館の玄関に吸い込まれた。

どうやら小椋は、奈穂と井口の密会にひと役買っていたらしい。おおかた数時間後に、彼はマークⅡで奈穂を迎えに来ることになっているのだろう。そして、小椋と奈穂はさも愛人同士のような顔をして、旅館の玄関から出てくるにちがいない。

奈穂と井口の密会には当然、旅館側も協力しているのだろう。

多島は妻と副社長の浮気を知り、その証拠を押さえた。それを種《ネタ》にして、彼は井口を脅迫したのではないだろうか。

井口は奈穂を手放したくなかった。それで、多島に不正の事実を握られていたライバルの田宮専務の犯行と見せかけて大槻たちに脅迫者を始末させたのだろう。

しかし、井口は田宮にも自分のスキャンダルを知られてしまった。それだから、宿敵の田宮も殺害する気になったのではないか。

大筋は、そんなところだろう。まだ、井口と大槻やリンダの結びつきが浮かんでこない。

それでも幕引きは、そう遠くなさそうだ。

見城は確信を深めた。その直後、自動車電話《カーフォン》が鳴った。発信者は盗聴器ハンターの松丸勇介だった。

「大槻は、田宮って奴とはなんの繋がりもないっすよ。ただ、東都電気の箱崎常務には、きょうまで都合七回ほど電話をしました。もっとも東中野でレシーバーを当ててたのは、本業の仕事を済ませた後だったから、一日二、三時間でしたっすけどね」

「松ちゃん、自発的に手伝ってくれてたのか。おれが頼んだのは、ひと晩だけだったからな」

「ええ、まあ。でも、報酬なんか要求しないっすよ。おれ、盗聴も趣味の一つにしてるから。ちっとも苦になりませんでした」

「ありがとよ」

見城は軽く礼を言ったが、胸のうちでは松丸に深謝していた。

「そうそう、箱崎って奴は大槻から電話を受けるたびに『すぐ副社長に伝える』って言ってましたよ。見城さん、少しは役に立ったっすか？」

「大いに役立ったよ。松ちゃん、大槻と箱崎の遣《や》り取りは録音しといてくれた？」

「全部、録音しておきました」

「そいつを一巻五万円で買い取ろう」

「おれが持ってても仕方ないっすから、七巻そっくり上げますよ」

松丸が言った。

「欲がないな、松ちゃんは」

「悪銭は身につかないって言うじゃないっすか」

「なんで悪銭なんだ？」

「どうせ見城さんは録音音声で、誰かから銭を強請《ゆす》り取る気なんでしょ？」

「松ちゃん、おれは百《どう》さんとは違うんだ」

「隠したって、駄目っすよ。まともな私立探偵は、もっと貧乏してると思います。見城さんはいつも金回りがいいもんな」

「そんなことないよ。いつだって懐は淋しいんだが、おれはちょっと見栄っ張りだから、人前では背伸びしてるのさ」

「そういうことにしときましょう」

「明日、連絡するよ」

見城は電話を切って、グローブボックスから赤外線フィルム入りのカメラと望遠レンズを取り出した。奈穂たち三人を隠し撮りするつもりだった。最低二時間は待たされるかもしれない。

見城は望遠レンズをカメラに取り付け、ステアリングを抱き込んだ。

## 2

いつになく酒が苦い。

見城はバーボン・ウイスキーをストレートで呷《あお》っていた。ブッカーズの壜《びん》は空に近かった。

探偵事務所兼自宅だった。まだ午後三時過ぎだ。いくら飲んでも酔えなかった。むやみに溜息《ためいき》が出る。

見城は、ともすれば感傷的な気分に陥りそうになる自分が腹立たしかった。

確かに奈穂は、いい女だった。しかし、自分を利用した悪女だ。赦《ゆる》せるものではない。

見城はそう思いながらも、未練めいたものを断ち切れなかった。

昨夜のことが脳裏から離れない。

小椋のマークIIがふたたび二子玉川の割烹旅館の駐車場に入ったのは、午前零時ごろだった。いったん旅館の中に入った彼は、すぐに奈穂と現われた。見城は二人の姿をカメラに収めた。

井口が無線タクシーに乗り込んだのは、それから数十分後だった。

見城は東都電気の副社長にもレンズを向けた。数度、シャッターを押した。

タクシーが走り去ると、見城は割烹旅館を訪ねた。

現職刑事を装って、初老の女将に会った。女将は渋々ながらも、奈穂と井口の密会を認めた。二人の密会は三年前からつづいていたという。

つまり、奈穂は多島と結婚する以前から井口の愛人だったわけだ。三年前、奈穂は国際見本市で開かれたパソコン・フェスティバルで、東都電気のキャンペーンガールを務めた。そのとき、井口に見初《みそ》められたようだ。

井口は妻に奈穂の存在を知られそうになって、慌てて愛人をエリートエンジニアの多島と結婚させた。そして、人妻になった奈穂と密会を重ねていたのだろう。

インターフォンが鳴った。

見城は椅子から立ち上がった。来訪者は松丸だった。七巻の録音テープを届けにきてくれたのだ。

「何か辛いことでもあったんすか？」

松丸が机上のグラスを見て、遠慮がちに訊《き》いた。

「別にそういうわけじゃないんだ。たまには、明るいうちに酒を喰らいたいこともあるじゃないか」

「そうっすね」

「松ちゃん、一杯どうだ？」

見城はグラスを軽く持ち上げた。

「これから、浦和まで行かなきゃならないんっすよ。三世代同居の家からの依頼でね。どうも嫁さんが、亭主の両親の部屋に盗聴器を仕掛けたみたいなんす」

「昔から嫁と姑《しゅうとめ》の確執《かくしつ》はあるようだから、そういうこともあるだろうな」

「多いっすよ。テレビや電話にハウリングと呼ばれる雑音が混じるらしいから、間違いなく盗聴器が仕掛けられてるんでしょう。嫁さんが同窓会に出かけてる間に、大急ぎで調べてくれっていう依頼なんっすよ。そんなわけだから、おれはこれで……」

松丸が玄関に向かいかけた。見城は引き留め、松丸の上着のポケットに裸の一万円札を十枚突っ込んだ。

「こんなことされちゃ、困るっすよ」

「とっといてくれ。只《ただ》より高いもんはないって言うからな。それに、おれは他人《ひと》に借りをつくるのが嫌いな性分《しょうぶん》なんだ」

「なら、貰っときます。悪いっすね」

松丸が言って、慌《あわ》ただしく帰っていった。

見城はデスクに向かい、七巻のテープの音声を再生してみた。大槻との遣り取りから、箱崎常務が井口副社長の連絡係を務めていることは明らかだった。

録音音声を聴き終えると、見城はまたグラスを傾けた。

携帯電話が鳴ったのは、完全にボトルが空になったときだった。

「おれだよ」

発信者は百面鬼だった。

「リンダのことで、何かわかったようだね」

「ああ。リンダ・ヘンダーソンはハイスクール時代に一年間、日本に留学してたぜ。ホームステイ先は井口清人の自宅だった」

「なるほど、そういう繋がりがあったのか」

「ついでに、井口と老沼組の繋がりも調べてみたよ」

「それで？」

見城は先を促《うなが》した。

「井口は老沼組とは何も関わりがねえな。ただ、箱崎常務の息子が遊び人で、老沼組が仕切ってる違法カジノに出入りしてたんだよ。そこで、大槻と知り合ったらしいな」

「それじゃ、井口は箱崎を通じて大槻に多島の始末を頼んだんだろうな」

「それは間違いないと思うよ。それから、井口は田宮って野郎も消してくれって頼んだんだろう。杉並の所轄署で聞いたんだが、田宮は半月ほど前から大槻の舎弟のヒロシって小僧に尾《つ》けられてたらしいんだ。井口は、田宮にも何か弱みを摑《つか》まれてたんだろうな」

「ああ、おそらくね」

「見城ちゃん、箱崎からも小遣いをせびれそうだぜ」

百面鬼が嬉《うれ》しそうに言った。

「何を摑んだの？」

「箱崎にはロリコン趣味があって、ブルセラショップに密かに出入りしてるし、十七歳の女子高生と愛人契約を結んでたんだよ」

「名のある企業の重役連中もひと皮剝《む》けば、ただのオスだな」

「人間気取ってたって、所詮《しょせん》は動物さ。別に驚くことじゃねえよ」

「そうだね。百《どう》さん、箱崎から口止め料をせしめるのはもう少し待ってくれないか。近いうちに、こっちの片がつきそうなんだ」

見城は言った。

「わかってるよ。最初に獲物を見つけたのは見城ちゃんなんだから、抜け駆けなんかしねえよ」

「よろしく！」

「ああ。けどさ、箱崎から銭を奪《と》るだけじゃ、つまらねえな。十七歳の愛人に喪服を着せて、後ろからぶち込んでやるか」

「好きだな。それはそうと、麻布署の動きはどう？」

「署に捜査本部《チヨウバ》が設置されたが、捜査線上にまだ見城ちゃんは浮かんでねえみたいだよ。モンタージュを見せてもらったけど、そっちとはあんまり似てなかったな」

百面鬼が言って、含み笑いをした。

「なら、大胆に動いても大丈夫そうだな」

「と思うよ。おれの力が必要なときは、いつでも声をかけてくれや」

「そうさせてもらうことになるかもしれないな」

見城は通話を切り上げた。

そのとき、ある考えが閃《ひらめ》いた。見城は固定電話を使って、東都電気の本社に電話をかけた。交換嬢が出た。

全国紙の記者になりすまし、電話を副社長室に回してもらう。見城は受話器を耳に当てながら、松丸が届けてくれた録音テープをレコーダーにセットした。

「お待たせしました。井口でございます」

電話の向こうから、落ち着きのある声が流れてきた。

見城は無言で、レコーダーの再生ボタンを押した。大槻と箱崎の会話が響きはじめた。音量を高め、耳をそばだてる。

井口の驚きが、ありありと伝わってきた。見城は数分で、テープを停止させた。

「きみは新聞記者じゃないなっ」

井口が尖《とが》った怒声をあげた。

「昨夜《ゆうべ》は二子玉川の割烹旅館で、多島奈穂とお娯《たの》しみだったね。三年越しの仲らしいじゃないか」

「何を言ってるんだっ」

「もう観念したほうがいいな。あんたが多島と田宮を殺《や》らせたことはわかってるんだ」

「ばかなことを言うな！」

「こっちは、証拠を押さえたんだよ。多島がこっそり録音した奈穂とあんたの情事の音声も入手済みだ」

見城は鎌をかけた。すると、井口が狼狽して電話を切った。

敵はどんなリアクションを起こすか。ちょっと楽しみだ。

見城はにっと笑って、受話器をフックに掛けた。

ダイニングキッチンに行き、買い置きのブッカーズを取り出す。見城は机に戻り、ボトルの封を切った。ちょうどそのとき、電話機が着信音を発しはじめた。

敵か。見城はいくぶん緊張し、受話器を取り上げた。

「江守です」

幸枝だった。

「ああ、きみか。多島氏が六本木で誰かに殺されたことは？」

「知ってます。テレビのニュースや新聞で派手に扱われていましたからね」

「当分、辛いだろうな」

「ええ。実は、ちょっと相談したいことがあるんです」

「なんだろう？」

見城は相手の言葉を待った。

「一昨日の夕方、死んだ多島さんから速達便が届いたんですよ。中には銀行の貸金庫の鍵が入ってるだけで、手紙は入ってませんでした」

「どこの銀行のキーだった？」

「京和銀行丸の内支店の物でした。でも、貸金庫の中はまだ見てないの。なんだか怖い気がして。よっぽど警察に行こうと思ったんですけど、多島さんが不名誉なことになるような気もしたので、やめちゃったんです。それで、思い余って……」

幸枝が一気に喋った。

「いま、きみはどこにいるのかな?」

「下北沢のアパートです。多島さんがあんなことになってから、わたし、ずっと会社を休んでるんです」

「これから、すぐにそっちに行く」

「お願いします」

「きみの身辺に何か最近、異変はなかった?」

「電話機に時々、ザーッという雑音が入るほかは別に何も異常はありません」

「盗聴器を仕掛けられてるようだな」

「えっ」

「もう喋るな。怪しい奴が来ても、ドアを開けないほうがいいね。できるだけ早く行くよ」

見城は電話を切ると、茶色いジャケットを引っ掴んだ。

エレベーターで地下駐車場に降り、ローバーに飛び乗る。見城はマンションを出て、下北沢をめざした。

幸枝のアパートに着いたのは、およそ三十分後だった。道路が渋滞気味で、時間を喰ってしまったのだ。

部屋に幸枝はいなかった。

室内が荒らされ、玄関ドアも開いていた。玄関マットは三和土《たたき》に落ちていた。上がり框《がまち》は靴の痕《あと》だらけだった。

一足遅かった。おそらく幸枝は敵に連れ去られたのだろう。

見城は部屋を出て、右隣の部屋の戸をノックした。

応答はなかった。留守のようだ。反対側の部屋を訪ねる。

ややあって、ドアが細く開けられた。

部屋の主は女子大生のようだった。ドア・チェーンは掛けられたままだ。

「江守さんを訪ねてきたんだが、何かあったようだね？」

見城は話しかけた。

「ええ。江守さんの部屋に若いやくざ風の男と東南アジア系の目つきの鋭い男が押し入って、彼女を無理矢理に車に押し込んだんです」

「それはいつのこと？」

「ほんの少し前です。まだ六、七分しか経っていないと思います。わたし、彼女を助けてあげたかったんですけど、怖くて何もできませんでした」

「一一〇番は？」

「しました、さっき。あのう、あなたは見城さんじゃありませんか？」

「そうだが、何か？」

「わたし、江守さんから何かの鍵を預かってるんです。彼女、自分の身に何か起こったら、それをあなたに渡してほしいって。ちょっと待っててくださいね」
二十一、二歳の女性は奥に引っ込んだ。
見城は、機転を利かせた幸枝の賢さに脱帽した。幸枝を拉致《らち》したのはヒロシとソムチャイだろう。

部屋の主が戻ってきて、ドア・チェーンを外した。

渡されたのは淡い水色の角封筒だった。見城の名が表書きされている。中には、銀行の貸金庫の鍵しか入っていなかった。

「江守さん、どうなっちゃうんでしょう？」

「心配だが、捜す手立てがないんだ。警察に任せよう。ありがとう」

見城は部屋のドアを閉めた。

すぐにも貸金庫の中身を検《しら》べたかったが、もう銀行は閉まっている。見城はひとまず車に乗り込み、アパートから離れた。

百メートルほど先で、赤色灯を瞬《またた》かせた二台のパトカーと擦れ違った。幸枝のアパートに向かっているにちがいない。

見城は加速した。

それから間もなく、自動車電話《カーフォン》に着信があった。発信者は奈穂だった。

「あなたにいろいろ相談があるの。今夜、家に来てもらえないかしら？」

「相談って？」

見城は突き上げてくる憤《いきどお》りを抑えて、努《つと》めて平静に喋った。

「多島の生命保険金が下りたら、何か小さなお店でも開こうと思ってるの。どうかしらね？」

「悪くないと思うよ」

「アクセサリー屋さんにしようか、輸入雑貨のお店にしようか、ちょっと迷ってるの。それで、あなたの意見をうかがいたいのよ」

「いま、下北沢の近くにいるんだ。これから、すぐ自由が丘に回ろう」

「そんなに早く来てくださるの。嬉しいわ。それじゃ、大急ぎでシャワーを浴びなければ。うふふ」

奈穂が撒き餌《まえ》を投げ、先に通話を切り上げた。

またまた色仕掛け《ハニートラップ》というわけか。しかし、もう騙《だま》されない。寝室にはソムチャイか、大槻が潜んでいるのだろう。

見城は多島宅に車を向けた。とうに陽は落ち、夕闇が濃かった。

多島宅に着いたのは六時過ぎだった。見城はインターフォンは鳴らさなかった。あたりに人気《ひとけ》がないことを見届けてから、多島宅の石塀を乗り越える。

家の中は明るかった。

見城は庭の植え込みに身を潜め、様子をうかがった。人の動く気配は伝わってこない。話し声も洩れてこなかった。

十五分ほど時間を遣り過ごした。変化はなかった。見城は中腰で建物の裏に回った。

キッチンのドアは施錠されていなかった。そこから、家の中に入る。見城は忍び足で進み、階下の各室を覗《のぞ》いた。誰もいなかった。

足音を殺しながら、二階に上がる。

見城は、寝室以外の部屋も次々に検《しら》べてみた。奈穂も怪しい人影も見当たらなかった。どうやら刺客は、情事の途中で現われる段取りになっているようだ。

見城は寝室のドアを押した。

室内は明るかった。肉の焦《こ》げたような臭いが漂っている。セミダブルのベッドに、小椋と奈穂が並んで横たわっていた。どちらも身じろぎ一つしない。

見城はベッドに走り寄った。

二人は死んでいた。ベッドカバーを剝《は》ぐ。小椋はワイシャツを大きくはだけていた。奈穂はパンティーだけしか身につけていない。

二人の左胸には、裸の電線が貼りつけてあった。コードの途中には、平べったいタイマーが取り付けられている。一見、二人が感電自殺を遂げたようにしか映らない。しかし、奈穂が小椋と心中しなければならない動機はなかった。

見城は身を屈《かが》めて、奈穂の顔に鼻を近づけた。かすかに麻酔液の匂いがする。

二人は麻酔薬を嗅がされ、昏睡《こんすい》中に感電死させられたにちがいない。井口が大槻に命じて、奈穂と小椋の口を封じさせたのだろう。

ナイトテーブルの上に、パソコンで打たれた遺書があった。見城は、それを抓《つま》み上げた。

わたしたちは愛を貫くため、罪深いことをしてしまいました。

多島佳孝、田宮直之の二人を死に追いやってしまったのです。多島は妻の不倫に怒り、田宮はわたしたちの弱みにつけ入ろうとしました。やむなく、わたしたちは二人を殺すことになったわけです。

直に犯行に及んだのは、渋谷で『東京リサーチ・サービス』という探偵事務所を経営している見城豪です。見城は巨額の借金を抱えているとかで、わずか百万円で二人の殺害を引き受けてくれました。

自分たちの手を汚さなかったとはいえ、わたしたちの行為は赦されることではありません。多島、田宮の両氏に死んでお詫びをいたします。

小椋雅也
多島奈穂

見城は読み終えると、偽の遺書を両手で小さく丸めた。

二人を心中に見せかけて始末させたのは井口清人にちがいない。愛人の奈穂まで平気で葬ってしまうとは、救いようのない冷血漢だ。おまけに井口は、なんの恨みもない自分に殺人の濡衣《ぬれぎぬ》を被《き》せようと画策した。

赦せない。きっちり決着《オトシマエ》をつけてやる。

見城は胸奥《きょうおう》で叫び、大股で寝室を出た。

「どうぞごゆっくり……」

生真面目そうな男子行員が一礼し、速《すみ》やかに歩み去った。

# 3

京和銀行丸の内支店の貸金庫室だ。まだ午前十時七分過ぎだった。

見城は備え付けのテーブルに向かい、多島が借りていた金庫の中身を卓上にぶちまけた。

マイクロテープは五巻あった。ネガと写真の束は輪ゴムで括《くく》られている。

かなりの量の東都電気の株券もあった。どれも千株券で、名義は井口清人から多島佳孝に変更されていた。

多島は奈穂の不倫を脅迫材料にして、井口から株券を強請《ゆす》り取ったのだろう。東都電気の株価は確かめていないが、一株五百円以下ということはないだろう。

ざっと数えたところでも、四十万株はある。いま全株を換金すれば、二億円にはなるだろう。多島の報復がこれだけだったとは思えない。

おそらく彼は真綿で首を絞めるように、井口をじわじわと苦しめるつもりだったのだろう。復讐を果たし切らないうちに殺されてしまった男が少しばかり哀れに思えた。

株券の横に、田宮の不正を告発する原稿もあった。

パソコンで打たれたものだった。四百字詰めの原稿用紙に換算すると、二十枚程度の分量だろう。

メモリーボードの転売に軽部資材管理部長、三浦営業部長、堀技術開発部長の三人も関与していることが克明に綴《つづ》られていた。田宮が品不足のメモリーボードを住菱化学工業から大量に買い付けるにあたって、売り手の数人に賄賂《わいろ》を使った事実も記されていた。

見城はツイードジャケットのポケットから、超小型録音機を取り出した。イヤホンを取りつけ、五巻のマイクロテープを再生する。

最初のテープには、奈穂と井口の生々しい喘《あえ》ぎ声や呻《うめ》き声が収録されていた。もちろん、寝物語の一部始終が録音されている。

おそらく多島は割烹旅館の仲居を抱き込んで、部屋に盗聴マイクを仕掛けさせたのだろう。

二巻目のテープは、田宮と軽部が住菱化学工業の本社重役や四国工場の工場長を接待している模様を収めたときの音声だった。田宮は相手側に国産高級車を贈ることを暗に仄《ほの》めかしていた。

三巻目には、アメリカの『ジュピター』の役員との密談が収録されていた。

転売先の役員はジェフリーという名だった。東都電気側は、軽部と三浦が出席していた。

四巻目は、リンダ・ヘンダーソンと多島自身の遣り取りだった。女ヘッドハンターは多島をひたすら称讃し、アメリカの新興パソコンメーカーが副社長の席を用意していることを強調していた。

最後のテープには、田宮の怒鳴り声が収められていた。

田宮は一方的に多島を恩知らずだと罵り、脅迫じみた言葉も吐いている。自分の不正を内部告発されることを恐れて、専務は多島に口止め料を渡そうとしたようだ。それを拒まれ、怒り狂ったらしい。

見城はイヤホンを耳から外し、テーブルの上をもう一度見た。

新型のフラッシュメモリーの機密書類や試作品の一部は、どこにもなかった。リンダに巧みに奪われてしまったのか。

これだけの証拠があれば、井口はもう言い逃れはできないだろう。

見城は持参したマニラ封筒に卓上の物を入れはじめた。途中で、ふと警戒心が生まれた。井口の情事とリンダの声の吹き込まれた二巻のマイクロテープを片方ずつ、ソックスの上部に挟んだ。こうしておけば、万が一、敵に奇襲されても切札は奪われないだろう。

見城は立ち上がって、ロッカーのそばにあるブザーを押した。

少し待つと、さきほどの行員が戻ってきた。

「ご用はお済みになられました？」

「ええ」

見城は、空になったボックス型の金庫を返した。行員がそれを所定の場所に戻し、扉をロックする。

見城は貸金庫室の前で行員と別れ、地下駐車場に降りた。ローバーに歩み寄ると、そこに堀技術開発部長が待ち受けていた。

「美玲は死んでなかったじゃないか。きさまに現金とキャッシュカードを渡してしまったわたしがばかだったよ」

「井口の代理で、おれに会いに来たんだなっ」

「その封筒の中身は、多島の貸金庫に入ってた物だな？」

「この書類袋の中身は、おれの仕事関係の資料だよ」

見城は空とぼけた。

「おとなしく渡さないと、二人の人質が若死にすることになるぞ」

「江守幸枝を拉致しただけじゃないのか⁉」

「いい物を見せてやろう」

堀が上着の内ポケットから、二枚のカラー写真を取り出した。

どちらもインスタントカメラで撮影された写真だった。粒子が粗《あら》かった。それでも、被写体はすぐにわかった。幸枝と美玲だ。二人とも全裸にされ、結束バンドで両手首を縛られている。

「女たちを解放してやれ」

「その書類袋を渡したら、人質を自由にしてやるよ」

「二人を監禁してる場所におれを連れていけ。女たちが無事だとわかったら、書類袋を渡してやるっ」

見城は息巻いた。

堀は怯《ひる》まなかった。近くに仲間がいるのだろう。そう思ったとき、車の間から大槻が現われた。伸ばした右腕に白っぽいコートが掛けられている。ほんの少しだけ消音器が見えた。

「書類袋を堀部長に渡しな。言うこと聞かねえと、ここで撃《ハジ》くぜ」

「わかったよ」

見城はマニラ封筒を堀に投げつけた。堀が両手で受け、中身を検《しら》べた。

大槻がサイレンサー付きの拳銃を突きつけながら、見城のポケットをことごとく探った。

「こっちには、多島の保管してたものは何も入ってねえですぜ」

「そうか。それじゃ、後のことは頼むよ」

堀が大槻に言い、自分のクラウンに乗り込んだ。

クラウンは走路に出て、スロープを一気に駆け上がっていった。会社に戻り、書類袋を井口に渡すつもりなのだろう。

「美玲たちのいる所に案内してやらあ」

大槻が見城の肩を強く押した。

見城は走路を歩きはじめた。立ち止まらされたのは、銀灰色のメルセデス・ベンツの前だった。その後部座席にはリンダが乗っていた。

見城はリンダの横に坐らされた。大槻が消音器付きのマカロフをリンダに渡し、運転席に入る。リンダが拳銃に花柄のスカーフを被せ、消音器を見城の脇腹にのめり込ませた。

「逃げやしないよ」

見城は眉根を寄せた。

リンダが嘲笑し、長い脚を組んだ。超ミニ丈《たけ》のスカートは太腿の上のほうまで、ずり上がっていた。パンティーが見えそうだった。

ベンツが走りはじめた。

銀行の駐車場を出ると、大槻は車を三宅坂ＪＣＴ《ジャンクション》に向けた。高速四号新宿線に入り、そのまま中央自動車道を突っ走った。

「二人の女は、井口の別荘にいるようだな」

「行きゃわかるよ」

大槻は鼻先で笑い、ベンツを右の追い越しレーンに移した。

高速道路は割に空いていた。ベンツは翔《かけ》るように走った。

「多島を殺《や》るまで、どこに匿《かくま》ってたんだ?」

見城はリンダに訊いた。

「高輪のマンスリーマンションよ。わたしが食料を運んでやってたの」

「多島が持ち出した新型のフラッシュメモリーのワーキングノートと試作品の一部はどうしたんだっ」

「あれは、もうとっくにアメリカの某パソコンメーカーに売っちゃったわ。日本円にして、五億円でね」

「リンダさんよ、そこまで喋《ベシャ》るのはよくねえな」

大槻が口を挟んだ。咎《とが》める口調だった。

「いいじゃないの。どうせこの男も消せって言われてるんでしょ? ミスター・イグチに」

「そりゃそうだが、失敗《ドジ》ったりしたら……」

「やくざ《ギャングスター》のくせに、あんた、気が小さいのね。それじゃ、大幹部《アンダーボス》にもなれないわよ」

リンダが小ばかにした。大槻がアメリカ人のように厚い肩を竦《すく》め、仏頂面《ぶっちょうづら》で押し黙った。

「井口がよく東都電気の機密書類をアメリカの会社に売ることを許したな」

「彼はだいぶ迷ったようだったけど、田宮派に手柄をたてさせたくなかったのよ。だから、多島が開発した新型フラッシュメモリーの機密書類を売り渡してもいいって……」

「そっちはハイスクール時代に、井口家にホームステイしてるな。そのとき、井口と男と女の関係になったのか？」

見城は問いかけた。

「ミスター・イグチは、わたしに借りがあるの。でも、男と女の関係じゃないわよ」

「借りだって？」

「そう。わたしが日本に留学してるとき、父が遊びに来たの。ある日、ミスター・イグチは車を車庫《ガレージ》に入れるときに誤って、わたしの父を撥《は》ねちゃったのよ。父は脊椎《せきつい》を傷《いた》めて、車椅子の厄介になる体になっちゃった。だから、ミスター・イグチはわたしたち一家に親切にしてくれてるだけよ」

リンダが答えた。

「井口は最初っから、多島を消す気だったんだなっ」

「でしょうね。奈穂とのことで、多島に株券を脅し取られたようだから」

「田宮にも、井口は奈穂との仲を知られたんだろ？　それで、井口はライバルの田宮を……」

見城は言った。

「奈穂とのスキャンダルは摑まれてなかったはずよ。だけど、ミスター・イグチは田宮が稲盛会長から自社株を大量に譲り受けたことを知って、だいぶ焦ってたわ。多島に持ち株と全預金を強請り取られるんじゃないかって怯えもあったんでしょうね」

「そうだったのか。堀は、井口が田宮派に送り込んだスパイだったんだな？」

「ええ、そうよ。もういいでしょ」

リンダがうっとうしげに言って、それきり黙り込んでしまった。

ベンツはひた走りに走り、諏訪南《すわみなみ》ＩＣ《インターチエンジ》で一般道路に降りた。諏訪方面に向かい、八ヶ岳中央高原に入る。

車が停まったのは原村《はらむら》第二ペンション村の外れだった。

林の中に小粋なペンションが点在しているが、半数は営業していないようだ。人も車も、めったに見かけない。連峰の残雪が眩《まばゆ》かった。

連れ込まれたのは、廃業したアルペンロッジ風のペンションだった。

大きな建物の内部は冷え冷えとしている。グリルの床もテーブルも埃に塗れていた。

歩くたびに、白い埃が舞った。

見城は大槻とリンダに交互に背を押され、厨房《ちゅうぼう》のそばにある地下室に降りた。ワインや食料の貯蔵室に使われていたらしい。

広かった。優に五十畳はありそうだ。

アラジンの石油ストーブが三つ、赤々と燃えていた。

幸枝と美玲は奥のストーブのそばに転がされていた。コンクリートの上だった。全裸だ。どちらも身を穢《けが》されたにちがいない。

ヒロシとソムチャイは木箱に腰かけ、ビーフ・ジャーキーを貪《むさぼ》っていた。二人とも缶ビールを手にしている。

二人のそばの木箱には、高圧電流銃やハンティング用のスリングショットなどが載っていた。タイ製の刃物もあった。

「おい、しっかりするんだ」

見城は幸枝と美玲に声をかけた。

二人とも反応しない。気を失っているようだ。どちらも両手を結束バンドできつく縛られていた。

「女たちは自由にしてやってくれ」

「そうはいかねえよ」

大槻がヒロシたち二人に目配せした。

二人の男は地下室の隅に走り、二本のボンベを持ってきた。アセチレンと酸素のボンベだろう。大槻が長いバーナーを手に取って、ボンベのコックを開いた。着火用のライターを使い、バーナーに点火する。着火音が響き、青っぽい炎が勢いよく吐き出された。

「何をしやがるんだっ」

見城は足を踏み出した。

すぐにリンダが消音器を背に押し当てた。見城は歩けなくなった。大槻がバーナーの炎を調節しながら、二人の人質に近寄った。

炎は五十センチほどの長さになっていた。音も高かった。鞴《ふいご》のような音だった。

大槻が幸枝と美玲に炎を近づけた。

二人の女は、ほぼ同時に意識を取り戻した。見城に気づいても、人質たちの表情は虚《うつ》ろなままだった。絶望しきっているのか。

大槻がソムチャイとヒロシを呼び寄せた。何か耳打ちした。

二人は照れ笑いを浮かべながら、スラックスとトランクスを脱いだ。どちらも勃起しかけていた。

ソムチャイが幸枝の縛《いまし》めをほどき、彼女に獣の姿勢をとらせた。

ヒロシは、すぐに幸枝の尻の肉を押し拡《ひろ》げた。幸枝は弱々しい声で許しを乞《こ》うたが、逃げ出す気力はないらしかった。哀れだった。

「てめえら、地獄に墜《お》ちるぞ!」

見城は怒声を張り上げた。

しかし、三人の男たちは意に介さなかった。ソムチャイが猛《たけ》ったペニスを幸枝の口中に突き入れた。男たちは前と後ろから、幸枝をさいなみはじめた。突かれるたびに、幸枝の背が丸まった。

見城は自分の無力さに打ちのめされそうだった。

大槻がバーナーを握ったまま、ポケットから白い粉の入ったパケを三包取り出した。バーナーを足許に置き、美玲の性器と肛門にたっぷりと覚醒剤を塗りつけた。

美玲が一瞬、嬉しそうな表情を見せた。

大槻は手早く衣服を脱ぎ、素っ裸になった。総身彫りの刺青を見せびらかしたいのかもしれない。陰茎は誇らしげにそそり立っていた。亀頭には、ひょっとこの刺青が見える。

大槻は軽々と美玲を抱え上げ、中腰で体を繋いだ。俗に〝駅弁スタイル〟と称されている体位《ラーゲ》だった。

美玲が括られた両腕を大槻の太い首に掛け、両方の腿で相手の胴を挟みつけた。

大槻は美玲の背を片手で押さえ、片膝をついた。器用にバーナーを摑み上げて、炎を半分ほどに絞った。

「三パケも使ったのに、まだ効かねえのかよ?」

大槻がもどかしげに言い、下からバーナーの炎で美玲のヒップを炙《あぶ》りはじめた。

美玲が悲鳴をあげながら、腰を捩《よじ》らせる。ようやく大槻は顔を綻《ほころ》ばせた。

「見てるうちに、興奮してきたわ。ひざまずいて、わたしのパンストとパンティーを脱がせるのよ」

リンダが命令した。

見城は一瞬、肘打ちを見舞う気になった。しかし、二人の人質は男たちの手の中にある。無理はできない。

リンダを打ち倒せなかったら、幸枝も美玲も無事では済まされないだろう。

見城はゆっくりと振り向き、リンダの前に両膝を落とした。リンダがパンプスを蹴るようにして脱ぎ捨てた。

見城はパンティーストッキングとピンクのパンティーを一緒に引きずり下ろした。

リンダがスカートの中に見城の頭を引き込んだ。見城はクレバスに顔を寄せる振りをして、リンダの膕《ひかがみ》を両手で引いた。膝が前に折れ、リンダは尻餅をつく恰好《かっこう》になった。弾みで、一発だけ暴発した。発射音は小さかった。

だが、放たれた銃弾がコンクリートの壁を穿《うが》つ音は大きかった。

見城はリンダに覆い被さって、マカロフを奪い取った。素早く消音器の先をリンダの性器に押し当てる。リンダが目を剝き、息を呑んだ。

「てめえら、女から離れろ！」

見城は敵の男たちに言った。

大槻が美玲を床に振り落とし、バーナーの炎を大きくした。

「美玲を焼き殺すぞ」

「そうはさせない」

見城は振り向きざまに、威嚇射撃した。

放った銃弾は、大槻の頭上を掠《かす》めた。大槻がへたへたと坐り込んだ。見る見る顔が蒼ざめていく。ヒロシとソムチャイが同時に幸枝から離れ、コンクリート支柱の陰に逃げ込んだ。

見城は身を起こし、大槻に駆け寄った。拳銃で大槻の動きを封じ、バーナーを摑み上げた。

大槻の頰が引き攣《つ》る。

見城は冷笑した。

大槻は井口に頼まれ、ソムチャイに多島と田宮を殺させたことを認めた。奈穂と小椋を感電死させたのは、大槻とヒロシの二人だったらしい。

見城は憎しみを込め、大槻のペニスにバーナーの炎を浴びせた。

皮膚と陰毛の焼ける臭いがして、煙があがった。大槻が股間を押さえながら、転げ回りはじめた。

見城は前に走った。ソムチャイとヒロシに炎を噴きかける。

二人は相前後して、ぶっ倒れた。唸りながら、のたうち回りはじめた。

「二度と女に悪さできないようにしてやる」

見城は二人の性器を焼いた。包皮が剝け、ビニール紐《ひも》のように垂れ下がった。

ソムチャイとヒロシは白目を剝きながら、相前後して気を失った。大槻も口から泡を吹きながら、悶絶《もんぜつ》していた。

リンダは肘で半身を支えながら、わなわなと震えている。

見城はバーナーの火を消し、美玲の結束バンドをほどいてやった。幸枝は胎児のように体を丸め、激しく泣きじゃくっていた。

「もう大丈夫だ」

見城は二人の女を等分《とうぶん》に見て、優しく声をかけた。美玲が全身で抱きついてきた。

そのとき、百面鬼がのっそりと入ってきた。黒い喪服を抱えている。

「もう片がついたんだろう？」

「百《どう》さん、また、おれを尾けてたのか⁉」

「当たりだ。そっちに獲物を独り占めされるんじゃねえかと思ってさ。ブロンド女のお仕置きは、このおれに任せてくれ」

悪党刑事は大股でリンダに歩み寄り、上半身を裸にさせた。

リンダは腰が抜けたらしく、ほとんど抗《あらが》わなかった。百面鬼がリンダの素肌に喪服を羽織らせ、荒っぽく突き転がした。一瞬の出来事だった。

リンダが異様な気配を察し、這って逃げかけた。

百面鬼は片膝をつき、リンダの腰を引き戻した。喪服の裾《すそ》を撥《は》ね上げ、秘部に指を這わせはじめた。リンダが甘く呻いて、床に顔を埋めた。

「この女、濡れてるよ。これじゃ、セックスリンチにならねえな」

百面鬼がそう言いながら、スラックスのファスナーを勢いよく引き下げた。

「脱がされた服は、どこにあるんだ？」

「あっちよ」

美玲が見城の問いに答え、地下室の隅を指さした。

「泣いてる娘《こ》は多島の彼女だったんだ」

「ええ、知ってるわ」

「彼女を服のある場所まで連れてってやってくれないか」

見城は言った。美玲が見城から離れ、幸枝の肩を包んだ。

二人は体を支え合いつつ、そろりそろりと歩きはじめた。

「見城ちゃん、おれの車の中で待っててくれや。そこにいられると、どうも調子が狂うんだよ」

百面鬼が言った。

「大槻たち三人はどうする？」

「後で、おれが長野県警に連絡するよ。リンダをどうするかは味見してから、決めることにすらあ」

「せいぜい娯《たの》しんでくれ」

見城は地下室を出た。

一階のグリルで一服していると、身繕いを終えた幸枝と美玲が上がってきた。見城は二人を百面鬼の覆面パトカーの後部座席に乗せた。

敵のベンツとボックスカーは、タイヤのエアが抜かれていた。百面鬼の仕業《しわざ》にちがいない。

見城はクラウンの助手席に坐り、またロングピースに火を点けた。幸枝は、まだ泣いていた。百面鬼は、しばらく戻ってきそうもなかった。

「こんな素人《しろうと》の娘さんに、大槻たち、ひどいことをしたのよ。赦せないわ」

美玲が幸枝を抱きかかえながら、憤《いきどお》ろしげに言った。

「きみだって、同じ被害者じゃないか」

「わたしは覚醒剤《シャブ》漬けにされてたから、少しは快感もあったのよ。だから、半分は赦してあげてもいいけど、この娘《こ》は……」

「大槻たちは雑魚《ざこ》さ。黒幕の井口から、二人の慰謝料をたっぷりとふんだくってやるよ」

見城は煙草を深く喫いつけた。単なる慰めではなく、本気だった。

# エピローグ

部屋の空気が張り詰めた。

見城は井口清人と向かい合っていた。世田谷区上野毛《かみのげ》にある井口邸の応接間だ。大槻たちを痛めつけたのは三日前だった。

「例の録音音声、持ってきてくれたな？」

大島紬《つむぎ》に身を包んだ井口が、小声で切り出した。

「先に預金小切手を見せてもらおう」

「わたしが信用できないと言うのかっ」

「あんたは腹黒いからな」

「何か企んでるんだったら、きみを自宅になんか招《よ》んだりするもんか」

「とにかく、預手《よて》を拝ませてくれ」

見城は要求を繰り返した。

井口が袂《たもと》から、三枚の預金小切手を取り出した。額面は一億円、五千万円、四千万円と異なる。

「その一億円は、多島奈穂との情事の録音音声の買い取り代金だ」

「き、きみ、何もわざわざ念を押さなくてもいいじゃないか」

「おれは几帳面《きちようめん》なんでね」

見城は薄く笑った。

内ポケットのICレコーダーは五分ほど前から作動していた。裏取引の音声を録音するのは、一種の保険だった。自分の悪事を記録することになるが、井口の決定的な弱みも押さえられる。

「五千万円は江守幸枝さんへの示談金だよ。四千万円のほうは、霜鳥美玲さんに渡す分だ」

「それじゃ、問題の音声を渡そう」

見城は上着の右ポケットから、マイクロテープを取り出した。

予《あらかじ》め三巻ほどダビングしておいた。そのうちの二巻は自宅マンションに置いてある。もう一巻は左のポケットの中だ。

「複製はしてないだろうな?」

「そんな汚ないことはしないよ。それより、ここで録音音声を聴いてみたら?」

「後で聴くよ」

井口がマイクロテープを引ったくり、三枚の預金小切手を投げつけてきた。

見城は卓上に散った小切手を掻《か》き集め、上着の右ポケットに滑らせた。

「大槻たちはどうなるんだ？」

「近々、釈放されるだろう。二人の人質は被害届を出さないことにしたから、誘拐も監禁も、それから婦女暴行（現・強制性交等）罪も立件できない」

「そうか、そういうことになるわけだ」

井口が、ほっとした表情になった。

「大槻たち三人は、おれにペニスを焼かれたことも言えないだろう。そのことを訴えれば、てめえらのやったことがわかってしまうからな」

「これで、わたしも安泰だ」

「それはどうかな。奴らが殺人容疑で捕まる可能性もある。警視庁は優秀なんだ。それに、おれは箱崎と大槻の電話の遣り取りを録音したテープを七巻持ってる」

見城は口の端を歪《ゆが》めた。

「なんだって!?」

「その録音音声から、あんたが多島や田宮を始末しろって示唆《しさ》してることがはっきり聴き取れる。あんたは多島や田宮のほかに、奈穂と小椋を心中に見せかけて殺させたんだから、逮《パ》捕《ク》られりゃ、死刑は免れないだろう」

「そ、その音声も譲ってくれ」

　井口が哀願した。

「二億円なら、売ってやってもいいよ」

「そんな大金、用意できるわけないじゃないかっ。さっき渡した一億九千万円のうち、七千万円は銀行から借りたんだ」

「この家の敷地はどのくらいある？」

　見城は訊いた。

「約二百坪だよ」

「地価が下がりっぱなしといっても、このあたりなら、一坪三百万円で売れそうだな。ざっと計算すると、六億円か。税金や借金を引いても、四億円は残るだろう」

「この土地は、わたしの父が苦労して手に入れたんだ。そう簡単に手放すわけにはいかない」

　井口は泣き出しそうな顔になった。

「なら、絞首台に消えるんだな」

「ま、待ってくれ。金はなんとか工面《くめん》する」

「少々、値を下げりゃ、一、二カ月で買い手がつくだろう。そのころ、また連絡するよ」

見城は立ち上がった。

井口はロマンスグレイの髪を掻き毟《むし》って、放心状態でコーヒーテーブルの一点を見つめていた。見城は応接間を出ると、すぐに内ポケットに入ったICレコーダーの停止ボタンを押した。

広い廊下を進む。玄関ホールに達すると、居間から井口夫人と末娘が姿を見せた。二人とも気品のある美人だった。

見城は靴を履《は》いてから、二十三、四歳の末娘に言った。

「あなたのお父さんは、とても歌がお上手ですね。ジャズのスキャットなんか、プロ級ですよ」

「ご冗談ばっかり！　父は、ものすごい音痴なんです。聴いていても、歌の途中まで曲名がわからないの」

「それじゃ、きっとどこか音楽教室で発声から勉強されたんでしょ。惚《ほ》れ惚《ぼ》れとする声ですよ」

「信じられないわ」

「そうだ、ちょうど井口さんの歌を録音した音声を持ってたな。これをお母さんとこっそり聴いてみなさいよ」

見城は左ポケットから、マイクロテープを掴み出した。そのテープには、奈穂と井口の淫《みだ》らな声がたっぷり録音されている。

「それじゃ、お借りしようかしら?」

「差し上げますよ」

「いいんですか。どうもありがとうございます」

末娘がマイクロテープを受け取り、押しいただく仕種《しぐさ》をした。井口夫人も申し訳なさそうに頭を下げた。

見城はにこやかに笑い返し、おもむろに玄関を出た。

渡した録音音声を聴いたら、母と娘は卒倒するにちがいない。そして二人とも当分、井口とは口も利かなくなるだろう。

見城はほくそ笑《え》みながら、井口邸を出た。

車は少し先の坂道に駐《と》めてあった。少し歩くと、前方から見覚えのある男女が登ってきた。

百面鬼とリンダだった。リンダは、悪党刑事にぴったりと身を寄り添わせている。セックスの相性は悪くなかったらしい。

「妙な取り合わせだな」

見城は向き合うなり、百面鬼に言った。

「リンダは、おれのワイルドなセックスがお気に入りらしいんだ」

「二人ともちょっとアブノーマルだから、体の相性がいいんだろうな」

「合意の行為なら、何をやってもノーマルよ」

リンダが横から言った。抗議口調だった。

「そうかもしれないな。それにしても、百《どう》さんは女に甘いね」

「セクシーな女に手錠《ワッパ》かけるのは、なんかもったいないじゃねえか。リンダは見城ちゃんのことも気に入ってるみてえだから、時々、3Pでもやるか」

「おれは遠慮しとくよ。それはそうと、これから井口と商談でしょう？」

「まあな。リンダが井口の弱みをいろいろ知ってるらしいんだよ。東都電気の持ち株をそっくりいただこうと思ってる」

百面鬼が言った。

「ずいぶん控え目じゃないか」

「その口ぶりだと、見城ちゃん、しこたま寄せやがったな。一億円以下ってことはねえんだろ？」

「黙秘権を行使したいね。でも、いい情報をやるよ。いずれ井口は家屋敷を売ることになるだろうから、二億ぐらいは吹っかけてみるんだね」

「そいつは凄《すげ》え！　こんな獲物はめったにいるもんじゃねえ。うまくやんなきゃな」

「悪党と悪女が組みゃ、鬼に金棒だな。百《どう》さん、リンダと再婚しなよ。似合いのカップルになるんじゃないか」

見城は言って、足早に歩きだした。今夜中に、美玲に預金小切手を届けるつもりだった。泊まることになるかもしれない。

見城は歩きながら、口笛を吹きはじめた。ナンバーは陽気なボサノバだった。

# 著者あとがき

年号が改まり、新たな時代を迎えた。

どんな未来が待っているのか。期待と不安が交錯する。

平成時代は社会が迷走した。

およそ三十年前、〝土地神話〟に踊らされた人々は富を追い求めた。バブル景気の恩恵に浴したいと願った者は少なくなかったのではないか。足掛け六年の俄《にわか》好景気だった。見せかけの好景気は常に危険を孕《はら》んでいる。事実、銀行や証券会社などが次々に経営破綻《はたん》に陥った。バブル経済が崩壊したのは一九九一年のことだった。平成三年である。

株価が大暴落しても、バブルの余韻《よいん》に浸《ひた》りつづける者は多かった。世の中がおかしくなっていたのだろう。金の魔力は恐ろしい。

バブルが弾《はじ》けた後の人生模様を物語の中に落とし込めないものか。そうすることで、人間の性《さが》や業《ごう》を浮き彫りにできるかもしれない。

そうした思いがぼくの中で次第に膨らみ、一九九四年八月に徳間書店で当シリーズの刊行が開始された。第一次平成不況に入っていた。

すでに当時も管理社会だった。抑圧された者は程度の差こそあれ、息苦しさを覚える。いつの世も、多くの男たちは野放図《のほうず》に生きてみたいと夢想しているのではないだろうか。

しかし、八方破れな生き方は誰もができるわけではない。ある種の覚悟と開き直りが必要だからだ。

虚構《フィクション》の世界なら、男たちの願望は叶えられるだろう。そういう企図《きと》も執筆動機になった。

このシリーズの主人公・見城豪《けんじようすぐる》は元刑事でありながら、法律やモラルにはまったく縛られない。

といっても、ただの無頼漢とは違う。はぐれ者だが、人間性は失っていない。牙を剝《む》くのは、狡猾《こうかつ》な犯罪者たちに限られている。要するに、憎めない無法者《アウトロー》というキャラクターだ。

自慢話めいてしまうが、シリーズ第一弾の『獲物』は発売三日で重版が決定した。その後も続々と増刷された。書き手の励みになったことは言うまでもないだろう。

ぼくは他社のシリーズ物を幾つか抱えながら、当シリーズの全十五巻を書き下ろした。八巻までは年四冊刊行のペースを崩さなかった。ありがたいことに、ほとんどの巻に重版がかかった。悪漢小説《ピカレスクロマン》の潜在的な読者が多いことも感じ取れた。

人は誰も正と邪、善と悪を併《あわ》せ持っている。善行を施《ほどこ》しながらも、後ろめたいこともしてしまう。それが等身大の人間だろう。

人間愛を高らかに謳《うた》う小説は多くの読者を得られるが、偽善的になりやすい。ひねくれた読み手には受け入れられないのではないか。

大衆小説は何らかの形で読者にカタルシスを与えなければならない。とはいえ、涙や感動を誘う物語がやたらと増えた気がする。

読者の好みも多様化しているようだ。痛快な物語を読んで、ストレスを発散させたいと思っている人々もいるにちがいない。

ぼくは、そのことを数社の担当編集者に話したことがある。それがきっかけで、今回の三社合同出版企画が実現した。三社の英断に深く感謝している。当然、作者の責任は重いだろう。そう考えると、身が引き締まる。

政治も経済も不安定だ。格差社会である。

決して生きやすい時代とは言えない。時にはやり場のない怒りを爆発させ、憂《う》さを晴らすことも大事なのではないか。

そうしたい向きには、もってこいのシリーズだろう。理屈抜きに愉《たの》しめる小説ばかりだ。

どの巻も骨法は悪漢サスペンスだが、いろいろ趣向を凝《こ》らした。時代設定は初刊本のままだ。したがって、題材はもうジャーナリスティックではない。だが、物語の熱気と烈《はげ》しさは変わっていないはずだ。

中高年の方々には、ある種の懐かしさを覚えていただけるだろう。また、当時を知らない若い世代には興味深い事柄や風俗が多いと思う。それが新鮮に映ることを祈りたい。年代記《クロニクル》としても、お読みいただけるのではないか。

本書は、二〇一二年三月に徳間文庫から刊行された作品に、著者が大幅に加筆修正したものです。

光文社文庫

獲《え》　物《もの》　強請《ゆすり》屋《や》稼業《かぎょう》
著　者　南《みなみ》　英《ひで》　男《お》

2019年7月20日　初版1刷発行

発行者　鈴　木　広　和
印　刷　堀　内　印　刷
製　本　榎　本　製　本

発行所　株式会社　光　文　社
〒112-8011　東京都文京区音羽1-16-6
電話（03）5395-8149　編　集　部
8116　書籍販売部
8125　業　務　部


ISBN978-4-334-77876-7　Printed in Japan



組版　萩原印刷

光文社文庫　好評既刊

少女ノイズ　三雲岳斗
グッバイ・マイ・スイート・フレンド　三沢陽一
少女たちの羅針盤　水生大海
冷たい手　水生大海
プラットホームの彼女　水沢秋生
「探偵文藝」傑作選　ミステリー文学資料館編
「探偵倶楽部」傑作選　ミステリー文学資料館編
古書ミステリー倶楽部　ミステリー文学資料館編
古書ミステリー倶楽部Ⅱ　ミステリー文学資料館編
古書ミステリー倶楽部Ⅲ　ミステリー文学資料館編
甦る名探偵　ミステリー文学資料館編
さよならブルートレイン　ミステリー文学資料館編
電話ミステリー倶楽部　ミステリー文学資料館編
名探偵と鉄旅　ミステリー文学資料館編
大下宇陀児　楠田匡介　ミステリー文学資料館編
甲賀三郎　大阪圭吉　ミステリー文学資料館編
少女ミステリー倶楽部　ミステリー文学資料館編

少年ミステリー倶楽部　ミステリー文学資料館編
ラットマン　道尾秀介
カササギたちの四季　道尾秀介
光　道尾秀介
赫眼　三津田信三
聖餐城　皆川博子
海賊女王（上・下）　皆川博子
ポイズンドーター・ホーリーマザー　湊かなえ
密命警部　南英男
疑惑領域　南英男
無法指令　南英男
姐御刑事　南英男
爆殺　南英男
殉職　南英男
警察庁番外捜査班　ハンタークラブ　南英男
主犯　南英男
便利屋探偵　南英男

光文社文庫　好評既刊

組長刑事　南英男
組長刑事　凶行　南英男
組長刑事　跡目　南英男
組長刑事　叛逆　南英男
組長刑事　不敵　南英男
組長刑事　修羅　南英男
警視庁特命遊撃班　南英男
はぐれ捜査　南英男
惨殺犯　南英男
猟犬魂　南英男
闇支配　南英男
告発前夜　南英男
星宿る虫　嶺里俊介
野良女　宮木あや子
婚外恋愛に似たもの　宮木あや子
帝国の女　宮木あや子
スコーレNo.4　宮下奈都

神さまたちの遊ぶ庭　宮下奈都
クロスファイア(上・下)　宮部みゆき
スナーク狩り　宮部みゆき
チヨ子　宮部みゆき
長い長い殺人　宮部みゆき
鳩笛草　燔祭/朽ちてゆくまで　宮部みゆき
刑事の子　宮部みゆき
贈る物語　Terror　宮部みゆき編
森のなかの海(上・下)　宮本輝
三千枚の金貨(上・下)　宮本輝
大絵画展　望月諒子
壺の町　望月諒子
フェルメールの憂鬱　望月諒子
ミーコの宝箱　森沢明夫
ありふれた魔法　盛田隆二
身も心も　盛田隆二
奇想と微笑　太宰治傑作選　森見登美彦編